香港戰前報業

楊國雄 著

目錄

序一

◎霍啟昌　香港大學歷史系榮譽教授

多月前楊國雄兄從加拿大打電話來囑本人替其近作《香港戰前報業》寫序。本人已從香港教壇歸隱多年，對香港研究的情況已有生疏感，恐力有不逮，未敢貿然答允。但國雄兄仍繼續來電及發電郵催促，由於知己難求，而且素來敬仰他的為人，以及他超高的職業操守，終於還是決定恭敬不如從命，勉為其難吧。

本人與楊國雄兄相識，可追溯到四十多年前本人任職於香港大學歷史系負責推動香港史的研教工作之時。為此，本人接管了系內由同事 Alan Birch 創設的香港史工作坊（H. K. Workshop），一個為方便教學而設立的有關香港史的資料庫。本人正忙於千方百計搜尋香港史資料，當得知在港大還有一位在港九無孔不入地在搜購有關香港資料的發燒友，自然是如獲至寶。這位發燒友就是有份創建益澤無數從事香港研究之人士的孔安道紀念圖書館及之後成為其館長的楊國雄。

我們兩人不單止一見如故，而且我倆的友誼隨着歲月有增無減，主要原因是在世間真是難得遇到一位能夠將極大熱誠投入到為眾人服務的枯燥工作中的人。回想不知有多少個週末，當國雄兄獲悉有書局結業，或因生意不景，故要拋棄放在遠離市區的書倉的書籍時，即馬上前去將整個週末埋首在充滿塵埃的書堆中，細心找出有關香港的書籍便購回加以保存。記得有兩三次經不起他的熱誠感染，跟隨他到書倉共同「搜寶」才了解和體會到整天在空氣渾濁的倉裏面，耐心查看幾寸厚塵蓋着的書本，以拯救那些將被拋掉的香港資料是怎麼樣的滋味。現時安坐於孔安道紀念圖書館津津有味看書的讀者，是否想到大部分資料的保留都是得來不易的呢？

本人因熟悉不少嚤囉街賣舊物的攤主，所以亦常常與國雄兄組隊前往，儘量搜購以保留與香港史有關的文件書籍。現存孔安道紀念圖書館的逾千本晚清民初的賬簿和文件，就是我們兩人千辛萬苦搜獲的，付出辛酸血汗，搬回港大然後進行消毒才能得以保存，成為研究香港早期經濟史的寶貴資料。

其後在一九八〇年初期，本人獲中國社會科學院邀請參加國家編寫香港史小組。身為小組成員，國家特別安排本人前往全國藏書最豐的單位調查所藏有關香港資料的情況，本人力薦楊兄參與並獲批准。因此我倆在夏日酷熱的天氣，在沒有空調的我國著名藏書單位，花了不少日子整天翻查有關香港的資料。事後楊兄更將全部所得資料記錄成一小冊子，呈交予中國社科院保存。楊國雄搜查香港資料的工作並非只局限於香港及內地。由於他在港大掌管專事收集香港資料的孔安道紀念圖書館近二十年，所以有機會前往英國圖書館抄錄該館的卡片目錄中有關香港的書目。其後當他移民到加拿大，任職於約克大學和多倫多大學合辦的加港文獻館，他因此又有機會搜尋北美洲各大圖書館所藏有關香港的資料。可知他親自前往搜尋香港資料的地方已涉及整個地球的一大半了。

在此打開上述這段塵封的歷史，只不過想證明兩點，第一，國雄兄對尚存的各種各類香港資料的認識已積累了數十年的經驗及功力，這方面他的豐富知識，可稱無人能及。第二，他對研究香港的貢獻不應僅限於他撰文介紹各類尤其是一些不為人留意的資料，他對保存資料所做出的努力及付出的代價，更應加以讚揚。他在本書替讀者介紹及分析的香港資料便是一個好例子。

作者在書中介紹及分析的資料，稱為「戰前」在香港出版的報紙。根據書中所談及的各報紙的出版日期，可以得知作者所謂「戰前」的覆蓋時段應是指晚清至香港淪陷期間的報紙。雖然書中所談及的報紙只有十多種，但都是極之稀有的，而且可稱得上是碩果僅存的期數，從這個角度來說，如此少數的期數絕對難以說得上是研究每份報紙的完整資料，即是難以窺其全豹的。

但值得指出的是，由於作者所挑選的對象並不是一般人較熟悉的大報，而是較少人認識的香港報紙，所以若果讀者情有所鍾，想多一些了解這些報紙的歷史、辦報目的以及其他內容，現時來說就唯有參看此書了，這是本書的珍貴之處。雖然這些報紙缺了不少期數，但由於絕大部分都存有創刊號，而透過其發刊詞研究者可以基本把握到每張報紙的特點：創報人的資歷、創報的目的、報址、報費、主要內容、管理的架構等。例如在《中興報》的創刊號有一篇名為〈本報創刊之使命〉的社論，清楚說出辦報的使命是甚麼。又例如《超然報》創刊號的〈創刊宣言〉更具特色。該文先剖析當時香港報業的情況：香港報業的進步、進步的原因和報業的弱點，然後帶出該報創辦的目的，這些都是難得的資料，幫助讀者進一步了解當時香港報業的實況，可能是這些報章都保留了創刊號而成為作者挑選為撰寫對象的主要原因吧。

另外要注意的是，雖然書中所挑選的報紙品種不算多，但它們都是隸屬當時不同政治派系的政治性報紙。例如《香江晨報》是國民黨的機關報，《香港新聞報》是陳炯明派的機關報，《香港小日報》則是中國共產黨的報刊，而《中興報》卻是胡漢民為西南當局設在香港的宣傳機關。這些報章的政治立場自然是截然不同，亦可反映出雖然香港是英國的殖民地，但由於是法治的社會，只要各報章不刻意攻擊港英政府，這些報紙有關中國的各式各樣政治言論，仍是可以自由發揮的。

相信作者挑選書中收錄的香港戰前報紙作為撰寫對象的另一主要原因是，它們都保留了該報曾經出版的「特刊」。但每張報紙都以不同的詞彙來形容其「特刊」，例如《中興報》稱它為「紀念刊」，《香港小日報》的「特刊」叫「彙刊」，《香江晨報》卻出版「紀念號」，而《超然報》則選擇「專號」來形容它的元旦「特刊」。雖然這些「特刊」各式其式，冠以不同的名稱，但卻有一相同之處，就是負責編輯的，都盡了最大努力去搜集有關該報的發展情況和所遭遇的困難等等，但亦有些是與當時中國政治實況以及香港社會實況相關的豐富資料來為讀者報導，這些特刊是深入了解相應報紙的非常珍貴的原始材料。例如《香江晨報六週年紀念號》是研究該報較為完整的唯一的第一手資料。《紀念號》內有很多篇幅都是有關該報的歷史、現況等。可稱是進一步了解該報的珍貴資料。又例如《香港小日報彙刊》第一集是該報一週年特刊，這冊《彙刊》首先由編輯解釋出版的原因，然後透過兩篇文章：〈我們的一年〉及〈週年紀念報告讀者〉講述該報如何經歷過去多苦多難的一年。雖然這些文章篇幅不多，但可說是唯一現存有關《香港小日報》在香港營運情況可信性極高的資料。

此外，讀者應很容易感受到作者是用了不少心血着意介紹這些香港報紙的創辦人及報紙最高管理階層人物的。原來這些人物不少都是革命分子，不單是曾參與辛亥革命運動而且繼續從事抗拒軍閥鬥爭的革命人士，有些更是當時政壇的著名人物，但研究這些人物生平的學者往往都忽視了他們在香港辦報的活動及持續從事革命工作的真相。這本書所提供的有關珍貴資料正好彌補這方面的遺漏。

毫無疑問，對於熱愛香港的港人，對於現僑居各地仍然熱愛香港的港人，只要翻過本書，便能分享到作者窮數十載功夫積累的有關香港戰前報紙的豐富知識。本人樂於喜見國雄兄在他研究香港的漫長旅途上，在他搜尋、保留、整理以至了解無數香港資料的工作中，終於由一名默默耕耘的幕後無名英雄，露身走到最前頭戰線上成為研究香港的一位民族英雄。本人在此謹向全部港人呼籲，請您細心撿拾一下家人收藏的舊物，在您所僑居的地方，認真留意一下，是否仍收尋到任何香港資料，若有，請儘快聯絡楊國雄，給他一個驚喜，不時給他打一口興奮劑，令已到高齡的他，仍可堅持無比的鬥志，給港人多寫些文章，這是本人的盼望，亦是他期望的回報，也是本人為甚麼已屆高齡，還自找苦吃，花了不少無法入睡的深夜，趕寫好這篇序言的原因。

序二

◎ 黃仲鳴　香港樹仁大學新聞與傳播學系副教授

寫這篇文章時，偶遇一位博士生，他說：「研究香港報業史者，寥寥無幾人，除李谷城外，知你是這方面的行家，願聆教益。」這番話實在使我慚愧，雖在大學講授香港新聞史，但述多而著少，怎能算是「行家」？我答：「錯了，還有一位大行家，你應該向他請教，那就是楊國雄。」

不錯，在結識楊國雄前，已於八十年代在《廣角鏡》和《香港文學》上，看過他寫的報紙和期刊論述了。後來，他將這系列文章輯進一書：《香港身世：文字本拼圖》，着實使人目為之張，識見大開。尤其是〈香港報業史上的珍貴特刊——《華字日報七十一週年紀念刊》與《循環日報六十週年紀念特刊》〉、〈鄭貫公首創粵語報紙——《有所謂報》〉、〈香港第一家晚報——《香江晚報》〉等，都是據第一手資料寫成，也是我講授新聞史時的教材。

楊國雄此書只為「香港身世」拼圖，專注報業史的拼圖，我期盼已久。踏入二十一世紀，即聞他開始這方面的撰述，着實使我興奮。他果真坐言起行，先後於《百家文學雜誌》、《文學評論》接連擲出佳作，每番讀之，真有要寫香港報業史者，楊國雄實為第一人之感。

楊國雄曾任香港大學孔安道紀念圖書館館長，在收集報業史料方面不遺餘力。上世紀八十年代初，該館購買了吳灞陵整批藏書，尤其是戰前的報刊資料，特別是大量報紙的創刊號和一些報社出版的特刊，十分齊備。據他在〈吳灞陵的香港報業史料〉中所說，「內容的接觸面甚為廣闊，諸如有關香港整體性的報業史、早期的報業史、日佔時期的報業史、各報的個別資料、報人、報界社團、報業的印刷和出版、新聞教育、新聞法例和檢查等」。此外，還有吳灞陵的筆記、剪報和期刊的文章。擁有這些資料和劄記，吳灞陵曾有志於報業史的撰寫，亦已擬好大綱，可惜天不假年，壯志未酬。

楊國雄以退休之年，據之而孜孜不倦，寫下這一系列文章，吳灞陵亦可含笑九泉，終有人來完成他未竟之業。在〈陳秋霖和《香港新聞報》的報變〉中，楊國雄注釋有云：

> 庖丁，〈香港報界趣拾〉（剪報，出處不詳）一九四二年八月一日，吳灞陵舊藏；又吳灞陵，〈記香港新聞報〉（剪報，出處不詳）一九三一年，吳灞陵舊藏。

在〈革命暴徒報人夏重民和《香港晨報》〉中亦有此徵引：

吳灞陵，〈記香江晨報〉（一九三一年剪報），見著者剪輯舊作《報業論文集》（二）。

近水樓台先得月，楊國雄充分利用了吳灞陵所藏資料，但坊間當無從一睹，怪不得他希望「孔安道紀念圖書館可以調配足夠的資源，從速將這些資料整理妥當，使有志研究香港報業史者，得以利用吳氏歷年盡心盡力所收集的史料」。筆者亦翹首以望焉。

楊國雄的研究，只限於戰前的香港報業，若干篇章饒有意義，發前人之所未發，如〈陳復與香港現存最早共產黨報刊《香港小日報》〉。在閱此文前，筆者在李家園〈香港報業雜談〉中，得悉一九二七至一九二九年間，有一份宣傳共產主義的小報《赤報》，惟僅出一期，迄今不可尋。這份創刊於一九二九年五月六日的《香港小日報》，楊國雄說「可算是現存最早的一份共產黨日報」，因有原件，楊國雄介紹甚詳，還引用了不少有關者的回憶錄和他人研究文字，最重要的還是這份資料：

從吳灞陵所藏的香港報業史料裏，發現了一份極其珍貴，披露該報這次被封禁的資料。這是一份新聞手稿，從筆跡看來，很可能是吳灞陵所撰，被香港報紙檢查處禁止刊載而退回來的。稿件共二頁，每頁都劃上一個大交叉，在交叉中間有一橢圓形蓋章，圍着這個蓋章圓邊有「香港報紙檢查處」的字樣，中間有「此稿不得登載」數字。

楊國雄運用了這些「獨家資料」，令文章益增分量，其價值可見。

筆者曾研究黃言情（燕清）的滑稽小說《老婆奴》和《老婆奴續篇》，但對黃言情的個人歷史，所知寥寥，楊國雄卻深入挖掘，得〈香港名報人黃燕清〉一文，實開我眼界，又如我撰寫《香港三及第文體流變史》時，曾翻閱了鄭貫公編輯的《時諧新集》；在課堂上講鄭貫公的《有所謂報》，除據殘缺的原件外，資料多來自李家園的〈香港報業雜談〉，和楊國雄的〈鄭貫公首創粵語報紙——有所謂報〉，但其後他所寫的〈鄭貫公：英年早逝的革命報人〉，再深入論述，使我在講學上更為「得心應手」。鄭貫公不僅是天才報人，還是「情聖」，學生聽了鄭貫公悉心照顧患上時疫的妻子，妻子病好了，他卻不幸感染而逝，妻子隨之服毒殉情的故事後，個個唏噓不已。鄭貫公的生平和辦報思想，楊國雄說之甚詳，他人的論述，難以比拚。

楊國雄寫了戰前八位報人，和七篇戰前報人和報紙的研究，都是鮮為人知的力作，足見他在報海鉤沉的苦心和功力。多篇俱為我喜讀，如〈毛澤東訂閱的香港報紙《超然報》〉，他說不過是藉毛之名「虛張聲勢」，但卻饒有趣味；又如〈戰前在香港遭槍擊的兩位報人：羅偉疆和黎工佽〉，更是令人讀之有無限傷感之作。黎工佽和另一位報人豹翁（蘇守潔）俱是小報《探海燈》的「辣筆」，力揭官場黑幕，黎工佽遭擊斃，豹翁其後亦人間蒸發；對豹翁此人，還盼楊國雄為我們說之一二。

楊國雄這書，已為香港戰前的「報業身世」，拼出一幅圖畫來。這圖畫，值得我們細觀，也是報業史研究者最重要的「參考書」。

二〇一三年母親節寫於香港沙田

前言

筆者最初接觸到的香港戰前報紙，是距今四十多年前，香港大學馮平山圖書館的鎮山之寶《香港華字日報》。該館收藏的是從一八九五至一九四〇年，所存早期原件有缺漏及殘破，所存後期的，因為經常為讀者索閱及影印，亦間有損破，但大致上相當完整，該報不但對研究香港歷史有幫助，甚至對華南地區或整個中國的研究，都起到很大的作用。在七十年代初，雖然美國掀起「中國熱」，但有關中國出版的書籍並不多，所以在渴求中文資料的情況下，美國的中國研究資料中心和香港大學圖書館聯手整理《香港華字日報》。該中心資助圖書館修補破損的《香港華字日報》，攝製顯微膠捲後，便為圖書館精裝該報，每月為一巨冊，以後便可以向世界各大圖書館出售該報的顯微膠捲。合作計劃實行時，筆者帶領一個小組參與修補該報的工作，其中成員包括在馮平山圖書館主理修補線裝書的葉文先生和幾位總圖書館釘裝部的同事，一起在公餘後留館從事修補。經過細心而費時的修補，該報製成顯微膠捲後，現在世界各大中文圖書館都皮藏有該報的顯微膠捲本。

其後，筆者轉任掌管專事收集香港資料的孔安道紀念圖書館。在八十年代初，該館購置了吳灞陵整批藏書，其中的香港報業史料，尤其是戰前的極為豐富，特別是大量報紙的創刊號和個別報社出版的特刊十分齊備。現在坊間所找到的有關香港報業史的專書或論文，較少談論個別報紙的歷史。有了這些報紙創刊號和特刊，便較易撰寫個別報紙的歷史，進而更準確地認識整個香港報業的發展。因此，筆者那時便醞釀着要撰寫一些戰前香港報業的書介，希望吳灞陵所藏，廣為人知，亦廣為人用。

在一九九〇年移民加拿大前，筆者已在香港期刊發表過有關香港戰前報業的文章，最早的三篇分別是《華字日報》和《循環日報》的兩本週年刊合述、鄭貫公和《有所謂報》，以及最後一篇的《香江晚報》。最後兩篇所提及的報紙都是校外人士提供給圖書館的，文稿中提及有他們的姓名，亦是對其協助保存文物的熱忱，略表一二。撰寫這三篇文章時，還沒有充分利用吳灞陵的報業史料藏品，主要是圖書館的工作繁重，未能全力兼顧文稿撰寫。

移民加拿大後，筆者任職約克大學和多倫多大學合辦的亦是專事收集香港資料的加港文獻館（Canada-Hong Kong Resource Centre）時，因人手短缺、館務繁忙、上下班交通費時，更是不能開展自己的寫作計劃，這時只曾撰寫過一篇有關革命報人黃世仲的論文。事緣筆者在香港孔安道紀念圖書館工作時，因要搜集以香港為背景的小說，故留意過黃世仲所撰的《廿載繁華夢》，先後買了這本小說的幾個不同版本，其中有一種是線裝稀本，前香港藝術發展局文學組委員會主席胡志偉以筆者對黃世仲有所認識，邀請筆者二〇〇一年八月回港出席由香港紀念黃世仲基金會主辦的「辛亥革命九十週年紀念暨黃世仲投身革命百週年國際學術研討會」。筆者提交的論文題目是〈港台及海外圖書館所藏黃世仲著作初探〉，此文立論，是根據筆者多年前在英國圖書館，選鈔該館卡片目錄中香港戰前出版的書目和《香港政府憲報》內的〈書籍登記表〉。經過與該館的多番電郵聯絡，證實版本眾多、流傳甚廣、評價甚高而以前從不知作者是誰的《吳三桂演義》，原來就是晚清報人黃世仲所撰著。據對現代中國文學和黃世仲素有研究的顏廷亮教授說：「這是黃世仲研究的一大收穫，是晚清小說史研究的一大收穫。」這是筆者首次在學術研討會提交關於香港戰前報人的論文，後來另撰〈追尋香港戰前出版書刊：以黃世仲作品為例〉一文，分享尋訪香港戰前出版書刊的經驗，希望給有志研究香港歷史的人，在尋找資料時參考。在參加研討黃世仲的過程中，筆者亦得以補正以前的錯誤論點。多年前筆者提出香港現存最早的文藝期刊是《新小說叢》，現應改正為黃世仲所編的《中外小說林》，詳情見拙著《香港身世：文字本拼圖》。

二〇〇五年在多倫多大學退休後，有朋友曾邀約筆者介紹香港戰前報紙特刊，以便在網上營造一些與讀者互動的構想，讀者對象是普羅大眾，內容不能太深入、太詳細。筆者不大熟悉此做法，總是提不起勁去構想、去撰寫，後來這個計劃便不了了之。此後，筆者所撰寫有關香港報業的文稿，是在方寬烈先生所主持的《文學研究》二〇〇七年第八期，題為〈集教育家、名報人和作家於一身的黃冷觀〉。

筆者於二〇一〇年四至六月第七至八期的《百家文學雜誌》（雙月刊）發表了兩篇文稿，內容分別是有關吳灞陵的香港報業史料和香港的報紙創刊號。這兩篇文稿，原是筆者於二〇〇七年十二月二十至二十二日，在嶺南大學舉辦的「香港文學的定位、論題及發展」研討會上所提交的論文，原題為〈吳灞陵的香港報業史料〉，後在《百家》一分為二。這兩篇文稿再經筆者改動後，成為本書第一部分的「史料篇」。

本書第二和第三部分內的各篇，都曾登載於二〇一〇至二〇一二年香港的《文學評論》（雙月刊）。第二部分是「報人篇」，共收七篇談論八位報人，以其生年序列。適值二〇一一年是辛亥革命一百週年，因此，這部分所撰寫的有一半都是清末民初的革命報人。

第三部分是「報紙篇」，共收六篇，以報紙創刊先後序列。以毛澤東為題的一篇，用了毛氏之名不過是虛張聲勢罷。筆者在選擇撰寫各種戰前報紙時的考慮，主要是要揀選那些曾經出版過特刊的報紙。這些特刊多有刊載個別報社的歷史，運用這些第一手資料來撰寫個別報紙的歷史，材料更為豐富、又翔實可信。香港的大報諸如《香港華字日報》、《循環日報》、《工商日報》等報的歷史都比較為人熟悉，所以在這階段，筆者所撰寫的個別報紙史，是選擇較少人熟知的報紙，現在檢視各篇後，發覺所寫過的不期然全部都是不同派系的政治性報紙。因此，這本書亦可稱為「香港戰前革命報人和政治性的報紙」。

在香港人的普遍觀念裏，「戰前」一詞是指日本佔領香港前的時期，而本書內容的年限是自晚清至日佔前為止。第二和第三部分各篇都是以時序，讀者如從頭讀下去，可順時略知各時期的發展，但各篇都是獨立而成，可選擇而不隨書內順序閱讀。本書內容雖是關於個別報人和報紙，但從這些個案中可大概歸納一些香港報業的特點：報人的資歷、報紙創辦目的、館址、報費、人事、銷場、內容、國內及港府的管制、各報的關係、穗港報人的交流、新聞教育等。這都是可以更進一步去討論的課題，惟有以後完成更多個別報業個案，使這些課題的研究能更充實。

本書在寫作時借鑒了很多學術界富有啟發的研究成果，謹此表示誠摯的謝意，但本書內有多篇初稿完成已久，當時未有加以注釋，再修改時又因過時已久，記憶模糊，未能完全補加，在此深表歉意。

最要感謝的是素未謀面而已故的吳灞陵先生，他所遺下來極為豐富的香港本土文化遺產，為本土歷史文化帶來了無與倫比的貢獻，特別他搜集到的報紙創刊號和特刊，觸發起筆者撰寫這些文稿的意念，雖然吳氏天不假年，未能完成撰寫一部完備的香港報業史，但日後能讓眾多研究者利用他獨具隻眼而用盡心機所收集得到的豐富資料，吳氏是功不可沒的。

本書得以早日面世，首先要感謝盧瑋鑾（小思）教授力促玉成其事，深感為我籌謀之關切；在成書過程中，要感謝三聯書店的侯明女士、梁偉基和鄭海檳兩位先生及相關人員，在本書的策劃出版過程中，使本書早日付梓。

十分感謝霍啟昌及黃仲鳴兩位教授，在百忙之中，夙夜不懈，為此書作序。感謝《百家文學雜誌》總編輯黃仲鳴教授和《文學評論》總編輯林曼叔先生，同意將登載在雜誌的拙文編集成書，特別感謝林曼叔先生在近三年來每期都騰出寶貴的篇幅，登載拙文。若非為要依時交稿，恐怕今天仍未能積篇成冊。

在資料提供方面，感謝香詠娥和楊少嫻兩位前圖書館資深同事，無論筆者旅港或在加期間，都做出盡心盡力的幫助，使得這本書的內容更為充實；又得冼玉儀博士慷慨供給部分報紙特刊的影印本；尹耀全博士在二〇〇一年提供香港報紙創刊號的目錄；孔安道紀念圖書館各位職員為我查找資料提供了很多方便，尤其是前線職員不厭其煩指引筆者在使用日新月異的儀器方面，得心應手，在此一併致謝。至於書內所用於鄭貫公一文的《時諧新集》，承蒙黃仲鳴和程中山兩位教授惠贈該書資料，特表謝忱。

最後還要感謝我的家人：內子黃倩儀的無私關愛、默默奉獻，小女泳琪長年協助館際借取書刊、小兒泳然做出資訊技術上的支援。他們多年來的支持與體諒，是我漫長歲月中的支柱，也使這本小書雖質量輕卻情意重。

筆者學有不逮，本書舛誤之處，在所難免，敬請方家不吝批評雅正。

二〇一三年四月於加國安省麥咸市

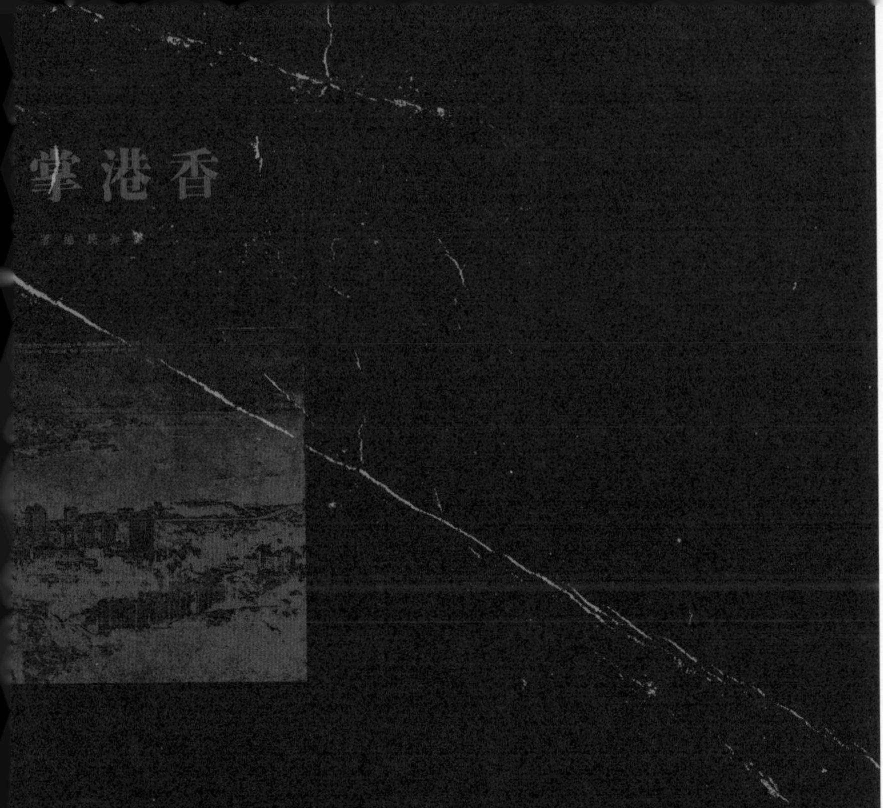

一

吳灞陵舊藏的報紙創刊號和特刊等等，為香港戰前報業提供了珍貴的史料。

香江晨報六週年紀念錄

東方日報
民國二十年
國慶特號

香港小日報彙刊
第一集

史料篇

chapter

①／吳灞陵的香港報業史料

在一九七〇年代末，專事搜集香港資料的香港大學孔安道紀念圖書館處於草創時期，亟需增強所藏資料。當時港人很少注重香港資料，一般藏書家所藏的不多，吳灞陵是少數私人收藏香港資料最豐富的藏家之一。灞陵於一九七六年逝世後，筆者得故友李君毅聯絡觀看並洽購灞陵藏書，得吳太慷慨相讓，又得孔安道金特別撥款助購，於八十年代初，灞陵藏書便歸孔安道紀念圖書館所有。灞陵收集的香港資料至為豐富，無論單行本、期刊、報紙或其他零碎的資料，如筆記、照片、章程等等，都在收集之列，這些藏品對研究香港各種歷史課題，尤其是在報業方面，都有很大的幫助。本節將介紹吳灞陵的生平、藏書的內容，特別是他所藏的報業資料。

△ 吳灞陵

◉ 吳灞陵的生平

吳灞陵（一九〇四至一九七六），廣東南海人，幼年失學，年十一二，便出外謀生。素有閱報癖，但又無力購閱報章，有空時便在報館門前徘徊。當時很多報館門前都備置數幅壁報板，將當日該報張貼在上面，任人瀏覽，灞陵就是在善慶街的《大光報》和乍畏街的《香江晨報》門前圍觀報紙的常客之一。他自言幸賴讀報得以增廣見識。當民國十一年（一九二二年）陳炯明圍攻總統府時，舉國痛憤，《香江晨報》主持正義，對陳氏口誅筆伐，不遺餘力。灞陵激於義憤，亦試投稿該報，為文痛擊陳炯明，該報編輯不加刪改，即於翌日刊出該文。灞陵大喜，又寫小說〈紅粉骷髏〉投稿，這是灞陵投稿生涯的開始，亦於此時開始渴望在報館工作。其後灞陵在一九二三年得以投入報界，歷任《香江晚報》、《人光報》、《中華民報》編輯，《循環日報》（戰後版）總編輯，他任職最久是在華僑日報社，在謝世那年

（一九七六年）仍然擔任《華僑日報》港聞主任，兼任《香港年鑒》主編。瀟陵終其一生，超過半個世紀從無間斷為報界服務，香港日佔時期很多報人都逃往內地，而瀟陵在這期間，仍然在港堅守他在報界的崗位。

瀟陵熱心社會服務，於各宗教團體、宗親會、職業團體及街坊會等組織，貢獻良多。除了喜歡收藏書刊外，興趣又涉及集郵、書法、攝影及游泳。在香港境內遠足，更持之有恒，是歷史悠久的旅行團體「庸社」的創社元老，是該社的核心。由一九三三年為庸社「接生」，以至一九七六年逝世為止，他是由始至終的領導者。戰後復員，瀟陵第一個倡議復社。而瀟陵乘在《華僑日報》任職之便，得以在報上為庸社宣傳及聯絡行友作行山活動；又在報上發刊〈旅行週刊〉，提倡境內旅遊。華僑日報社為他出版的《香港九龍新界旅行手冊》、《香港風光》、《九龍風光》、《離島風光》、《新界風光》、《今日大嶼山》和《今日南丫》等本地旅遊指南，當時行山人士都人手一冊。他最為人樂道的連載是分別以「鰲洋客」為筆名撰寫的〈香港掌故〉和以「馬迴」為筆名撰寫的〈新界講話〉。

◉ 吳灞陵的藏書

灞陵除了在報界做出貢獻外，他搜集書刊的興趣，也為香港人保存了很多珍貴的歷史資料。他在二十歲時，就已經積存了當年在上海風起雲湧地出版，而全年無缺的小報三十四種。一九四〇年在香港大學馮平山圖書館舉辦廣東文物展覽會時，他個人借出廣東各縣市出版的八十八種報紙和四十六種期刊。孔安道紀念圖書館獲得灞陵藏書後，先後將他的單行本編目上架，以供讀者作研究參考。除此之外，筆者又於一九八三至一九八五年期間，在《廣角鏡》寫了些文章介紹孔安道紀念圖書館所藏戰前出版的各種珍貴單行本、鄉族刊物、婦女雜誌及工會期刊等。一九八六年又在《香港文學》執筆介紹清末至「七七事變」的香港文藝期刊，以上文章所提及的書刊大部分都是吳氏藏書，對個別香港專題歷史研究，都有很大幫助，例如研究早期香港文學史所依賴的文藝期刊，大部分都是灞陵的舊藏。以上在《廣角鏡》和《香港文學》的文稿均收錄在筆者的《香港身世：文字本拼圖》一書內。

筆者除了寫些文稿介紹部分灞陵藏書外，孔安道紀念圖書館在一九八二年十月，乘着香港大學亞洲研究中心舉辦「香港研究資料研討會」時，在校內鄧志昂大樓主辦一個為期兩天的小型「吳灞陵藏書展覽」，跟着便移往該館展覽十一天。因為籌備時間緊迫，場地狹小，所展覽的只是吳氏藏書的極少部分。這次展覽印備了簡單的場刊，所展覽的五個部分都有簡短的介紹，現錄下其中部分簡介，可以對吳氏藏書有一個初步的了解：

一、吳氏著作及個人物品

吳氏著作甚豐，舉凡時事評論、小說、香港史地及詩歌之文章，皆有刊載於各大報章，而自〔剪報〕編〔輯〕成冊。本館亦有度藏吳氏由一九二三年起至一九七二年所寫之日記。其他藏品旁及吳氏個人之紀錄、證書及票據，以至朋輩之書札、詩詞及繪畫。

二、珍本

吳氏所藏珍本甚夥，其中包括馬場大火、蓄婢問題及新界寺院之紀念專刊等。最珍貴者當推一八九四年出版陳鏸勳所著之《香港雜記》，是編為論述香港歷史最早之中文專著。

三、香港史地資料

吳氏所藏香港史地資料，至為豐富。以地區分別入檔，計有香港、九龍、新界、大嶼山及其他離島各檔。另置地名辭典及香港自然生物兩檔。資料包括剪報、期刊、期刊文章、小冊子、拓本、照片、筆記、信札、簡章等。吳氏為庸社創社元老之一，其旅行紀錄、照片及負片均附存焉。

簡介的第四和第五部分的標題分別是「香港報業史料」和「報紙及期刊」，本文以下對香港報業這方面的資料，會作較為詳盡的介紹，在此不再引述這兩個部分的簡介。灞陵所藏的和筆者在移民十多年前所積聚而捐出的期刊創刊號，直到現在，孔安道紀念圖書館還未能整理妥當以供讀者利用。這些期刊創刊號在研究各種專題上，都有極大的作用。希望該館不單有貯藏功能，還應發揮推廣利用資料的功能。

現在若果要全面介紹灞陵藏書，是有一定困難的，因為灞陵所搜羅的資料，不僅限於香港一地，中國其他各地的都在收藏之列。孔安道紀念圖書館所收藏資料的範圍，僅限於香港一地，所以當時該館收到灞陵藏書時，便將不屬該館範圍的書刊，移交馮平山圖書館整理庋藏。其次，灞陵所收藏的香港資料，不單是一般圖書館的書籍和期刊，他的資料品種多樣，整理十分費時，所以當時該館首先處理編目的是專書、期數較多的期刊和報紙的專欄連載，完成編目的書刊，已依着索書號排在書庫。而這些書刊編目前後，並沒有編成屬於灞陵藏書的一個詳細目錄，因此現在要作一個全面而詳細的吳氏藏書介紹，則頗為困難。

◉ 香港報紙歷年調查

對於香港出版的中文報紙，從晚清直到一九三三年，又由一九三六至一九四一年日佔時期以前，灞陵都有其按年列表的紀錄手稿。一九三一年表列還包括雜誌、不定期刊和通訊社，一九三九年包括通訊社、小報、三日刊和星期刊。這些按年調查表列舉的細目大抵包括：報紙名稱、督印人、編輯、地址、張數、報費、創刊日期等項。灞陵亦編有香港西報簡史和香港西文、日文報紙調查表，列舉的事項比較簡單。

灞陵所編製的香港戰前報紙歷年調查表，對於探求歷年報紙出版的概況，是很有幫助的。戰後從一九四八年開始，由華僑日報社出版、吳氏編輯的《香港年鑒》，每年都有專題論述一年來的香港報業，資料詳盡。吳氏於一九七六年逝世後，該年鑒仍因循灞陵擬好的體例繼續編載。可惜《香港年鑒》多年前已停刊，而這些每年報業資料亦同時中斷了。

香港報紙年表是研究香港報業的一種基本資料，這些資料亦可以在香港政府刊物中找到。早自一八六二年開始，在香港政府每年編印的 *Hong Kong Blue Book*（《香港藍皮書》）內就載有 Return of the Principal Publications（主要書刊報告），內容載有每年出版的香港報紙名錄，起初這裏所列的中文報紙名稱只有英文音譯，後來連中文報名和報社原用的英文報名也有登載，報紙名稱後附有刊期。各報如有申報銷量數字，亦會刊登在表內。這些資料一直持續刊登，直至一九三九年為止，雖然每年的名錄未能盡錄當年所有出版的報紙，但這些原始參考材料對研究香港報業仍具有一定的作用。

◉ 香港報紙特刊、期刊、報刊副刊及連載

灞陵所藏報紙創刊號極為豐富，在本書內有另文詳為介紹。報館遇着週年報慶，都會在報上刊出慶賀的文字、自勉的言辭、該館的歷史或展望。在篇幅上增加張數，便有所謂「增刊」。有些比較隆而重之，出版特刊另冊以示慶祝。有些報館除了報慶外，其他如元旦、雙十國慶、新廈落成、或彙集以前該報刊登的文章等，都有出版特刊。灞陵搜集的這些特刊，一般最主要的內容當然是有關該報的歷史；其中亦有豐富的香港歷史資料；而因香港地處南中國，特刊還有專號討論廣東、廣西兩省的文章；其他像有政黨背景的特刊討論政治各課題；抗日戰爭時期出版的討論抗戰的情況；宗教性的則刊載教派爭拗的言論；報紙出版特刊的內容是多樣化的。

報紙特刊大多是非賣品，極難搜集，稍縱即逝。灞陵所藏特刊，無論戰前或戰後出版的都很豐富。戰前出版的有《大光報》、《中國新聞報》、《香江晨報》、《東方日報》、《循環日報》、《中興報》、《華字日報》、《超然報》、《星島日報》、《國民日報》、《南華日報》、《探海燈》的特刊。戰後出版的有《天文台報》、《天天日報》、《工商日報》等報，數量繁多，以上只是舉幾個例子。

灞陵除了報紙特刊外，亦收藏有一九四〇年國際新聞通訊社出版的《祖國概況：國新社三週年紀念冊》；其他有關記者節的特刊收藏了由一九四七至一九五四年間出版的共七冊。在灞陵生前，有關香港報業的期刊甚少出版，他只藏有香港官立漢文專科學校新聞學系在一九五一至一九五三年出版的《新聞園地》一至四及六期。

報紙副刊則有灞陵編輯的《報業與報學》半月刊，該刊全部十六期於一九三四年在《華僑日報》刊載。內容屬香港部分的述及《中國日報》、《真報》及小報，該刊稿件多由灞陵執筆。另有由中國青年新聞記者學會香港分會編輯、載於一九三九至一九四一年《星島日報》的副刊《青年記者》，該副刊共刊出一百多期，灞陵所藏間有缺漏。連載的有於一九六二年十二月至一九六三年七月由甲乙丙執筆的〈報壇點將錄〉，每日寫當代一報人；一九五七年十月初的由風流記者撰寫的小說〈報海濤聲〉，共有三回十八續，可惜缺少頭八續，故事談及香港一間報社在日治時期繼續出版報紙，戰後國民政府因此報曾「附逆」而通緝該報負責人，該報故而派人赴廣州向當局活動，以圖洗脫罪名。這個故事的個中人物，瀛陵都注明是影射真實人物。

◉ 香港報業史料檔案

從瀛陵所收藏的香港報業史料來看，他是在十九歲（一九二三年）加入報界後才收集報業史料，因此，瀛陵所藏的早期報業史料，都不是原始材料，而是瀛陵的筆記、剪報和期刊的文章。後來他加入報界，才着意收集報業的原始材料。他所收藏的香港報紙資料極為豐富，其他藏家無出其右，所以他的筆名亦有「萬報樓主人」之稱。他有這樣豐富的藏報，主要是他有着強烈的「搜報癖」，搜集時間超過五十年，從未間斷，他終生在報社工作，報界人脈暢通，有關報紙出版消息靈通，加上有些報紙創刊時，都會主動寄給吳氏。一些普通市民難以搜集到的，例如試刊號等，吳氏都有收藏。吳氏有着這些平常人不具備的有利條件，當然所搜集的報紙也是齊備得多。他的收集品類除了原份報紙外，還包括報人的口述筆錄、小冊子、單張、信札、手稿、題字、相片、訃告和哀思錄、各種的章程、董事局報告書、通告等。而細小如報館用箋樣張、名片等也都在收藏之列。瀛陵最珍貴而現在又罕見的報業藏品，恐怕就是戰前報界公社不時發給各會員報社的以石印印刷的紫藍色手寫通告，和附有印記「報紙檢查處·此稿不得登載」的有關《香港小日報》被檢的手稿。

灞陵的香港報業史料收藏豐富，由香港報業開始至灞陵逝世時為止，特別是戰前的資料，彌足珍貴。內容的接觸面甚為廣闊，諸如有關香港整體性的報業史、早期的報業史、日佔時期的報業史、各報的個別資料、報人、報界社團、報業的印刷和出版、新聞教育、新聞法例和檢查等。

各報的資料主要集中在日佔前出版的報紙，灞陵特別設有專檔的有《世界公益報》、《華商總會報》、《中國新聞報》、《循環日報》、《中外新報》、《維新日報》、《環球報》、《廣東日報》、《申報（港版）》、《香江晚報》、《中國日報》、《華僑日報》、《星島日報》、《大公報》等，而每個專檔資料的質量，都因各報出版年期的長短和所能收集得到的數量而有所差異。

現以《循環日報》的專檔為例，幫助讀者了解其他各專檔的內容。其資料包括該報在一九三二年出版的《循環日報六十週年紀念特刊》外，還有一九一七至一九四六年該報出版的單份報紙共二十六份，這些報紙包括週年紀念號、元旦增刊、復刊號、停刊號、畫刊等，很多都非整份齊全。其他有關該報六十週年特刊的零散資料，包括：徵文啟事剪報；致《南中報》徵文公函並附信封，公函是〈循環日報略歷〉單張，介紹《循環日報》的源流、創始、改進、擴充和希望等共五段；該報用箋；有關該報戰後復刊材料，如手抄本〈香港循環日晚報復刊緣起及組織簡章　一九五六〉和復刊酒會照片；該報的啟事剪報，如晚報出版、徵求訂戶、減收報費、向中國國貨公司道歉、〈國貨特刊〉和〈青年園地〉徵文等；該報的人物資料，如王韜十數篇剪報和期刊文章、該報的其他人物剪報（像李文卿、魏曇庵、溫荔坡、沈懺生、梁仁甫和黃弢甫等）。此外，還有何雅選壽宴的剪報和照片，席上何氏講述報界往年舊事，灞陵存有筆記簡錄，另有何氏題字及病逝剪報。最後，這個專檔亦包括由吳灞陵撰寫，有關該報前老總何冰甫的筆記。

◉ 後語

灞陵畢生致力於收集香港報業史料，是為其撰寫香港報業史而做好準備。對於香港報業史的撰寫，他許久以前就已草擬好大綱，在大專院校和聯青社演講時，對於香港報業史多方面的重點都有提及。歷年來他所撰寫的有關香港報業史的文章、他所貯藏豐富的香港報業史料、他在報界長久深刻的歷練，在在皆足以使他撰寫一部完善的香港報業史，使其後來者，不致於到許多史事失實和缺漏的境地。可惜天不假年，灞陵未能完成他的夙願。希望有志研究香港報業史者，能好好地利用灞陵所收集的珍貴報業史料，寫成扎扎實實的香港報業史。

chapter 2

香港的報紙創刊號

◉ 報紙創刊號的重要性

報紙這一類資料對研究香港的文化、歷史、社會、政治、文藝或藝術等各個領域，都很重要。而每一種報紙的創刊號則有如該報的出生證明書，證明它的姓名（報名）、出生日期（創刊日期）、出生地點（社址）、父母姓名（督印人）、體重（張數）等，說出該報最基本的身世。

此外，創刊號供給讀者有關該報的很多其他資料：發刊詞、出版說明或編者的話，說明該報創辦的因由、立場和目的，使到讀者明白到該報辦報的方向；從政商各界和各個社團的題字和賀詞，可以知道該報的網絡關係和所欣賞名人的手跡；創刊號新聞內容的詳略和社論立場的取向，讓讀者使用資料時可以有所取捨；各個副刊的開場白和約稿說明，以及出現在副刊的作者和文章，可以使讀者知道該報以哪些內容來吸引心目中的讀者群。其實創刊號亦是報紙的一塊試金石，有了一個好開始，便容易吸引讀者去訂購。

就算報紙的創刊號出版時，省去一般都有的發刊詞和各方賀詞，這些減省都可能有特別理由，譬如一九二九年出版的共產黨第一份在香港辦的報紙《香港小日報》，該報的創刊號除了在報頭標出是第一號外，並沒有任何發刊詞和賀詞，主要原因是當時香港政府正在施行嚴厲壓制共產黨的措施，該報創刊時，只得儘量保持低調出版。

收集舊報紙是一件不容易的事，私人沒有空間儲藏大量的報紙。就算圖書館亦沒有可能儲藏全部每日出版的報紙，只能選擇少數較為重要的來收藏，因此其他的很多報紙便缺藏了。既然圖書館不可能收齊全港出版的報紙，而有些讀者有時又需要一般圖書館缺藏的，那麼圖書館可以採取折衷的辦法，選出其他報紙較重要的期號來收藏，這些就是創刊號、終刊號、週年紀念號或其他值得收藏的期號。

◉ 香港大學圖書館的香港報紙創刊號

香港大學孔安道紀念圖書館庋藏着很多香港報紙創刊號，香港大學圖書館在一九九八年將這些資料攝製成十八捲縮微膠捲，所收的報紙年限從一八四二至一九九五年。這份縮微膠捲的書名是圖書館自定的，不熟悉圖書館目錄，尋找起來便有些困難，所以在此記下書名，以便查閱：《香港大學圖書館藏香港報紙創刊號》（*Inaugural Issues of Hong Kong Newspapers in the University of Hong Kong Libraries*，索書號：26992-27009）。這份縮微膠捲收列一千零二十四種報紙，排列次序先是以中文報名筆劃多少排序；後面的英文報紙部分則以報名的字母序順。據聞這份縮微膠捲的目錄和索引已預備妥當，短期內將可供讀者索閱，有了這些目錄和索引，檢索這份縮微膠捲就更為方便。

收入這份縮微膠捲的報紙資料可以劃分為三個單元。第一個單元是從一八四二年三月十七日至一九〇五年七月四日這段時期，這個單元的報紙創刊號並不是刻意收集的，而是從館藏的報紙抽出創刊號或有關期號而加入在內，所攝製的二十七種中，中文報紙只有《遐邇貫珍》和《有所謂報》兩種，其他的都是英文報紙。

◉ 吳灞陵所藏的報紙創刊號

從圖書館定下的書名來看，似乎資料只限於香港報紙創刊號，但這份縮微膠捲的收列範圍實際更為廣闊，尤其是吳氏所搜集到的至為豐富，這裏有必要將這些範圍說明清楚，使讀者能够充分利用此膠捲資料。

創刊號一般有廣義和狹義之分，狹義的創刊號是指報紙出版的第一號，廣義的除報紙的創刊號外，還包括試刊號、改刊號和復刊號等。但吳氏的收集範圍更為廣闊，對撰寫香港報業史有幫助的期號，他都有所收集，如報紙的終刊號、刷/革新號、週年紀念號、元旦或雙十增刊，中國時令如春節、中秋的特別日子等。吳氏亦儘量收藏有任何改動的報紙，如改版、改用柯式印刷、排字工人罷工縮版、刊期更改、督印人變動、改報頭、改大報或小報形式出版、與他報合併、國內報紙出香港版的，或遷往國內前最後的一號，和同日調查的樣版報（以下再詳細介紹這一類吳氏獨有的藏品）。有些情況下，吳氏還收集了創刊號以後幾天的報紙，這樣收集更能幫助了解該報的出版情況。這些獨特的單份報紙，均足以反映香港報紙各種不同的出版情況。

第二個單元，是從一九一七年五月十九日至一九七六年二月十九日這一段長時期的報紙，這些報紙絕大部分都是吳灞陵所蒐集的。吳氏所收藏的報紙，根據粗略統計，戰前有七百四十九份、日佔時期有三百二十四份、戰後至一九七六年有一千一百六十四份，共二千二百三十七份。上面列出報紙的數字是根據已製成的縮微膠捲計算，可能有些特殊類別的報紙不包括在內。吳氏所收藏的報紙，很少有殘缺不全，如果有殘缺的，吳氏都注明其原有的張數。

吳氏所收藏的報紙不拘內容，報紙的種類除了一般綜合性的，還有專注時事、經濟、文藝、教育、宗教、娛樂、賽馬、賽狗等主題。兒童報、婦女報和青年報都有收藏。藏品以中文報為主，英文報甚至中、英文合刊的也有。小報以古怪名稱為報名的亦收藏不少，尤其像以廣州話詞語命名的更見本土化，例如《冇死》、《疏肝》、《犀利》等。

◉ 一九七七年以後的報紙創刊號

第三個單元是從一九七七至一九九六年十二月十七日的這一段時間所收集到的報紙。吳氏所收藏的報紙實在對香港報業研究有很大幫助，為了延續吳氏的搜集精神，筆者在掌管孔安道紀念圖書館時，從一九七〇年代末就繼續搜購這些報紙。搜集這些報紙雖然沒有吳氏那麼多的有利條件，但由於筆者當時每天要瀏覽近十份的中、西文報紙，以尋找香港出版資料的消息，平時又勤於往各報攤瀏覽，因為那些報紙創刊號稍縱即逝，故此報紙出版消息尚算靈通，因而可以跟進並前往報攤購買。主要來源都是靠自購（因為當時在報攤購買報紙後，取回報費手續繁瑣，所以每次都是自掏腰包買報）或過了出版日就要向報館補索。香港政府的書籍註冊處和報紙登記處經常都有報刊轉交該館，有時亦可補充所缺。到一九九〇年筆者離職時，便把這些自購的報紙和期刊的創刊號，為數共數百種，全部贈送給該館，而該館此後亦繼續對這類報紙進行搜藏。筆者所搜集的和吳氏舊藏的最大不同之處，就是筆者僅能集中搜集報紙的創刊號、停刊號、甚至間中的週年紀念號，其他報紙有任何變更的期號，便很難追蹤收集了。因此，相信吳氏的收集報紙方法，以後便無以為繼。

◉「同日調查」

吳氏搜集報紙的方法，另有所謂「同日調查」，就是在同一日或某一個時期搜集香港所出版的全部報紙。所收集的多是每日出版的日／晚報，小報因為不是每日出版，故大多不包括在這些藏品之內。這些報紙用作全港報紙比較研究具有重要作用，可以對比各報不同的立場、新聞內容的取捨、副刊的編排、張數和價格等等，對新聞系師生作本科研究，是有幫助的。這些「同日調查」的報紙共有四批：

第一批是一九三二年一月一日的報紙，包括《工商日報》、《工商晚報》、《大光報》、《大同日報》、《天南日報》、《中和日報》、《中和晚報》、《中華日報》、《東方日報》、《南中報》、《南強報》、《南華日報》、《超然報》、《華字日報》、《華僑日報》、《循環日報》、和《遠東日報》共十七份；

第二批是一九四〇年四月十三至十五日的報紙，包括《工商日報》、《工商晚報》、《中國晚報》、《石山報》、《成報》、《自由日報》、《珠江日報》、《國民日報》、《國華報》、《新晚報》共十份；

第三批是太平洋戰爭初的報紙，包括《工商日報》、《工商晚報》、《南中報》、《南強日報》、《星報》、《立報》、《國華晚報》、《華字晚報》、《華僑日報》、《循環晚報》和《星島晨日晚報聯合刊》共十一份；

第四批是日佔時期的報紙，最早由一九四二年　月二日開始，最晚到一九四五年四月五日，有

《大光報晚刊》、《大成報》、《大眾日報》、《天演日報》、《自由日報》、《東亞晚報》、《南華日報》、《星島日報》、《香港日報（中文版）》、《香港日報（日文版）》、*The HongKong News*、《時事周報》、《華字日報》、《華僑日報》、《華僑晚報》、《新晚報》、《循環日報》等共十七種不同的報刊，合共七十三份。

吳氏這些報紙除了第一批較齊全外，其他幾批都收集得不全。但以同一日或同一時期收藏當時的報紙是甚有創意的。圖書館並不可能收藏所有出版的報紙，而吳氏的「同日調查」收集方法可以解決全面性的問題。圖書館處理報紙收藏的方法，一般是分半個月或一個月裝訂成一冊，若果要瀏覽十數種同日的報紙，便要搬出十數份巨型合訂本來查閱，實在不大方便。香港大學圖書館將吳氏以上四批「同日調查」的報紙攝製在縮微膠捲內，但將這些報紙拆散再跟創刊號等報紙以報名排列，而不能在同一捲縮微膠捲找到，這種編排可就喪失吳氏特別收藏同日報紙的用意了。

◉ 吳灞陵報藏的功用

吳氏所收集的報紙，對香港的歷史研究有相當大的幫助，在此可以舉一個實例。翟暖暉先生年前邀約午膳，他曾因「六七暴動」而被囚，又將在獄中寫的詩詞結集成《閒庭信步詩詞》一書出版，座中對「六七暴動」有研究的新朋友慨嘆難以找到當時被封閉的三種報紙。原來在一九六七年八月七日，香港政府逮捕了《香港夜報》社長胡棣周，《田豐日報》社長潘懷偉、督印人陳艷娟，南昌印務公司董事長李少雄、經理翟暖暉，《新午報》社長麥煒明，接着宣佈封閉上述三家報館，法庭後來又宣判將上述負責人監禁，這是香港左派鬥爭史上一大事件。筆者建議在孔安道紀念圖書館的創刊號縮微膠捲試找一找，果然在膠捲內找到這三種報紙，雖然不是整套的，但是重要的日子都有保留：《香港夜報》保存了七份、《田豐日報》保存了五份、《新午報》保存了六份。三種報紙都收有創刊號（《香夜》一九六二年一月二十二日、《田豐》一九六七年三月二日、《新午》一九六五年五月二十二日），暴動前的《香港夜報》還收了附有彩色綜合性副刊（一九六二年十月十六日）和一週年的那一天（一九六三年一月二十二日），而《新午報》亦收了創刊號的號外和第二號（一九八五年五月二十二至二十三日）。暴動時期都有三報報道負責人被捕的那一天（一九六七年八月九日）、三報被令停刊那天（一九六七年八月十七日）和復刊號（一九六八年二月十八日）共六份。暴動後收了《香港夜報》版面轉為小型報，而督印人轉為胡鑾周那一天（一九七三年二月五日）；亦收了《新午報》十八週年紀念的那天（一九八五年三月二日），可惜都沒有收藏三報之中任何一份的終刊號，但所存的期號對了解三報都有一定的幫助，尤其對了解三報自身解說在「六七暴動」所扮演的角色更為重要。

二

因歷史之際會，戰前報人多為愛國與革命之先驅。

報人篇

chapter

③／黃伯耀與《武漢風雲》

本書後文所介紹的英年早逝的革命報人鄭貫公，與同時期在香港的黃世仲都是很出色的革命報人，可惜在推翻滿清後，黃世仲逕入粵投身軍政界，不久便被粵督陳炯明所槍殺。近十幾年來很多學者專家都努力蒐集黃世仲的資料，亦從不同角度進行研究並發表大量的論文和專書。黃世仲的兄長黃伯耀亦是革命報人，曾辦理報刊及發表很多政論和文藝創作，以宣傳革命，他們在報刊界一直有合作，所以在研究黃世仲時亦曾兼顧黃伯耀，但重點始終放在黃世仲身上，對黃伯耀自然比較忽略些。幾年前，筆者偶然發現黃伯耀鮮為人知的中篇小說《武漢風雲》，因此就寫寫他和他僅有的專著《武漢風雲》。

黃伯耀（一八六一至一九三九），本名耀恭，號耀公，筆名病國青年、光翟、大樨、翟、耀、耀光、光、放光、老伯、伯、公等，廣東省番禺縣茭塘司崇文二十四鄉大橋（即今廣州市芳村東澉鎮西塱村大橋）人。其先祖出身於望族之家，書香門第，但到父輩時即家道中落。①伯耀少時在佛山讀書，十三四歲時，在父親有騰管理的紙店幫助記賬，成年後返回家鄉麥村學堂為塾師，但覺生活不理想，鬱鬱不得志。②

◉ 黃伯耀在南洋

一八九三至一八九四年間，伯耀與其弟世仲遠赴南洋謀生。一八九八年任新加坡保皇派《天南新報》記者。③一九〇一年秋，「四大寇」之一的尢列在新加坡創設興中會外圍組織的中和堂，揭櫫革命排滿，從之者甚衆。當時伯耀、世仲昆仲醉心民族主義，亦加入中和堂為會員。其弟世仲於一九〇三年春，得尢列之介，往香港任《中國日報》記者，因此辭去新加坡《天南新報》主筆一職，④同年五月間，伯耀接任其位。伯耀文學根柢甚佳，擅長撰述評論。⑤一九〇四年，伯耀轉任同年創刊的新加坡《圖南日報》為主筆，該報被稱為「南洋華僑革命黨機關報之鼻祖」，資金出自陳楚楠、張永福二人，尢列為名譽總編輯，另聘陳詩仲主持編務。當時因革命風氣未開，該報銷路不佳，經費困難停刊，伯耀因而離開新加坡。⑥

◉ 黃伯耀在香港

一九〇六年，伯耀往澳門明德學堂擔任教習。此時他往來港澳之間，後來任《世界公益報》編輯，後又繼黃世仲為該報主編。還曾參與《廣東日報》、《有所謂報》的編輯工作。[⑦]其間，伯耀筆耕不輟，在香港革命報刊撰寫政論，針砭時政，激勵民眾革命思想，亦投稿至馬來西亞檳城的《檳城新報》，就國內各種議題進行報道及評論，使南洋讀者及時了解國內的發展形勢。

《粵東小說林》、《中外小說林》和《繪圖中外小說林》這三種文藝期刊均由伯耀和世仲創辦，名雖各異，然是一脈相承，一九〇六年八月在廣州創刊，一九〇七年遷往香港出版，其中《中外小說林》是香港最早出版的文藝期刊。該刊每期內容大約分為三部分：一、外書是每期一篇的文藝專論，探討小說的各種問題；二、連載或短篇小說約十篇，每期都有英美作家的譯作，黃世仲的長篇力作《宦海潮》和《黃粱夢》都在此登載；三、其他小說以外的雜類，包括諧文、詩詞、粵謳、班本、龍舟歌、木魚、南音等，大都以嶺南方言撰寫。這三種期刊原散藏在全國公私藏書內，不易得窺全豹。二〇〇〇年，夏菲爾國際出版公司將找到的不齊全期數合訂成《中外小說林》兩巨冊出版。但並未包括香港大學圖書館所藏的丁未年九月廿一日的第十四期，內有伯耀的〈小說家對於英雄紀事當寫其本真及其情理〉和〈諧文：擬重修二世祖祠堂記〉。

伯耀在現存三種《小說林》的期數中，所發表關於小說的論文有九篇，內容包括小說的社會作用和政治功能、小說的改良和革命性、傳統小說寫法的汰留、小說寫作的技巧等。伯耀的短篇小說十分多樣，有艷情小說、社會小說、俠義小說、近事小說、諷世小說、偵探小說、冒險小說等不同類型共十一篇。其他雜類有廣東話雜文、諧文、龍舟歌、木魚、南音等共十一篇。伯耀在三種《小說林》中都沒有撰寫長篇小說。⑧

《香港少年報》於一九〇六年五月二十八日創刊，由伯耀和其弟世仲創辦，馮礪生（生國青年）、趙嘯餘（飛電）、何螢初（飛劍）、盧蔚起（飛刀）等任編撰。此外，另設有名譽撰述員、翻譯員、調查員等職位。社址設在香港干諾道一〇八號。每日出紙一張半，每月初二、十六日休刊。報費每月三毫五仙，省澳不收寄費。據該報刊載在《有所謂報》的廣告：該報以開通民智、監督政府、糾正社會、提倡民族為宗旨；內容分莊、諧兩部，欄目計有〈唇樓影〉、〈新舞台〉、〈粵人聲〉、〈故事叢〉、〈採風錄〉、〈新笑林〉、〈新說部〉、〈發言台〉、〈強權鏡〉、〈政治談〉、〈照妖鏡〉、〈學界潮〉、〈工商部〉、〈雜記〉、〈港誌〉、〈演義〉等。因該報堅定宗旨，常以充滿激情、形象生動的文字，論述革命救亡的道理，故而就因革命言論過激，被兩廣總督岑春煊命令禁止進口，一九〇七年年中因財政短絀被迫停刊。⑨

△《廣東白話報》

伯耀亦參與過《廣東白話報》的報務工作。黃世仲以當時國內很多地方都開辦白話報，因而於一九〇七年五月二日，在廣州靖海門外迎祥街創刊《廣東白話報》（旬刊）。該報為三十二開小冊，零售一毫。編輯撰述人有黃世仲、黃伯耀、歐博明、易俠、亞拙、盧亞、公肚等。該報內容以輕鬆語調、嬉笑怒罵、行文淺白來揭露滿清的專制腐敗，更着重以政治諷刺漫畫打動人心，激發對滿清的批判，以便於宣傳民主革命思想。在〈廣東白話報內容淺說〉一文，有逐一介紹該報的欄目：[10]

……廣東地面，時事大難，觸目驚心，圖畫非閑，當場傀儡，繪影繪聲，若**影相館**，無可遁形。政界造事，純以壓力，人心懵昧，惴惴一息，救國主義，同胞猛聽，有**議事亭**，不明者明。二十世紀，小說世界，如登舞台，影響實大，有**大笪地**，講古所在，諸君聽咗，知識日開。世界人類，賢否不齊，評比得失，兩無偏低，公是公非，諸君想吓，曰**是非竇**，人人鏡之。地方風俗，各處不同，文明野蠻，見識交通，熟識地方，不啻掌管，有**地保戳**，寓言當玩。世首日降，世事愈多，立立雜雜，滿斗滿蘿〔籮〕，有聞必錄，件件新鮮，為**什貨鋪**，堆擺面前。煙雲慘淡，下淚嗚咽，身世蒼涼，拍案叫絕，拚博一笑，與君解頤，飲**門官茶**，好笑嘻嘻。少年身手，並肩登場，傀儡世界，鬚眉飛揚，鐵板銅琶，悲歌聲起，上**互戲台**，動聽娓娓。謳歌變俗，音韻移人，耳油聽出，入化入神，無限感情，悲歡離合，頂**好油喉**，不是亂嗡。傷時之士，遇事感喟，記者於此，重多閉翳，言者無罪，聽者有心，入**時聞袋**，敬告同人。〔按：粗體字乃欄目名稱〕

一九〇七年十二月五日伯耀獨自創辦《社會公報》（*The Everyman's Journal, She Wui Kung Po*），自任總編輯及督印人，得其胞弟世仲鼎力協助。社址設於香港德輔道中六十一號三樓。每日出紙大小共二張，零沽每份三仙。宗旨以「掃除社會窒礙及灌通社會知識為宗旨，而鼓吹國民之責任，及討論政治之得失，與鼓舞振興工藝實業，皆隨時發揮」。又側重宣傳社會主義，故伯耀被認為是中國宣傳社會主義的人物之一。〈社會公報釋義〉一文就解釋該報名稱與社會主義的關係：

社會公報，何為而名，曰：為社會事也。口：社會二字，乃受納國民之統名詞，以是名稱；其主義安在？曰：社會主義，是近百年來世界之特產物，專視勞動力為百物價值之源泉。其土地公，其資本公，其制度公，其支配公。故社會改革，首先開阡陌均貧富為要素，其所謂分田劫假之說，即師古井田之制而參用之，此社會主義之公理也。

該報分設「莊」、「諧」兩部：莊部設〈議論〉、〈批評〉、〈國事〉、〈外紀〉、〈粵聞〉、〈偵探（即採訪）〉、〈電音〉、〈港誌〉、〈行情〉、〈船期〉等十欄；諧部設〈破題兒（題詞）〉、〈文壇（詩詞、雜文、諧文）〉、〈白話叢〉、〈輶軒錄（風俗誌）〉、〈稽古談〉、〈稗官署（即短篇小說）〉、〈解人頤〉、〈鼓吹（班本、粵謳、南音、龍舟等民間說唱）〉等欄。該報出版不久便停刊。⑪

一九〇八年二月九日，伯耀在廣州雙門底創立《嶺南白話雜誌》（週刊），分局設在香港荷里活道步英中學，總代理處為荷里活道寶雲樓。該刊為三十二開，五十六頁，每冊零售一毫。伯耀得黃世仲協助創辦，撰稿人有歐博明、萍寄生、白光明等。該刊充分揭露清政府官吏的殘暴腐敗，以喚醒國民。宗旨在於「講道理，正言論，改良風俗」。內容有：〈美術家〉、〈演說台〉、〈藏書樓〉、〈紀事室〉、〈譯學館〉、〈俱樂部〉、〈遊戲場〉、〈潔淨局〉、〈音樂房〉、〈跳舞會〉、〈宣講堂〉、〈閱報室〉等欄目。該刊亦注重政治諷刺漫畫，每期都在〈美術家〉一欄刊載。這些欄目特別之處在於，幾乎全部都是一些場所的名稱。⑫

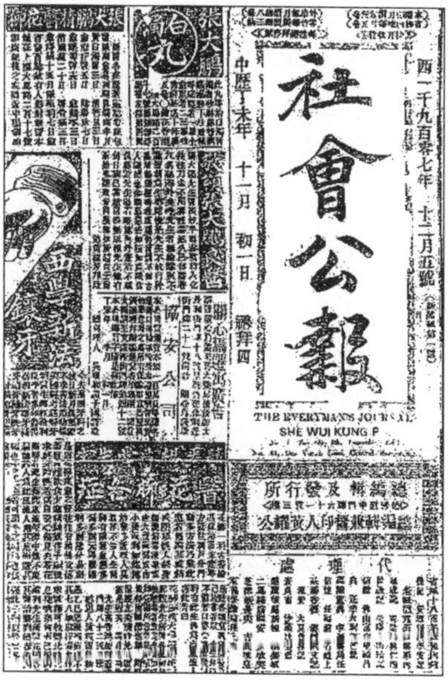
西一千九百零七年 十二月五號
社會公報
中歷丁未年 十一月 初一日 禮拜四
THE EVERYMAN'S JOURNAL
SHE WUI KUNG P

△《社會公報》

中華民國元年正月九日
新漢報
SEN HON PO

△《新漢報》

△《嶺南白話雜誌》

辛亥年三月二十九日黃花崗起義失敗後，清吏藉口維持地方治安，圖以甘言厚語以誘廣州記者，使頌功德而掩實情，記者不為所動，抨擊如常，遂有《天民報》之獄，該報同人盧博郎、李孟哲等避地至香港，並於一九一一年十一月九日與黃世仲組織創辦革命報刊《新漢報》，發行地址在香港永樂街四十五號。伯耀亦為發起人之一。該報首刊時，距武昌起義不過一月，經營資金全賴黨人籌劃。直至一九一二年南北統一完成後，該報亦告結束。該報以開通民智，討論政治為宗旨。內容分莊、諧二部：莊部欄目有〈軍政府佈告〉、〈論說〉、〈弁言〉、〈特電〉、〈粵軍政府紀事〉、〈粵省新聞〉、〈民國軍事紀〉、〈民國政事紀〉、〈民國民事紀〉、〈滿清末路紀〉、〈各省新聞〉、〈外國新聞〉、〈香港新聞〉、〈評事〉；諧部有〈雜著〉、〈歌曲〉、〈什錄〉、〈說部〉、〈白話戲〉等。[13]

辛亥革命後，伯耀本擬出任廣州海關要職，惟因黃世仲案未敢上任而留港，繼續從事報業工作，《世界公益報》停刊後，與劉大進另組《華僑報》（與《華僑日報》有別），但刊期不長。一九二四年冬，改組後的國民黨派周德明到香港接辦《香江晨報》，伯耀一度應聘為該報總編輯，該報停刊後，伯耀離開報界。[14]他曾先後擔任聖保羅書院、梅芳中學中文科主任，歷十餘年，循循善誘，桃李滿門，甚多名人子弟都出自其門下，如蔡廷鍇將軍之子是其學生。伯耀訓誨生徒，素重敦品勵行，而戒浮囂氣習，恒謂士先器識而後文，苟於品節有虧，雖文學優長而實無當。[15]日軍侵佔東北後，伯耀親送其獨子國棉參加十九路軍，國棉在保衛上海之戰犧牲。一九三八年伯耀偕妻告老退休回鄉居住，得聖保羅書院按月郵寄「長糧」（養老費），優遊林下，翌年於原籍病故。伯耀有女名樂娛，頗能文，伯耀愛之如掌上珠。

伯耀與其弟世仲情誼甚篤，所業亦常相扶持。初時相與遠赴南洋謀生，後又參加中和堂，伯耀繼世仲之後任《天南新報》主筆一職。伯耀來港後復與世仲辦理多種報刊，在香港報界中兄弟並肩作戰乃不可多睹，二人同席於《世界公益報》時，人稱二難。其伯仲所合作的報刊，上面已有提及，至若世仲所出版之小說，伯耀亦有協助，如一九〇九年世仲的長篇小說《宦海升沉錄》（又名《袁世凱》），伯耀為其校對並撰寫序言，使其順利出版。世仲天才橫溢，富於進取，伯耀則沉潛篤實，英華內斂，狀若平平無奇，不知其胸中自有經緯。世仲厠身民黨，與黨人往還，解衣推食，絕無所吝，力不足則假之於人，伯耀不以為然，謂用財當出之以節，若遊俠行為，未免過於偏激。辛亥革命成功後，世仲入粵參加民團，瀕行，伯耀囑咐乃弟勿鋒芒太露，當此過渡時期，秩序尚未大定，當謹慎行藏，世仲以為乃兄過慮，雖頷之而竊不謂然，其後世仲卒為粵督陳炯明槍殺。伯耀聞而太息曰：「吾早知有此，惜乎阿弟不從吾言也。」[16]

◉ 黃伯耀的著作

伯耀的著作散見於南洋、香港和廣州的各種報刊，查閱不易，然幸於二〇〇一至二〇〇三年間，香港紀念黃世仲基金會出版了兩部黃世仲、黃伯耀弟兄的文集，這兩部文集雖然不能包括兩人的全部著作，但依然給學者專家帶來莫大的方便。

第一部是張克宏編的《黃世仲黃伯耀弟兄南洋詩文集》[17]，此文集收錄了伯耀在《天南新報》和《檳城新報》兩報刊載的著作，《圖南日報》早期的報紙已經散佚，所以伯耀在該報的著作未能收入。這部弟兄詩文合集收錄了伯耀在報上的政論六十篇，發表時間從一九〇三年五月十八日至一九〇四年七月二十二日。這些政論大多內容廣泛，對中國政治、經濟、社會、文化、教育、外交、軍事等時事議題均有涉及，主要抨擊清政府的腐敗無能。這些政論雖未對南洋華僑產生即時影響，但逐漸形成對清府的反感、積怨、不滿，而推動以後南洋華僑積極資助及參與國內的革命運動。伯耀身在南洋，對南洋當地問題亦有論及，譬如新加坡婦女之賭博、倡建華民醫院、滿清之外洋領事保護華民之責等。此外，該書亦收錄了伯耀在一九〇三年發表的舊體詩八首，多為與朋輩唱酬之作。伯耀這時的著作，充分反映他當時的革命傾向和革命熱忱，對國家前途的憂慮，對社會和民眾的關心，是研究伯耀早年在南洋活動的重要資料。

第二部是胡志偉編的《黃世仲弟兄反清文集》⑱，收錄了伯耀在香港《有所謂報》、《香港少年報》和《社會公報》上刊載的政論共四十篇，發表時間從一九〇五年十一月十七日至一九〇七年十二月三十一日；亦在此三報中收集了伯耀的短篇文藝作品二十二篇，發表時間從一九〇五年十月三十一日至一九〇七年十二月三十日。伯耀在《有所謂報》發表的五篇政論多與拒美約（此事件詳見後文）有關，文藝作品的兩篇：一篇是祭馮夏威的誄文；另一篇是以南音套成的〈香山追悼會記〉，以悼念烈士陳天華和馮夏威。在《香港少年報》發表政論的篇數較多，有二十五篇，大都關於國內政治腐敗，又及宗教、商務、稅務、外交等各方面，其中有關粵省事務者亦佔七篇；文藝作品三篇，內容是討惡鱔、控毒蚊及夢遊新大陸，以寓言諷刺朝政腐敗。在《社會公報》發表政論九篇，內容有關粵省政局及遞捕權、非議政府武力壓制民意、旗民生計、滿清日本之間領土紛爭、禁止勸股、批評袁世凱之政事及清政府商請各國公使箝制報館言論等；文藝作品十七篇，有諧文、笑話、小說、風俗評論等，而諧文還有以廣東話入文。

以上兩部文集並未能包括所有伯耀在報刊上發表的作品，香港現存辛亥革命前後的報刊不多，往後有賴有心人跨境搜索，以補所缺。

◉《武漢風雲》

黃世仲撰寫了二十多種出色的長篇小說，而其兄伯耀在報刊所見的小說盡是短篇的作品，究竟他有沒有撰寫較長篇幅的小說呢？二〇〇四年前筆者還未能肯定，之後便發現了他的中篇小說《武漢風雲》。

知悉有《武漢風雲》一書的人不多，據筆者所知，僅得胡從經在一九九八年出版的《香港近現代文學書目》中介紹過，他列出該書的出版資料、書內十八章的目次及展示封面的書影。此後筆者再未聽過有別人提過這本書。筆者有幸於二〇〇四年在港訪書期間，在圖書館內部的複本書庫內，眼前一亮，怦然心動，赫然發現《武漢風雲》一書有三本原版放在書架上，準備與其他機構作交換之用，但該圖書館本身一本也沒留下，根本不知道這本書的珍貴，於是筆者通知其他有關人士要重視這本書。為了不容此書有失，筆者特意將之作了影印，封面以原彩色影印，釘裝好後，一本送給香港紀念黃世仲基金會陳堅董事長；一本給多倫多的加港文獻館；當時仍是香港博物館總館長的丁新豹曾說，該館打算儘量收集辛亥革命資料，所以又送一本給該館。不知該館在二〇一一年的辛亥革命資料展覽會上，有沒有讓這本書露面？

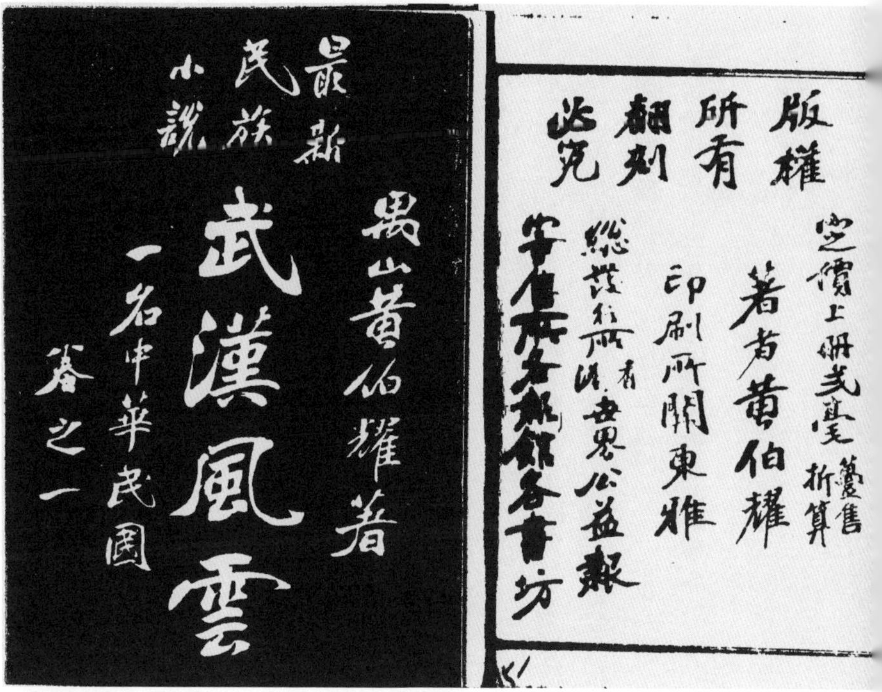
最新
民族
小說
番山黃伯耀著
武漢風雲
一名中華民國
卷之一
版權
所有
翻刻
必究
著者黃伯耀
印刷所關東雅
總發行所安懷公益報

△《武漢風雲》

《武漢風雲》一書，一名《中華民國卷之一》，伯耀在《武漢風雲》寫到結尾中華民國成立時，可能希望以後再繼續寫下去，但之後有沒有再出續編，則尚待查核。該書封面書名上標題「最新民族小說」，由禺山黃伯耀著，關東雅印刷，全書手寫而似用石版印刷。此書內文不用標點符號，句與句之間只留一空位表示。全書一冊，共三十五葉，由香港世界公益報總發行，定價上冊二毫。本書無明確說明出版年份，只能從「隱者」執筆的序文日期——中華民國元年三月朔日，而揣測可能是一九一二年出版。

黃世仲平生撰寫了二十多種長篇小說，很多還是歷史小說，有些內容更取諸發生不久的時事，如廣州一九一一年「三．二九」黃花崗之役後，世仲就在同年五月十八日開始發表是役所見所聞而寫成《五日風聲》。可能因世仲身為報人，對近事發生的始末較為了解，又出於這些故事能揭露清政府的無能、官吏的貪污腐敗，而黨人的壯烈犧牲，激發起讀者的革命思想，便以流利的筆鋒，引人入勝的情節，完成宣傳革命目的於無形。伯耀對時事敏感度亦很強，其創作緊貼時事發展，烈士秋瑾罹難後不過一月，他遠在廣州就已在《中外小說林》發表了龍舟歌〈秋女士泉台訴恨〉。[19]《武漢風雲》一書敘事由武昌起義為起點，而以中華建國一九一二年一月一日中山先生就任臨時大總統為完結，與成書時間只是相距三個月，可見該書緊貼時事。

全書共分十八章：一、文明起義；二、運動軍隊；三、風聲敗露；四、清官激變；五、武昌失陷；六、漢口招軍；七、荊州流血；八、張彪逃滬；九、大敗北軍；十、湖南平定；十一、大敗馬隊；十二、上海反正；十三、袁氏專權；十四、漢陽苦戰；十五、張勳逞兵；十六、南京光復；十七、黃興拜帥；十八、總統改元。從上面的章節目錄，可看出本書的大概內容，除了書中的主要人物黃興和黎元洪兩人外，其他的如張勳、袁世凱等，都寫得活龍活現。作者又以「說書人」在書中自居，因此，書中文字通俗淺白易懂，敘事生動，趣味盎然，尤其是對連場戰役的前因後果，都有很詳細的交待。至於對該書的評價，「隱者」在序文有言：

……讀是書者，第知其序〔敘〕事真切，結構嚴謹，而不知其穿插之巧妙，佈置之離奇，展勢之蹤〔縱〕橫，遣詞之純正，卓乎脫盡坊間小說刻本之恒蹊，依然有條而不紊。而其□機之磅礴，讀之令人神旺〔往〕，使激發其復仇愛國之血，誠恍然於我漢族諸賢豪，對於革命主義破壞也如彼，建設也又如此，使人手一編，而我中華民國成立之曆〔歷〕史，展卷即如窺全豹焉……

《武漢風雲》書末還敘述中山先生為臨時政府事往上海而路經香港作短暫逗留的情況，下面轉錄有關部分，亦可大概一見作者之筆法：

……單說孫文這日船到香港……忽報港中紳商數人，到來懽〔歡〕迎登岸，擺設茶會，以便商籌粵事一切……孫文大喜，向各紳商言曰：「文為革命事實，奔走海外二十年，今日回國，喜見清〔青〕天白日之獨立旗，復喜得與諸君相見於此，深為愉快。所惜者，須趕赴上海組織臨時政府，以定外交，未獲久留，與諸君共籌粵事耳。然登岸之請，敢不承命，特今晚須即由原船開行也。」言畢，隨同各紳商登岸，並不乘坐車輿，一路步行，各紳商隨同步行，暗付孫文先生，為革命元祖，今日回國，紳商歡迎，尚且安步以當車，即此一道，雖是小節，亦可見孫先生之勤儉可風，不以功績自矜之大意。一路上，第見商場繁盛，自登岸處三角碼頭起程，多是大街商店，街上男的女的，一聞孫文到港，狗〔徇〕各紳商之請，親赴茶會，便來來往往，預先奔走街上，以欲得一見孫文之面為榮。其得見者，各有議論，有謂其氣宇軒昂，不愧將來第一期總統之資格者，有的又謂他滿面春風，怡怡和悦，一種謙先態度，令人可敬，無怪其生平主張革命，能聯絡英才濟濟者，你言我語，說書人也難盡述。惟登岸後，所經路途不遠，未幾便由紳商引至各紳商俱樂部之蘭室中，斯時有不得見孫文之面者，固大多數，且視為可惜之機會，亦可見人心之趨向矣。閒話今且不表，惟當時孫文既到蘭室，座中亦有紳商數輩，俟後迎入，相與敘談，各人先向孫君道賀，孫君亦向各人致謝懽迎盛意，隨即席談論，孫文言曰，目今各省反正最要者為組織臨時政府，鄙人之趕赴上海，即為此也，某商曰：「現廣東反正，所有軍餉，皆賴各商捐助，將來支絀，為之奈何？」孫文曰：「但使民國成立、不憂無錢，可以借債，且利息輕微，可無後患。特目前不得不賴各商捐助耳。」某商又曰：「省城民軍屯集過多難安插，不遣散之，餉項胡出？」孫文曰：「吾以為最有用者為民軍，逆料將來猶須再募十萬民軍以調紮中央各地點，則不憂其過多矣。」各商無言亦有欣然若為得解者。……

注釋：

① 陳堅，〈懷念我的外祖父——黃世仲〉，載方志強編著，《小說家黃世仲大傳：生平·作品·研究集》，香港：夏菲爾國際出版公司，一九九九，頁六九五。

② 符實，〈近代革命小說家黃伯耀〉，載《羊城今古》，二〇〇〇：三（八十一期），頁四二。

③《中國新聞年鑒一九八三》，頁五九二。

④ 關國煊，〈黃世仲（一八七二至一九一二）傳略〉，載《辛亥革命九十週年紀念暨黃世仲投身革命百週年國際學術研討會論文集》第一輯，香港：紀念黃世仲基金會，二〇〇一，頁三三至三四。

⑤ 伯耀之評論文章，載張克宏編，《黃世仲黃伯耀弟兄南洋詩文集》，香港：紀念黃世仲基金會，二〇〇一。

⑥ 馮愛群，《華僑報業史》，台北：學生書局，一九六七，頁五七至五八。

⑦ 此三報之詳情，參看本書內〈鄭貫公：英年早逝的革命報人〉一文。

⑧楊國雄，《香港身世：文字本拼圖》，香港：香港各界文化促進會，二〇〇九，頁一五七至一六一。
⑨李默，〈黃世仲與辛亥革命時期報刊〉，載《辛亥革命九十週年紀念暨黃世仲投身革命百週年國際學術研討會論文集》第二輯，香港：紀念黃世仲基金會，二〇〇二，頁三六至三七。
⑩同⑨，頁三八至四〇。
⑪同⑨，頁三七至三八；〈快看快看社會公報出世〉廣告，《中國日報》一九〇七年十二月三日，載方志強編著，《小說家黃世仲大傳：生平．作品．研究集》，頁五五。
⑫同③，頁三九。
⑬同③，頁四二；麥思源，〈七十年來之香港報業〉，載《華字日報七十一週年紀念刊》，香港：華字日報，一九三四，頁四。
⑭同③，頁五九三。
⑮無冠一份子，〈廣東報人小史：黃伯耀〉（剪報），載吳灞陵自輯，《廣東新聞事業研究資料（一）》，吳灞陵舊藏。
⑯同⑮。
⑰張克宏編，《黃世仲黃伯耀弟兄南洋詩文集》，香港：紀念黃世仲基金會，二〇〇一，共二百頁。
⑱黃世仲、黃伯耀，《黃世仲弟兄反清文集》，香港：紀念黃世仲基金會，二〇〇一，共三百三十八頁。
⑲陳子善、羅崗主編，《麗娃河畔論文學》，頁九七。

chapter

④／李大醒：因漫畫被驅逐出境的報人

香港因得地處南中國之利，在清政府勢力範圍以外，再加上其他有利因素，而成為清末國民革命策源地。革命黨在香港的主要目標是招收黨員，向各方籌集所需的資源和實力以策動革命。為增加革命力量，便要推動宣傳革命思想，宣傳的任務主要是靠創辦革命報紙，以爭取群眾的同情和支持，《中國日報》就是一九〇〇年首先在香港創辦的革命報紙，以期革命宣傳與行動能互相呼應。其後十年內，陸陸續續在香港出版的革命報紙有《世界公益報》、《廣東日報》、《有所謂報》、《東方日報》、《少年報》等。這些報紙雖出版時間不長，但在開啟民智和鼓吹革命思想方面，起了很大作用。中山先生在革命成功後，對民國前革命報紙的作用，曾推崇說：「此次革命推倒滿清，固然有賴軍人的力量，但是海內外人心一致，則是各報館宣傳之功。」①

中山先生所指革命報紙的宣傳，不僅對國內民眾亦對海外華僑有很大的影響。香港是交通樞紐，在此出版的報紙，流通於國外很多地方。各地華僑具有強大的經濟力量，足以為革命運動的後盾，而且那些自由民主的國家，對華僑贊助祖國革命，多不加干預。香港的報紙除宣傳革命思想外，亦重視關心華僑的在外生活情況，尤其當外國政府對僑胞不公時，往往著論抨擊，不遺餘力，進而鼓吹民眾以各種行動抗爭。一九〇五年就因美國政府歧視華工，頒佈限制華工入境禁約，省港各報群起而攻之，而此事件亦引致報人李大醒被香港政府遞解出境。

李大醒（一八六八至一九四〇），本名鵬章，字藻馨，廣東新會七堡人，「大醒」為其筆名，但後棄其本名而不用，而以筆名行。家境富厚，年甫弱冠，即初受知於汪柳門（鳴鑾）侍郎，以經古第一，補博士弟子員，及己丑（一八八九年）恩科，聯捷成孝廉。同科登榜，其後因時際會，扶搖步上青雲，多為知名者，大不乏人，同邑梁卓如（啟超）是其顯例，但大醒後因仕途阻滯，乃投身言論界。[2]大醒由不得志於仕途，轉而投身報界的這一過程，因資料缺乏，詳細情況已不可考。大醒從熱衷為滿清效力轉變而成鼓吹革命的熱血分子，可能是「悟已往之不諫……覺今是而昨非」，從此便改了「大醒」這個名字。當革命成功，廣東光復時，甚多報界中人，翹首企踵於諮議局，以求一官半職，斯時大醒語其友黃魯逸：「吾儕盡力國家，盡力社會，隨時隨地皆可能，不必為官也。」[3]可見大醒之熱切革命，非以此為作官之途徑。

大醒屬興中會後半期於癸卯（一九〇三年）入會的革命志士，④《世界公益報》於同年一月二十日創刊時，鄭貫公任總編輯，大醒助之為副。該報主張「變專制為共和，變滿清為皇漢」。稍後於三月三十一日，鄭貫公又創辦《廣東日報》，以「發揮民族主義，提倡革命精神」為宗旨，大醒亦在該報兼任編輯。未幾，貫公辭去《世界公益報》之職，大醒繼任該報總編輯一職。大醒雖是科舉中人，惟鑒於晚清積弱，力主改革，以是不蹈故安常，力倡民族主義，以為中國之現狀，凡事不能徹底改革，不足以圖全，譬如琴瑟之不調，當改弦而更張之，⑤所以大醒不以變法維新為目的，而以革命為最終之鵠的。大醒所撰社論，才氣縱橫，議論精徼，筆仗雄豪，洋洋灑灑，恒針砭時事，鞭闢入裏，極得讀者喜閱。與同期之鄭貫公、黃世仲、陳少白等皆為革命言論之健筆。乙巳（一九〇五年）八月，大醒在該報以轉載一幅漫畫，被港府驅逐出境，這是香港報業史上一宗不尋常的事件。

事緣美洲新大陸開闢後，華人出洋謀生，絡繹不絕，尤以廣東省五邑人為最多，因為華工工錢低，又能刻苦耐勞，甚受僱主青睞，但亦惹起當地工人嫉恨，引致美國政府頒佈限制華工入境禁約，引起華人不滿，上海首先有廣東人馮夏威以死拒約，在美領事館門前自殺，遺書申訴美政府禁約對華工的轟動不公，而以一死鳴不平。這一事件引起港穗傳媒極大迴響，廣州報紙鼓吹杯葛美貨行動，更有專辦一報以「拒約」而命名。一九〇五年八月，美國派出要員他輔及隨員來華視察廣東抵制美貨情況，消息傳來，廣州的《時事畫報》創辦人之一、著名畫家何劍士特意創作一批諷刺美國的漫畫，從廣州天字碼頭分貼至藩署前，該報又發動廣州轎夫不給美國人抬轎，何劍士為此趕製漫畫〈龜扛美人圖〉，連夜張貼⑥（香港報界對拒約的積極反應，見後文〈黃魯逸：一個改良粵劇的報人〉）。大醒對拒約之事，亦在《世界公益報》著論力爭。此時，該報為響應發動香港的轎夫罷抬，亦轉載此〈龜扛美人圖〉。香港政府認為他輔等一班有地位的美國官員，來港無轎可坐，實在打擊港府威信，因此發出傳票，飭警到報館拘傳督印人莫某及總編輯大醒，是日適為星期日，例不派報，大醒家在澳門，星期六定必返澳，星期日下午才回港，莫某又不在館內。因此，警員在該報館拘傳不果，於是改於當日下午往港澳碼頭，將甫上碼頭的大醒帶回總警署，問話後，即時將大醒遞解出境五年，當晚解至省港輪船新安號離境往廣州，轉回澳門。

大醒於宣統己酉（一九〇九年），因要從廣州赴港乘船至北京，得華人代表馮華川向港督說項，將其遞解出境期減免，大醒始敢來港乘船北上，而後亦重得出入香港。⑦大醒自被港府遣送出境，曾就《嶺海報》外席，撰作論說，鋒芒不減，人謂薑桂之性，老而彌辣，因而有「嗜辣」之名。⑧

歲辛亥（一九一一年），粵省富商孔某⑨倡設《粵東公報》於省垣，大醒與陸伯海、袁棠初、鄧子垣等參與其事。以伯海為總編輯，人皆以陸大紳呼伯海，久而大紳為其唯一筆名，與大醒合稱為「兩大」，該報以敢言稱。大醒署名「謫星」撰寫時論，仍鼓吹革命，但恐當道者禁報，故下筆較平和，別具苦心。同年三月於禁賭一事，大醒力持正義，多方贊助，因而事成。革命黨人黃興等於同年三月二十九日撲攻督署一役後，省督張鳴岐以民黨中人，多為西服剪髮者，於是特下一緊急命令，飭令水師提督李準所部士兵，凡途遇穿西服、剪髮而無辮者，格殺勿論，不必申報督轅。且懸重賞，凡斬獲無辮者之首級報驗，每顆賞給二百金。大紳聞之，大怒，鑒於此舉牽連無辜之西服剪髮者，故授意大醒著論斥之，若官廳有詬責，大紳一力承擔。大醒乃於報端著說，洋洋灑灑，痛斥其非，能言人所不敢言，報界深以大醒之論調為危。省督張鳴岐每日廣覽廣州各報，以《粵東公報》社論痛斥濫殺無辜，詞鋒凌厲異常，不禁大怒，初意欲封報拘人，施以嚴法，以示儆尤，但回念為防犯民黨而牽涉無辜，於理不合，該報所責誠是，特其責之過激矣。結果因是下令該報停版數天，以為懲誡，亦未有任何拘押。人皆以該報直言，銷路愈廣，民國後，該報繼續出版，後因持論反對袁世凱復辟帝制，於一九一三年十一月十五日為龍濟光所封。

一九一四年，民黨失敗，龍濟光入粵，對於報章言論，控制甚嚴，曾一日連封《震旦報》、《中國報》、《平民報》、《人權報》、《唯一報》、《羊城報》等六報;《震旦報》記者康仲犖，因以言論反對袁世凱，為龍濟光所執，以軍法判刑而慘遭槍斃。大醒懼禍及己，因而離穗而回港，在《世界公益報》報館寄寓。一九一五年，大醒兒子李杭希在廣州創刊《新報》，大醒每日撰寫論說，公正無私，無瑕可指，該報處於武人勢力下，仍以敢言稱，極為讀者所支持，其得力於大醒者居多。袁世凱獨夫稱帝，大醒反對最烈。袁氏稱帝改元洪憲後，龍濟光在穗接到軍令，要粵省內各報紙首頁報頭改用洪憲元年，各報處於淫威下，迫得從命。惟《新報》頁首，一邊以夏曆紀元，一邊則用最細幼之字凹，排印洪憲元年四字於一堆，閱之者模糊莫辨，藉表嫉惡，讀報者莫不心意神會。當道者亦無可奈何，後知乃大醒授意而為。[10]其後大醒一度客居香港，曾在《香港華商總會報》與黃伯耀共主筆政，後因香港華商總會無意續辦，由岑維休、陳楷等承購，易名為《華僑日報》，當該報開辦時，大醒仍為該報總編輯，後返廣州。其子杭希以其年老，不忍使之復司筆政、耗費精神，乃婉勸其離休，謝絕握管之勞，頤養家中。大醒時居西關和樂街，日中無事，恒至長壽新街報界公會，與舊報界中人黎佩詩、孔仲南等聊天，或搓小麻雀為樂，銷以永日。大醒性淡薄，樂道自得，頤養家園，兒孫繞膝，安享晚年之福。

自「九一八事變」，大醒憂懷國事，常謂中國心腹大患，首推東瀛。當廣州淪陷前一月，其子杭希送父遷居澳門。時報界耆宿，多有違難避居此地，大醒頗得友朋之樂。一九四〇年秋，一夕夜起解手，失足仆地成疾，卧病月餘，病歿濠江，逝時一九四〇年十月八日，享壽七十二。大醒哲嗣杭希在廣州執業律師，在報界亦十分活躍，曾先後創辦各種報刊，如《新報》、《新國華報》、《快報》和《真共和報》等凡六七種。⑪

大醒工書法，習北碑，筆勢遒勁，力透紙背，以是朋舊多求書寫堂聯匾額。有某公故屬大醒舊交，然思想保守，與大醒進步言論大相逕庭，嘗求揮毫見贈，大醒立就疾書一聯而應，其文為：「黑衣有志興羅馬，黃種何人起睡獅。」某公默然，然此聯盛傳一時。大醒擅詞章古學，然不喜自炫其長，常謂雕蟲小技，壯夫不為。時當清末，大醒朋輩於廣州南園抗風軒設一詩社，以繼十子遺風，按期舉辦雅集，題詩飲酒，竊日之樂然後散。其力邀大醒加入，大醒漫應之，然每逢雅集之期，多不赴約，以為此乃作無益以害有益。大醒嘗為朋輩偕之赴會，時社中諸子拈題分韻，構思甚苦。大醒見而笑之，援筆疾書一五律，以示同人，其中有句：「大陸風雲擾，吟詩不是才，中原感身世，十子已塵埃。」諸子睹此，為之赧然。大醒所為詩聯，多為革新思想而作，其為廣州西關澂綺園題其半邊亭一聯：「盡捲重簾看新月，故留半壁護斜陽。」其類此者尚多，此只是其一例也。⑫

注釋：

① 袁昶超，《中國報業小史》，香港：新聞天地社，民四六（一九五七），頁三七至三八。

② 無冠一份子，〈廣東報人小史：大醒——李鵬章〉（剪報，出處不詳），載吳灞陵自輯，《廣東新聞事業研究資料（一）》，吳灞陵舊藏。

③ 鰲洋客（吳灞陵），〈黃魯逸故事（中）〉，載《香港掌故》，《華僑日報》一九四八年七月十九日。

④ 馮自由，《革命逸史》第三集，上海：商務，一九四五，頁九〇。

⑤ 同①。

⑥ 黃大德，〈波瀾壯闊新戰場〉，出處不詳。

⑦ 勞偉孟述，莫冰子記，〈「龜扛美人」港報記者出境（一）、（二）〉，載〈五十年人海滄桑錄〉，載《華僑日報》一九五四年十月一至二日。

⑧ 玉壺，〈李大醒因一幅漫畫被解出境〉，一九五九年十一月剪報，見吳灞陵舊藏。

⑨ 無冠一份子，〈廣東報人小史：大紳——陸伯海〉，載《廣東新聞事業研究資料（一）》，吳灞陵舊藏。

⑩ 羅達憲，〈略談李大醒先生生平〉（剪報，報名不詳），一九四〇年十月十四日，見吳灞陵舊藏。

⑪ 同③。

⑫ 同②。

chapter

⑤／黃魯逸：一個改良粵劇的報人

晚清經庚子八國聯軍之役，外患日深，國權日蹙，而國人對清廷之腐敗無能，深惡痛絕。民族危機到了極度嚴峻的地步，非要革命推倒滿清而不能自存，有志之士遂盡力宣傳革命思想，惟宣傳效果不甚理想：「或則以報紙鼓吹，或則藉演說倡導，然皆未能深入民間，使種族思想普遍各級社會，以收實效。職是之故，革命主義之香港各報，遂有編撰戲曲唱本以引人入勝之舉……。」①香港報人能就地取材，利用省港通行的廣州話演繹的「粵調」，如龍舟、數白欖、班本、南音和粵謳等的說唱體裁，以激勵基層民眾的思想，使更多群眾同情革命，增加革命的力量。這些作品通俗易懂，琅琅上口，在社會基層群眾中很受歡迎。其後亦有報人更而編撰改良粵劇以擴大影響。黃魯逸就是一個特出的人物：他窮其一生於報章從事創作粵謳，進而改良粵劇，作曲編劇，甚至粉墨登場以期移風易俗，推動革命思想。

◉ 黃魯逸生平

黃魯逸（一八六九至一九二六），字復生，號冬郎，筆名魯一，又名老逸。廣東南海縣九江鎮人，九江號稱儒林鄉，代有讀書人。祖柳門，父玩溪，兩代業商。魯逸七歲，其父舉家遷澳，玩溪公於一八七七年捐館，母鄧氏矢志撫孤，有五子一女，魯逸居次。

魯逸弱冠後，師從古岡州陳瓊南，陳為諸生，工制義，頗負時名，當時設帳於粵垣城西舊寶華坊鄉約廟。魯逸天性聰慧，讀書觀大率，不為章句學，最惡括帖，謂足以桎梏性靈，偶有所作，率性我用我法，每獨標新意，不規於繩墨，才氣縱橫，如天馬行空，不受羈勒，陳師不以為然，但未嘗不服其才藻。

魯逸之文風，不囿於規矩，而個人之外表，更不修邊幅，短衣破履，不襪，有時成跣足而行，數十年如一日，無論冬夏，均穿大成藍布短衫褲。時方清末，眾人依然豚尾垂垂，而魯逸綴小辮子於背後，狀類工人。魯逸因患深度近視，恒必戴上眼鏡，否則寸步難移，鏡或破損，則以片紙粘之。②

△ 黃魯逸

驟眼觀魯逸，似為玩世不恭，但極易與人交往，待人接物絕無疾言厲色，其所到之處，於極短時間，皆能與眾人混成一體，融洽共處。恒以布衣出入豪富之家，坦然自若，自謂無求於若輩，於我何有；又喜與販夫走卒者遊，凡市井中人，未有不識魯逸其人。魯逸素重親朋情誼：其胞弟娶婦生兒後，航海赴外埠營商，以後渺無音訊，人謂其客死異鄉，其弟家無恒產，魯逸迎養其孤寡於家中，又殷勤訓誨其子侄；其舊友報人陸伯舟客死廣州，身後蕭條，無以為殮，魯逸亦一寒士，倉猝間籌措不易，於是為之奔走遍訪陸氏親友，痛陳陸氏身後之慘狀，一晝夜間籌得數百元，為之經營葬殮，魯逸可謂古道熱腸。魯逸賦性恬淡，不慕榮利，對於富貴仕途，避之若浼，敝衣疏食晏如也。③

魯逸嗜杯中物，往往與人席地而飲，飲後狂歌而稍不自制。魯逸又喜縱賭，常流連忘返，有「磨穿蓆」之稱，然賭術不精，常小勝而大負，故平日阮囊羞澀，被服常押於當舖。④

魯逸屢試，無功而還。退而習歌謠，嗜歌粵謳，考粵謳為道光年間廣州民間興起一種名為「解心」的短調俗曲，與長調的木魚歌分途發展，這種新興的小調，極受珠江妓艇的珠娘歡迎。魯逸尤嗜招子庸所作粵謳，別有神會，有所規仿，輒得其神髓，人謂招子以後，魯逸獨得其秘。其所作粵謳，構思甚苦，需時良久，屬稿若就，則句錘字鍊，儼如初寫黃庭，恰到好處，不能增刪一字，其卒以謳歌名於時。⑤所作粵謳，為報章所爭載或轉載，尋常所撰僅百餘字之粵謳，稿費高至五元，猶須收妥上期，才肯動筆。

母鄧氏幽嫺貞靜，略解文字，居恒喜讀龍舟、南音。魯逸事母至孝，常為其母講解而詠唱，每演繹至曲中哀感頑艷處，低徊往返，而天性之流露，間或淚隨聲至。魯逸精於歌謠，半由性近，半由謳歌悅母所至。而其母對歌謠作用之了解，及對魯逸之鼓勵，亦起了很大作用，其母曾對魯逸說：「梁鴻五噫為感世耳，歌猶詩也，可以興，可以觀，汝致力于此，可以變末俗。」後鄧氏聞中山先生提倡革命，又對魯逸說：「文學不能無理智，而今而後知所趨矣。」魯逸由是醉心革命，尤致力於移風變俗之謳歌，擬編為戲劇，播之梨園，稿成得鄧氏讚許，可見魯逸的成就，實多得力於庭教。⑥

◉ 黃魯逸服務報界

魯逸年二十五，妻亡，風塵僕僕於上海、漢口一帶，顛沛流離，鬱鬱不得志。數年後，返回廣東。根據現有資料，魯逸最早入報界是從中山先生在香港創辦的《中國日報》開始，時維一九〇〇年一月，該報以鼓吹革命為目標，魯逸為助理筆政，該報除日刊外，兼出十日刊一種，名為《中國旬報》，卷末附以〈鼓吹錄〉，由黃魯逸、楊肖歐主編，專以遊戲文章歌謠雜俎，有諷刺時政得失，或歌頌愛國英雄，莊諧並出，感人至深，其後海內外各報多增設諧部一欄，實因該報開創風氣之先。⑦

一九〇一年春，鄭貫公經中山先生特別介紹至《中國日報》充任記者，但鄭氏與該報總編輯陳少白意見不相投，於是年七月因鄭士良暴斃事件而辭職。一九〇三年冬，鄭氏任《世界公益報》總編輯，該報世稱香港革命黨報之第二家。鄭氏主理莊部，而魯逸亦隨鄭氏轉投該報，主理諧部。其時清政不綱，外侮日迫，有識之士，知非實行革命、顛覆清社不足以救亡，遂以揚州十日、嘉定屠城故事，以粵語排作班本，人人讀而悲憤，油然生其革命之決心，其功不在正言莊論之下。其實廣東民間的說唱文學流傳已久，不過這時撰者以舊有的形式，配以新的思維，以期散播民族主義思想。這些作品很受讀者歡迎，但為執政者所忌，因而做出告誡，該報一部分股東怯於情勢，希望稍戢詞鋒，但鄭氏終因編輯作風不合，任職未及一載而自行告退。魯逸以連帶關係，亦請辭。當時李大醒擬接任鄭貫公遺下總編輯一職，有感魯逸所撰歌謠至為感人，他人無能替代，遂訴於該社主事人，必須恢復魯逸職位，否則不能接任新職。因此魯逸乃在該報仍舊主理諧部。逾年，魯逸復與李大醒同兼職於《廣東日報》。

其時，華僑馮夏威為抗議美國新頒嚴禁華工入境法例，於上海美領事館門外自殺，舉國大憤，引起杯葛拒約風潮，粵港各報莫不極力發動抗拒美約為立論中心，以伸正義。尤以香港《中國日報》、《世界公益報》、《廣東日報》及《有所謂報》之言論最為激烈，更聯合發起在杏花樓酒家，開會悼念馮夏威。一九〇五年冬，當杯葛美貨風潮最烈時，美國派出要員他輔等來港，尋求妥協辦法。他輔到港前，《世界公益報》轉載了《時事畫報》的漫畫「龜扛美人圖」，此畫繪四隻烏龜合扛一美女，當時在港接待貴賓多賴轎子代步，香港政府認為該畫有煽動轎夫，不要做烏龜，不要替美國人抬轎之作用。至若轎夫罷抬，則令貴賓無轎可坐，以致港府無顏以對，於是由警司發出傳票給該報，最後將總編輯李大醒遞解出境五年，魯逸亦離職返澳。後於一九二五年，李大醒任《華僑日報》總編輯時，魯逸亦在該報與其共事。⑧

◉ 黃魯逸改良粵劇

滿清末年，舊派紅船中人，多不諳文字，所撰曲本，亦多鄙俚不文，內容多是才子佳人、鴛鴦蝴蝶派的故事。魯逸以文人身份，試圖改良粵劇，納於正軌，使能於娛樂之餘，得顯教化之功。於是魯逸在一九〇二年，得李大醒同意為發起人籌組「優天社」劇團，復於一九〇七年，夥同其他香港各報人黃軒胄、歐博明、盧騷魂、黃世仲、李孟哲、盧博郎等，在澳門組織「優天社」劇團，希望親自粉墨登場，為社會現身說法。可惜這個劇團數月後因經濟不支，未及演出，即告解散。然魯逸仍然鍥而不捨，更邀黃軒胄、陳鐵軍等再次組織「優天影劇團」，「優天影」的名字隱喻為「優天社」的影子，即「社亡影存」之意。[9]辛苦經營，歷時一年多籌劃，始能演出，是為新學志士首次獻身舞台，粵人稱此類新劇團為「志士班」，與傳統舊式戲班有別。[10]所開演劇目橋段翻新，不落尋常窠臼；編戲和作曲，廢除當時粵劇所用的不南不北、半鹹半淡的「班話」，而全部採用廣州話來作對白和唱曲，使觀眾易聽易曉，大受歡迎。該團數年來所演出的劇目，由魯逸親自撰寫的有《虐婢報》、《義刺馬申儀》、《夢後鐘》、《賊現官身》、《奸官訖地》、《盲公問米》、《自由女打靶》、《自梳女不落家》等；上演的劇目影響較大的有《火燒大沙頭》、《賊現官身》、《博浪沙擊秦》、《關雲長大戰尉遲恭》、《周大姑放腳》、《黑獄紅蓮》、《一炮定台灣》等，其中《火燒大沙頭》一劇尤為人津津樂道，劇中首引女俠秋瑾殺清吏、在紹興從容就義一事為導線，頗足發人深省，此劇以當代反清人物入劇，亦是一個大膽的嘗試。此外，粗看其他劇目，都是諷刺清廷官場的腐敗，鼓吹革命，或是針對當時現實社會的陋習，有移風易俗之意。魯逸以粵劇舊有的形式，加入改造社會思想的新元素，以教育群眾於無形，給粵劇放一異彩。今各班所唱平喉，亦由是而開創，惜該劇團維持數年後亦解散。「優天影」不僅在廣東一省對粵劇有很大影響，廣西梧州的志士班「優勝者劇社」亦曾派人到澳門的「優天影」學習和演出了《虐婢報》、《剃頭痛》、《火燒大沙頭》等劇。⑪

雖然「優天影」解散了，魯逸仍然為幾間報館，繼續大量撰寫粵謳、班本和南音等廣東歌謠。而「優天影」劇團的第一、二屆共三十餘位社員，很多都起到了傳薪的作用：在廣州一九〇八年組織的振天聲劇團，就由原是「優天影」的社員黃軒胄、陳鐵軍、陳鐵五、衛滄海、何侶俠等夥合，曾在省、港、澳三地演出，所演出劇本多偏重推翻專制，暴露滿清虐政，都是在宣揚民族主義，較「優天影」表現更為激烈，著名的劇目有《剃頭痛》、《博浪沙擊秦》和《熊飛起義》等，很受觀眾歡迎，而滿清官吏則視之為眼中刺。自一九〇五至一九〇九之四五年間，其影響所及，使在舊式戲班之名伶，亦漸有排演愛國新劇之傾向，尤以人壽年班主角梁垣三（蛇王蘇）、豆皮梅、新白菜等所演《岳飛報國仇》一劇，更能激發觀眾民族愛國之情懷。一九〇七年適值清廷帝后同時死亡，清制國喪例禁演戲，該團遂往南洋，名為廣東籌款賑災演出，實則暗中宣傳革命，在新加坡時得中山先生嘉許。[12]該團從南洋回來後，保皇黨向清官告密，謂該團在南洋鼓動革命仇滿，故不能再在內地立足。一部分社員於是和現身說法社合併，改組為振南天劇團，宗旨別無變更，但財力不支，數月後便解散。振天聲劇團解散後，陳少白、黃詠台等在一九〇八年籌款改組，名為「振天聲白話劇社」，這個劇社的演員仍是劇團原有的成員，演出的話劇有《自由花》、《父之過》、《愚也直》、《夜未央》、《賭世界》和《鳴不平》等，目的都是喚醒國魂和打倒專政，這是廣東人演出白話劇的開始。[13]繼之者更有琳瑯幻境、清平樂和天人觀社等。以上可見魯逸對以後粵劇發展的貢獻。

魯逸喜歡扶掖後進，「優天影」劇團演員如姜雲使、李少帆、鄭君可等，後來正式加入戲班演戲，皆成紅伶，均由魯逸一手提攜所致。陳非儂起初並非演花旦角色，這改變卻是由於魯逸的鼓勵與指導，讓其主演《自由女炸彈迫婚》而一舉成名。[14]陳非儂成名後，對魯逸十分敬重，時有往還。魯逸死時，陳非儂替他義演籌款，以恤孤寡。[15]

一九二四年，魯逸頗厭廣州軍閥爭奪地盤，以致政局變亂無常，於是遷來香港，暇則覓其舊時朋輩，杯酒流連；性嗜狗肉，其時可能食狗太多，得熱症，又為庸醫所誤，乃致一九二六年一病不起。魯逸娶妻黎氏，婦甚賢，惜乎早逝，無所出。中年後續娶，遺下一妻兩稚子，尚有高堂老母。[16]魯逸身歿，貧無以為殮，然輓章之多，幾與名人相埒，甚或過之，一時朋舊且為之籌治喪處，開追悼會，優界義演籌款，為其身後謀贍養之資，可見魯逸生時之極得人緣。

魯逸死後兩年，其侄雲燦請羅達夫編輯，於一九二八年出版《魯逸遺著》第一集，書內收列粵謳三十六首、南音一首、班本四個，高劍父為其封面作畫，李大醒作〈黃魯逸傳贊〉，另有江孔殷、李孟哲、謝英伯、崔通約等十名好友作序。[17]本文魯逸遺照插圖刊於《魯逸遺著》內，編者在照片下寫道：「先生在世時絕少拍照，歿後，家中僅有此一幀，黃先生十八歲時攝影也，觀此可見本來面目，並想見其人。」[18]

◉ 黃魯逸軼事

某年冬，天氣特寒，魯逸在報館住宿，因賭敗，以致棉被押於當舖。當夜寒風刺骨，輾轉不能成眠，遂盡將報館所積存之報紙鋪至床上，又將報紙蓋上全身，然仍寒慄不止。報館有一面大國旗，魯逸蓋之以取暖。翌晨，告之同事云，我昨夜舉行國葬大典。

某日，魯逸商諸友人借二元，友人問何為，魯逸答辦報紙。友人謂辦報需十萬八萬，少者亦要一萬數千，於是拒借。魯逸乃負氣而行，往其他報館，每館集資兩三角，湊足二元。歸而一手包辦買紙、撰稿及用當時初興之「疍菜羔」印刷，完工後，跣足直往街頭叫賣。⑲

魯逸嘗於元旦自題一聯於門外，見者為之失笑：「元旦喜斟迎歲酒，春風吹響拜年袍。」傳神在一「響」字，蓋魯逸於賀新歲時所穿之藍布長衫，漿之極硬，行走時發出響聲。⑳

魯逸前遊濠鏡，遇一歌妓小冬，貌醜，深目而凸額，人皆不顧。眉目間有英氣，善歌能飲，性情戇直，面規人過，不稍寬假。魯逸情有獨鍾，未敢以風塵中人待之。然小冬惡魯逸，不假以辭色，每晤而多不語，後小冬竟以暴疾卒，而魯逸因而自號冬郎，以視對小冬情深款款之意。㉑

辛亥革命成功後，海外歸國華僑慕名求見魯逸，以魯逸為風流雅士，必能善書作畫，乃求一墨寶。魯逸非能畫者，然於案前取一紅筆，大筆一揮，白紙上似傾瀉一瓶紅水，似山非山，似水非水。求畫者似感失望，魯逸語之曰：「此天地流血之象也，革命之成功，此其由也。」乃題「大地流血圖」五字於上。求畫者大悅，贈以筆潤，揚長而去。㉒

注釋：

①〈廣東戲劇家與革命運動〉，載馮自由，《革命逸史》第二集，上海：商務，一九四五，頁二四一。

②無冠一份子，〈廣東報人小史：魯一——黃魯逸〉（剪報），載吳灞陵自輯，《廣東新聞事業研究資料（一）》，吳灞陵舊藏；沅，〈寫實短篇：黃魯逸〉（剪報，出處不詳），吳灞陵舊藏。

③無冠一份子，〈廣東報人小史：魯一——黃魯逸〉。

④沅，〈寫實短篇：黃魯逸〉（剪報，出處不詳），吳灞陵舊藏。

⑤同③。

⑥《黃世伯母鄧太夫人行述》，載《黃伯母鄧太夫人赴告》一九三六年三月。

⑦同①。

⑧同③。

⑨趙春晨、何大進、冷東主編，《中西文化交流與嶺南社會變遷》，北京：中國社會科學出版社，二〇〇四，頁二七三。

⑩同①，頁二四二。

⑪《中國戲曲音樂集成：廣西卷》上卷，北京：中國ISBN中心，二〇〇二，頁七九九。

⑫同①，頁二四四至二四五。

⑬同①，頁二四六。

⑭陳銘音，〈謳歌之王黃魯逸〉，載《佛山歷史人物錄》第一卷，廣州：花城出版社，二〇〇四，頁三〇六。

⑮南天翁，〈南天見聞錄：與戲人有關的幾個報人〉（剪報，出處不詳），吳灞陵舊藏。

⑯同②。

⑰同⑭，頁三〇七。

⑱〈魯金專欄：黃魯逸始創用廣州白話演唱粵劇曲詞〉，載《明報》一九九一年十二月十七日。

⑲大報先生，〈由辦小報而想到黃魯逸〉，載《新時代》一九二九年十月十日，第一至二版。

⑳同③。

㉑同②。

㉒庖丁，〈似乎聯話〉（剪報，出處不詳），吳灞陵舊藏。

chapter

⑥ 鄭貫公：英年早逝的革命報人

在香港戰前的芸芸報人中，鄭貫公是一個很突出的革命報人，筆者在一九八六年寫了兩篇有關鄭貫公的文字。而筆者二〇〇九年出版的《香港身世：文字本拼圖》，內有〈鄭貫公首創粵語報紙——《有所謂報》〉一文，就是將這兩篇文字連接成一篇，出書時改動不多。經過二十多年，筆者重新檢視有關資料，發覺尚有很多不足之處可以增補，很多有用的參考書，如馮自由的《革命逸史》等一系列著作未有採用，故在二〇一二年辛亥革命一百週年紀念時，重新整理這篇有關貫公的文字。

貫公從一九〇〇年至一九〇六年，在這短短不到七年間，先後參與六家報刊的創立和實際的編務工作：最早是在日本橫濱的《清議報》，其後乘在《清議報》工作的便利，創辦了《開智錄》；回港後在革命派報的第一種之《中國日報》工作，主編該報的文藝副刊〈鼓吹錄〉；離開《中國日報》後，繼續創辦香港革命派報第二至四種，就是《世界公益報》、《廣東日報》和《有所謂報》這三種報紙。貫公不單止參與香港這最早期的四種革命派報紙，而且都辦得有聲有色，為革命宣傳做了很大的貢獻。貫公辦理報刊常常緊守着「開智」這個目標，開始在橫濱時，就用「開智社」的名義來出版他的《開智錄》，他又用「開智社」的名義來出版他最後辦的《有所謂報》，終其短短不到七年間，貫公完成這個「開智」目標，激發更多的民眾去認清當時的環境，堅實地奉行推翻滿清、建設自由、民主中國的理念。

◉ 鄭貫公在日本的日子

鄭貫公（一八八〇至一九〇六）原名道，字貫一（按：不知是否從「吾道一以貫之」而來），筆名自立、仍舊、鄭哲、死國青年等，廣東香山縣人，幼聰穎好學，過目成誦，有神童之稱。初讀於鄉塾，後因家貧而輟學，年十六東渡日本，依其族人壽康。時壽康在太古洋行橫濱支店任職買辦，安置貫公於辦房為傭工，然貫公以工作低下，常感不快。時旅日華僑讀書風氣漸開，頗有購讀上海《時務報》和澳門《知新報》等報，貫公公餘常向友朋借讀新學書報，隱然具國家思想。戊戌（一八九八年），康有為學生徐勤等創立橫濱大同學校，大談新學，又提倡孔教。

△ 鄭貫公

一日，該校命學生應對聯首：「自信美人猶未暮」，貫公替其族弟對：「要倡孔教亦非遲」，學校得知貫公為捉刀人，憫其有志向學，特許貫公以免費生資格入讀該校。明年己亥（一八九九年）九月，梁啟超得橫濱僑商鄭席儒等募款三千元，在東京組織高等大同學校，梁啟超為校長，亦任漢學講師。貫公和其他湘粵籍同學三十餘人轉讀該校，其中有秦鼎彝（力山）、林錫圭（述唐）、蔡艮寅（松坡，後易名鍔）等同學。在學時，校中功課，除日、英兩國文字外，專講授歐美各國革命歷史，接觸希臘先哲，及盧騷、孟德斯鳩、達爾文、斯賓塞、華盛頓等人的學說，諸生皆為西方先哲所激勵，莫不以先哲作為奮鬥之典範，貫公嘗在《開智錄》著〈摩西傳〉以見志，又以「中國之摩西」自居。庚子（一九〇〇年）冬，麥孟華接掌校務，以學生皆醉心於民族主義，與保皇會宗旨不合，因廢止漢文講席，而改為攻讀日文專修學校。[1]

《清議報》於己亥春在橫濱發刊，是保皇派康有為和梁啟超主辦的機關報，宗旨是「主持清議、開發民智」：「主持清議」就是大力抨擊慈禧、榮祿等人把持朝政，擁護光緒皇帝重掌政權，明確提出君主立憲主張；「開發民智」就是大量介紹西方的政治社會學說和文化科學知識。自康有為離日赴加拿大後，梁啟超與中山先生、楊衢雲、陳少白等革命分子漸相往還，磋商聯合組織新黨，大談民族主義，因而高唱自由平等學說。康有為門徒多以「厂」字相稱，梁啟超亦是此時改其別號「任厂」為「任公」，以示脫離康有為之羈絆，而貫公亦以「貫一」易名「貫公」，以明一致。梁啟超因在《清議報》漸多發表排滿言論，深為康有為不滿，康有為於己亥十二月，逼梁啟超離日赴檀香山設保皇會，該報改由麥孟華主編，其論文譯著則由湘籍學生秦力山、蔡松坡、周宏業（伯勛）等分別擔任，貫公駐該報任助理編輯。②但該報內容遭康有為遠程監控，對於報中言論稍有急激之文字，俱不許登載，自此，《清議報》復趨保皇派之保守論調。

貫公於一九〇〇年十一月，以華僑中保皇派言論之毒害太深，故在日本橫濱倡發《開智錄》時政綜合性半月刊，這個刊物是留日學生最早出版具有革命傾向之刊物，其宗旨在於「發揮平等自由、天賦人權之真理，欲以革命學說灌輸海外保皇會員，為拔趙幟易漢幟之計」③，由貫公主編，特邀同學馮懋龍和馮斯欒同任撰述，三人以「開智社」名義開辦該刊，從該刊的名稱來看，顯然是受了業師梁啟超「開民智、開紳智、開官智」的思想所影響。④貫公號自立，斯欒號自強，懋龍號自由，時人有三自之稱。該刊初為油印，後庚子，接受中山先生資助之兩百元印刷費，在十二月二十二日改為鉛印，該期稱為「改良第一期」。該刊藉《清議報》之設備印刷和發行，以是凡有《清議報》銷流之地，亦莫不有《開智錄》流通。

該刊所載盧騷的《民約論》、大井憲太郎的《自由原論》、中川篤介的《民權真義》和《法國革命史》等專著和〈義和團有功於中國說〉等政論文章，鼓吹自由民權思想；抨擊侵略中國的列強是「帝國主義」、「侵略主義」、「強盜主義」，明確表示只有「革除野蠻政府」，中國才能成為「文明之國」。[5]該刊以「文字淺顯，立論新奇」，又刊載歌謠、戲曲、諧談各門，引人入勝，對於保皇媚滿之敗行醜態，漸以嬉笑諷刺之文字刊載。[6]出版之後，風行一時，受到南洋、美洲一帶的華僑歡迎，[7]而保皇會會員閱覽該刊後，因之豁然覺悟者，大不乏人。美洲保皇會的黨務頗受該刊影響，各地保皇派黨人亦對該刊多加責難。在此期間，各報紛紛刊載清廷將割讓廣東予法國之傳言，留日粵籍學生聞之為之騷然。辛丑（一九〇一年），貫公等人發起組織廣東獨立協會，主張廣東向滿清政府宣告獨立之議，中山先生時在橫濱，極為贊成此議，貫公等因是常至橫濱前田橋一百二十一番館中山先生寓所，與中山先生及興中會會員籌商進行方法，恒流連竟日，大招《清議報》同事之忌[8]，此亦是貫公之《開智錄》不能容於《清議報》之因。《開智錄》此後不准在《清議報》印刷及發行，以致該報無所憑藉，貫公又被解除編輯一職。至此，《開智錄》出版了十數期，為時僅半載，被迫停刊。[9]

◉ 中山先生函介任職《中國日報》

中山先生在橫濱停居時，已和貫公早有往還，至辛丑春，乃函介貫公於陳少白，在香港《中國日報》主持筆政。[10]其時香港新聞界主持筆政者，多為舊學中人，極少涉獵西方新思想，立論陳腐，頗為新學士子所不屑。貫公在該報工作期間，向讀者介紹了西方的自由平等、天賦人權等學說，大膽鼓吹革命，發表激進言論，持論新穎，旗幟為之一新，讀者亦樂於接受。[11]貫公又曾擔任主編該報附張《中國旬報》十日刊，該刊自一九〇〇年五月十三日第十一期起，增設〈鼓吹錄〉[12]。一九〇一年三月，《中國旬報》停刊，〈鼓吹錄〉併入《中國日報》專版刊出。〈鼓吹錄〉由貫公主編，他銳意創新，分別開闢〈諧文〉、〈史談〉、〈小說〉、〈班本〉、〈粵謳〉、〈南音〉、〈詞苑〉等各欄，尤其善於運用夾雜港穗通用的粵語寫成的文學作品，以通俗的形式「開啟民智，宣傳革命」，力求雅俗共賞，莊諧兼備，大受港穗讀者尤其是青年學生之歡迎。[13]〈鼓吹錄〉是最早刊載在報上的文藝副刊，實開今日報紙以粵語入文的先河，亦是中國報紙設置諧文歌謠之濫觴。[14]

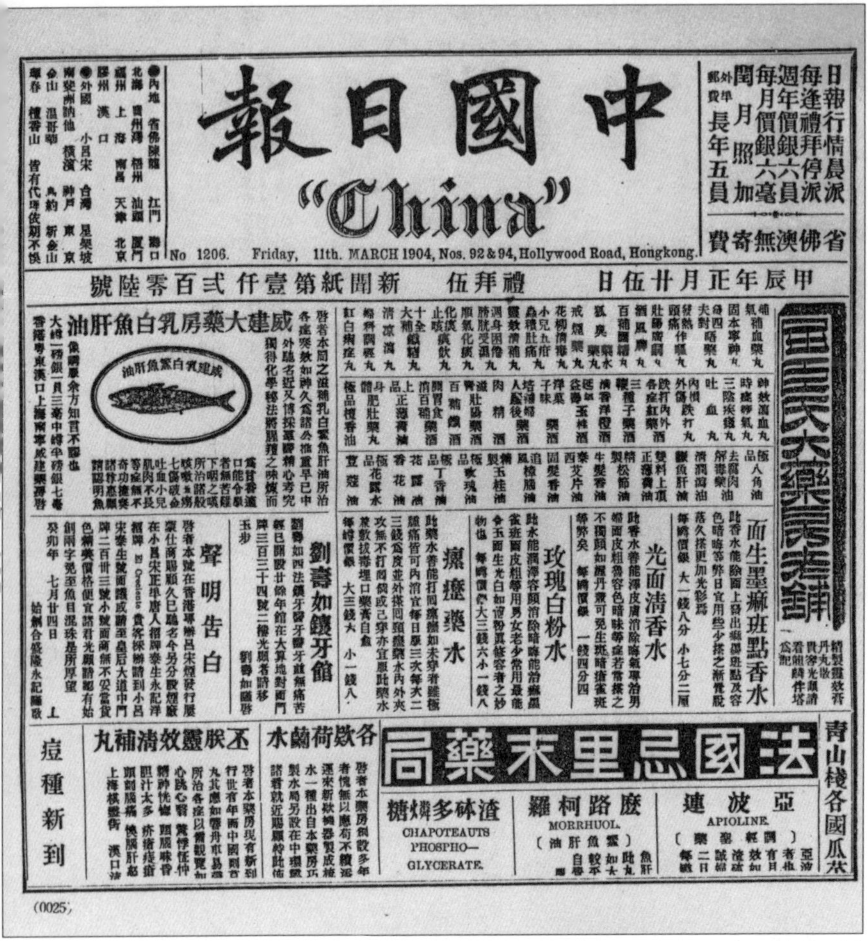
中國日報
"China"
No 1206. Friday, 11th. MARCH 1904, Nos. 92 & 94, Hollywood Road, Hongkong.
日報行情晨派
每逢禮拜停派
週年價銀六員
每月價銀六毫
閏月照加
外埠郵費長年五員
省佛澳無寄費
甲辰年正月廿伍日
禮拜伍
新聞紙第壹仟式百零陸號
威建大藥房乳白魚肝油
各歐荷蘭水
丕腁靈效清補丸
法國忌里末藥局
渣砵多燐糖
CHAPOTEAUTS PHOSPHO— GLYCERATE.
麼路柯羅
MORRHUOL.
〔靈魚肝油〕
亞波連
APIOLINE.
〔調經聖藥〕
痘種新到
青山棧各國瓜菜
光面清香水
玫瑰白粉水
癧瘡藥水
劉壽如鑲牙館
聲明告白
(0025)
△《中國日報》

一九〇一年八月二十七日，貫公因與鄭士良（庚子惠州革命軍首領）、陳和（《中國日報》廚役）等在水坑口宴瓊林酒樓飲宴，鄭士良忽覺不適，貫公等送之回寓，道經永樂街中國日報社，貫公叩門欲入，鄭士良已死於手車上，送官檢驗，醫言驗無傷痕，推斷為中風所致，一說謂實由清吏買兇下毒所致。陳少白因鄭士良暴斃，對貫公不滿，其後貫公意不自安，便向陳少白辭去職務，貫公在《中國日報》工作不及一年。

◉ 鄭貫公創立三種革命黨報

離開《中國日報》後，貫公返回故鄉香山縣城石岐。壬寅（一九〇二年），貫公與徐桂、劉思復等在該地發起書報社，[15]以期開通民智，鼓吹改革，（當時革命黨人不敢公然用革命會會名，只能以「書報社」之名義從事革命宣傳活動）邑中士子多為感動，本擬更於澳門設立分社，但因支持者不多，而終不成事。[16]

二十世紀初，保皇派於海外之勢力日壯，香港革命派人士恐其在港植根，而機關報《中國日報》又形單影隻，故貫公、陳少白、黃世仲、陳春生等商議另創革命宣傳第二、三陣營，以弘播革命思想於社會中下層，以為作未雨綢繆，制衡保皇派之勢力，及增強革命宣傳之功。[17]此後，貫公歷辦《世界公益報》、《廣東日報》和《有所謂報》等報刊，又先後擔任了這幾種報刊的總編輯。

《世界公益報》

時基督教徒林護、馮活泉、譚民三等集資籌備開辦《世界公益報》（*The World News*），譚民三與貫公交誼很深，便邀請貫公擔任總編輯。貫公偕馮活泉、蘇焯南、崔通約三人東渡橫濱，購置所需之印刷機和鉛字等物，崔通約留後任駐日訪員，[18]貫公等返港後即經營出版，該報於一九〇四年一月二十日創刊，社址設在德輔道。該報紙張體裁加大，又加特別的鉛版花邊，報章之有電版插圖，亦是該報開其端。先後在該報擔任編輯記者的有黃魯逸、李大醒、黃世仲、黃伯耀、崔通約等人，除崔通約駐日外，又聘駐京、滬通訊員，每日將所採訪之大事拍電來港，使報紙生氣蓬勃。[19]該報日出紙兩大張，近三萬字，分〈時論〉、〈京省新聞〉、〈雜評〉、〈萬國新聞〉、〈粵聞〉、〈港聞〉等欄，公開號召讀者「變專制為共和，變滿清為皇漢」，「投袂而起，光復中國」，被稱為「香港革命黨報之第二家」，其革命救國之言論、朝氣凌駕《中國日報》之上。附刊《一噱報》，特注重詼諧文字、通俗謳歌和諷刺圖畫，並明確開設〈警世圖〉專欄，以漫畫聯繫社會現象宣傳革命，引人入勝，激動人心，一紙風行，開中文報刊登載漫畫之先河，各報爭相仿效。

後來該報發表一篇由蘆中人所著的龍舟歌〈揚州十日記〉，為執政者告誡，該報的一部分股東怯於情勢，希望該首龍舟歌稍戢詞鋒，但貫公願負全責，希望一仍原本作風。貫公終因議論備受縛束，大違自己辦報本意，出版後不及一載，便辭職引退，交由黃世仲繼續主理。該報因有基督教徒支持，根基鞏固，至民國六年（一九一七年）始以經濟困難停刊。[20]停刊後設備被人收購，改名《公益報》繼續出版，半年後停刊。[21]

《廣東日報》

甲辰（一九〇四年），貫公夥合同志胡子晉、陳樹人、楊計伯等匯集資金，組織《廣東日報》，於三月三十一日創刊，社址設於中環歌賦街，貫公自任主編，先後擔任編輯記者的有李大醒、勞緯孟、黃世仲、陳樹人、胡子晉、王軍演、盧偉臣等，其中亦有來自廣州之文士。該報是為香港革命報紙之第三種。內容「莊部」計有〈言論界〉、〈實事調查〉、〈兩粵要事〉、〈東洋訪稿〉、〈內地新聞〉、〈地方新聞〉等欄，自稱以「發揮民族主義，提倡革命精神」為宗旨，主張以暴力、暗殺手段，力駁保皇派君主立憲之說，實行民主共和。該報之命名為「廣東」，在於「研求廣東之實際，而發達廣東之前途，言論則組織粵民之群情，而膨脹粵民之智力」。附刊「諧部」《無所謂》，日出兩頁，隨報附送。該刊內容有〈俗話史〉、〈談風〉、〈舞台新籟〉、〈社會新聲〉和〈詩潮〉等十多個欄目。該報言論較《世界公益報》為開展，以通俗文字嬉笑怒罵，發揚民族精神。出版後頗受省港澳各地學界歡迎，銷路不弱。一九〇五年四月，貫公因經濟問題，將該報轉為李漢生接辦而離任，繼之者以李大醒、黃魯逸為主筆，宗旨如前，又積極宣傳反美運動。一九〇六年，該報反對粵漢鐵路改歸官督商辦，深為廣東官吏忌恨，股東多為國內紳商，害怕以此罹禍，於一九〇六年四月，即告歇業。㉒

甲辰（一九〇四年），康有為命徐勤在香港開辦《商報》，極力倡議扶清保皇主張，《中國日報》與之筆戰甚劇，而貫公是時先後主持之《世界公益報》和《廣東日報》都加入革命黨人陣線，痛擊《商報》謬論，揭露該報欺詐的宣傳，革命派報紙之聲勢為之大張，使民黨在當時言論界上佔着有利的地位。

《有所謂報》

貫公在乙巳（一九〇五年）六月四日，另行創辦一張通俗小報，通常稱為《有所謂報》，全名是《唯一趣報有所謂》，該報是貫公最後創辦的報紙，亦是他辦得最好的一份。社址設在荷里活道七十九號，一九〇六年一月遷德輔道中三十五號三、四樓。該報是第一份以小報形式出現的香港報紙，內容莊諧並重，專以小品文字見長，亦為香港革命派報之第四種。當時貫公有感香港報紙每被資本家所操控，經營大報，因環境關係，必擺不脫將本求利的縛束，而貫公認為辦革命報刊，應以彰明民族主義為宗旨，發展民權為目的，開通民智為手段，不應以利字當頭，故希望能擺脫資本家的操控，以為能夠籌得三二千元，開辦一小報，便易永久支持。貫公當時聯繫志同道合的人起草章則，以捐助開辦經費名義集資，化整為零，避免所謂資本干涉，三天截捐所得共一千二百四十元。貫公以「開智社」名義辦理該報事務，所得經費以三百元用作添置社內傢具，六百元用作登記現金保證，所餘除繳交印刷按金外，統作流動款項用。該報之所以要交印刷按金，是因為要減省自置印刷機、鉛字等沉重開支及日常機房運作費用，其排字印刷均外判印務公司為之。該社賴以維持日常開支，多靠貫公主張抱民族主義、苦幹奮鬥為目的，而不在牟利，甚至報社職員的薪金亦很微薄，貫公身為社長兼總編輯，月支不過二十元，其餘撰述與外勤，均一律月領十元。

《有所謂報》開辦之日，以小報形式出現，並首創星期日不休息；惟於陰曆每月朔（初一）、望（十五）兩日停刊。第一日出紙一張，第二日就增紙至張半，該報亦有「隨報派送最警世最益人之圖一張，不取分文」。[23]該報零沽每份二仙，每月價銀三毫。翌年（一九〇六年）元旦起，擴展至出紙兩大張，每月收費四毫。代理派報處分設廣州、澳門、佛山、大良、石岐、梧州及石龍等地。因取價低廉，內容豐富，該報出版不久，即已風行一時，在當時港粵報紙中讀者最廣泛，銷量凌駕於其他大報之上。

總發行所荷理活道七十九號開智社

乙巳年五月初二日 禮拜日

唯一趣報有所謂

西一千九百零五年六月四號

總編輯兼督印人鄭貫公

新聞紙第一號

本社同人題名

代理派報者題名

請看請看

大德滙兌積聚貨倉按揭有限公司告白

香港洪桂昌遷舖

尹文楷醫生

會芳園廣告

△《唯一趣報有所謂》

《有所謂報》總編輯兼督印人為貫公，其他參加編輯和撰稿的行列，人才濟濟，極一時之盛。開辦之初在局記者除貫公外，有陳樹人（猛進、又名亞哲）、胡子晉（駿男、又名榷鐵）、駱漢存（鐵漢）；其他名譽記者有盧星父（仙乎、森符）、王斧（王亞斧）、盧信公、王袂起、陳大我、易俠血、梁新武、盧諤醒、黎民鐸、莫景沂、梁勳武等十餘人，另有黃世仲、盧偉臣、王秋湄（軍演）、李孟哲等撰述，經費也多由這些人共同負擔。該報宣傳革命也比前兩種報刊更為激進，貫公在〈開智社有所謂出世之始聲〉一文開始就表示要「以言論而塞異族獨夫之膽，以批評而褫一般民賊之魄，芟政界之荊榛，培民權之萌櫱」，具體之作法在於「監察政界之現象，改良社會之魔氛，伸民權，抒公理，淋漓大筆，慨慷悲歌，體備莊諧，賞兼雅俗，不負本社之命名」。（錄〈本報之趣旨〉見《有所謂報》創刊號）

《有所謂報》的編排方式與其他各報不同，先「諧」而後「莊」，這是一個大膽嘗試。「諧部」計分為〈題詞〉、〈落花影〉、〈滑稽魂〉、〈金玉屑〉、〈官紳鏡〉、〈新鼓吹〉、〈他山石〉、〈格化談〉、〈社會聲〉、〈小說林〉等欄。「諧部」佔五分之三篇幅，體裁多樣，從粵語方言區民眾熟悉的粵謳、南音、數白欖、木魚、班本等民間說唱文學，到詩詞、小說、散文，無不兼收並蓄。那些用粵語寫成的說唱文學作品，通俗易懂，琅琅上口，在下層社會中，不脛而走，很受歡迎。「莊部」有關新聞時事則分為〈清議〉、〈短評〉、〈訪稿〉、〈要聞〉、〈電音〉、〈調查〉等欄。另附連載民族小說〈洪秀全演義〉。該報文字短小精煉，因此自身雖是小報而仍內容豐富。㉔

《有所謂報》著論大力抨擊清朝政府的朝政不綱，以大量報道說明及力斥滿清官吏的貪贓枉法，土豪劣紳之欺壓手段，弄至民不聊生，以能激發民眾之愛國、革命之思想，推翻滿清政權。《有所謂報》創刊後用了很多篇幅揭露帝國主義的野心，對蘇俄、日本和美國都一一抨擊，對個別事件，如陳天華、馮夏威、馬潘夏和黎國廉等都大力著論支持，其中尤以美國華工禁約和清政府收回粵漢鐵路為官辦反對最為劇烈。貫公亦因《有所謂報》支援這些運動而聲名大噪。

原來這次拒美約的事件是源於同治七年（一八六〇年），中美互訂〈蒲安臣條約〉，規定華人有自由僑居美國領土的權利，而且答允以最惠國人民款待。但二十年後，於一八八〇年，美聯邦政府應加州人民的要求，停止執行〈蒲安臣條約〉。兩年後，美國國會又通過禁止華人入境法例。一九〇三年，夏威夷、菲律賓等地一律援用該法，禁止華人入境。中國人除官、商、教、讀、遊客五項以外，一律不准踏入美國國土，至光緒三十一年（一九〇五年），遂引起中國各地人民的反感，舉行抵制美貨及拒絕禁約大運動，風起雲湧，尤以廣州、香港兩地為最。粵督岑春煊應大紳江孔殷的請求，嚴令解散拒約會，又逮捕馬達臣、潘信明、夏重民三人入獄，各界人士大起公憤，香港報刊在拒絕禁約運動中充當主力的是《中國日報》、《世界公益報》、《廣東日報》和《有所謂報》，其中尤以貫公以前辦的《廣東日報》和這時初創刊的《有所謂報》最為投入和最有影響。這兩份報紙充分報道及支持國內外各地的拒約運動，表彰馮夏威、潘國廉，和馬達臣、潘信明、夏重民三人的事蹟，抗議、抨擊和譴責清政府和兇殘官員袁世凱、岑春煊鎮壓拒約運動，貫公的《有所謂報》除了評論工作做得好，「既有發揮鋪寫鞭闢入裏的鴻篇鉅構，也有尖銳潑辣短小精悍的匕首投槍」，同時「諧部」各欄目都刊出大量和拒約運動緊密結合的諧文、小說、詩詞，以及用粵語撰寫的各種通俗民間說唱如龍舟、班本、南音等文學作品，「莊」「諧」兩部的互相配合使該報的格調統一，對於拒約運動的發展有莫大幫助。㉕

時香港美國商會以拒約事而美貨遭受抵制，商業損失重大，特派代表與港粵各界會商修約事宜，香港代表為何啟、曹善允、李煜堂、吳東啟、陳少白等，雙方議定條款以解決紛爭。貫公代表報界，指為未經眾議通過，認為無效，以致引起《中國日報》和《有所謂報》大開筆戰，經在港的革命黨人調解，亦無成效。其後於一九〇五年十月，中山先生適乘法輪路經香港，遂約陳少白和貫公至船上，親自排解，這場糾紛才得解決。㉖

◉ 保皇派買兇未遂．鄭貫公因病早逝

戊戌政變失敗後，康、梁等人在南洋、美洲一帶建立了大量的保皇會組織，發展會員，使保皇派的勢力遍及海外的「百七十餘埠」，「會衆以數十萬計」。廣東是康、梁長期從事講學和政治活動的地方，康門弟子多數是廣東人，香港亦是保皇派活動的地方。《有所謂報》宣傳激烈的反滿思想時，很自然地對當時的保皇思想展開了嚴厲的批評，這樣貫公便成了被報復的對象。一九〇五年十一月二十三日，《有所謂報》發表了〈出資購人行刺本報記者之詳情〉的一篇專稿，揭發保皇黨方面企圖對該報主編貫公行兇的陰謀。據報道，保皇黨方面以先付二百両，事成後再付兩千両為條件，收買刺客於十一月四日潛來香港行刺，因為事先為該報察覺，投香港政府

備案，由香港政府派出便衣警探保護，並派人緝兇，因此該宗暗殺事件不致發生。[27]

丙午（一九〇六年）夏，貫公的妻子馬氏突患時疫，得他全力照顧，馬氏不致病死，但貫公因為照顧他的妻子而染上疫症，淹纏數日，死於香港，年僅二十六歲。英年早逝，不及見革命成功，各地同志皆為惋惜不已。其後，馬氏亦服毒殉情。後一月，港中各界人士於杏花樓為貫公開追悼會，參與者二千餘人，極一時之盛，[28]可想貫公在世時之盛名及待友之融洽。貫公死後，《有所謂報》乏人支持，一九〇六年七月，由謝英伯改組為《東方報》。[29]

◉ 鄭貫公報業生涯的知遇

貫公得以厠身新聞界，始於業師梁啟超於一八九九年間，在橫濱《清議報》為其謀得助理編輯一職，稍後亦因《清議報》而得以創辦《開智錄》，發揮其反清的革命思想和出版刊物的才能。《開智錄》的開辦，亦多賴志趣相投的兩位同學馮自由和馮斯欒，在出版事務上處處加以協助。

貫公的報業生涯，亦與革命黨的「四大寇」其中的三人有關連，以與中山先生的關係較為密切。

中山先生奔走革命時，十分重視報刊的宣傳革命工作，他在橫濱時，貫公常流連其寓所，與革命黨人共商政事。中山先生從貫公所辦之《開智錄》，對貫公的革命抱負及辦理報刊的才能，有着相當的了解。為了支持《開智錄》辦得更好，中山先生捐了二百元給貫公，以便該刊由油印轉為鉛印出版。迨貫公遭《清議報》解職，中山先生即函介貫公在《中國日報》任職。該報是革命派的機關報，這說明中山先生對貫公甚為器重。由此一機遇，貫公遂得終其餘生在香港發展其報人事業。其後在一九〇三年間，當中山先生在舊金山奔走革命時，當地《中西日報》司事伍于衍以該報缺乏駐香港訪員，求中山先生推薦，中山先生乃介紹貫公和陳少白二人，[30]發表有利於革命派的報道，加強與美洲保皇派宣傳之抗衡。及後，貫公開辦《世界公益報》，亦得中山先生之支持，[31]可見貫公甚得中山先生賞識。其後貫公與陳少白因抵制美貨運動的宣傳問題，產生意見，以致爭吵，亦是由中山先生為之調解，得以平息。革命黨的「四大寇」中，除中山先生外，尤列對貫公之報識亦有印象，南洋革命黨報之元祖《圖南日報》於癸卯（一九〇三年）秋冬間籌劃，尤列最初原本介紹貫公擔任總編輯一職，但貫公以正籌辦《廣東日報》，不能抽身而就，因薦陳詩仲以代。[32]亦為「四大寇」之一的陳少白，初時甚為重用貫公，以其當《中國日報》主筆，及為〈鼓吹錄〉之主編，惜因二人性情與作風有異，雖同屬革命報人，而終不能合作無間。

貫公剛開始在《中國日報》工作時，便已擔當重要的職位，因而得以儘量發揮他的才幹，在報界迅速建立起他的聲望。《中國日報》在香港設立的作用，不僅只是辦報宣傳革命，而更是一個革命同志能籌備革命事宜的大本營，因此，貫公在報館內有很多機會結識同道。貫公豪邁健談，好結交朋友，他的談吐雖鄉音（中山石岐話）未除，但無礙他的交際應酬。因此，他離開《中國日報》後而創辦的三份革命派報紙，以他個人的凝聚力，都能組成強勁的編輯班子。要注意的是這些人選幾乎全是革命分子，懷着滿腔愛國的熱忱，不甚計較物質生活的豐裕與否，唯一的目標便是要做好宣傳革命的辦報工作。有了這些得力的助手而組成兄弟班似的去辦報，這是貫公很重要的成功因素。上面所介紹的貫公的《開智錄》、《世界公益報》、《廣東日報》和《有所謂報》等報刊，本文都有列出各報編輯/撰述班子的陣容，在此不贅。有些助手不單只是協助貫公辦理一份報紙，黃世仲就先後協助貫公在香港所創辦的全部三份報紙。自貫公逝世後，這些班底部分都能獨當一面，繼續貫公未竟的革命宣傳工作。

◉ 鄭貫公的報學思想

貫公一生創辦了三報一刊，他的辦報工作經驗是全面性的，如集資、制定報旨及政策、購買器材、聘請人手、編輯事務、撰寫稿件及市場推廣等。因此，憑他歷年辦報的經驗，加上熱衷革命宣傳工作，對報學思想自有其一番見地。貫公早期在日本留學，因此對日本的新聞教育，有親身體會，原來東京政治學校之學科，必有新聞學一科，在學三年內，要學習和深研新聞的原理及各國的沿革，及對新聞學的實踐，故日本之新聞學及政治學有密切關係。

貫公體會到新聞學和政治學結合的需要，而他處於革命熱潮澎湃的環境中，一生專注革命宣傳工作，幾乎全從政治、社會監督的角度去衡量報紙的功能。貫公以為報紙能夠扮演政府、法官、偵探、警察、律師和軍人等的角色，所以他說：「報紙能宣布〔佈〕公理，激勵人心，何異政令？報紙能聲罪致討，以儆效尤，何異裁判定案？報紙能密查偵察，何異偵探暗差？報紙能布〔佈〕其證據，直斥其人，何異警察巡兵？報紙能與人辯誣訟冤，何異律師？報紙能筆戰舌爭，何異軍人？」他高度評價報紙扮演不同社會角色的功能，主要是揭露政府的專制腐敗、禍國殃民，以激起民眾的革命情緒，並將之視為革命成功最主要的第一步。貫公將報紙各樣的功能介紹後，再總結報紙「筆槍」及「流墨」的作用，和報人如何善用報紙以開民智：

> 察人情之趨向。激社會之熱腸。莫善乎嘻〔嬉〕笑怒罵之文字。大抵吾同胞智育久失。雅愛詼諧。今欲以寓言諷時。謳歌變俗。因勢利導。化無用為有用。則無形暗殺主義之報

紙。不為之三致意也烏乎可。……矧以亦諧亦莊。宜雅宜俗。改良社會。伸展人權。明知同許子之不燀〔憚〕煩。豈肯謂孟軻之好辯哉。㉝

報紙有以上所提及的功能，要發揮這些功能，首要是要靠有才能的記者，但反觀我國之記者，人材不濟：

雖有等所謂志士，放下八股文章，拾得一二新名詞，嘵嘵於世，捨嗚呼咄咄以外無文字，捨謾罵刻薄以外無批評。至於恭維討好之言論，骨媚聲柔，尤為卑卑不足道，烏知政治學、新聞學為何物耶？吁！所謂開通家所謂志士尚如此，安足以言辦報？夫學問既無，眼光何有？徒曰理想，而實際闕如，於社會道德之真理，曷望其能介紹輸運於吾同胞哉？

雖然當時報業人材薄弱，但貫公以為從事報業者，「如能稍知天職，真具熱腸，盡可善采辦法大要，誘之得其道」，亦可使其善盡其職守。因此，貫公從自己辦報的經驗和見解，提出了十項辦好報紙的建議：

一、報律不能不先認定也；

二、調查不能不周密也；
三、翻譯不能不多聘也；
四、謳歌戲本不能不多撰也；
五、文字不能不淺白也；
六、門類不能不清楚也；
七、報費不可不從廉也；
八、校對不可不小心也；
九、告白不可不選擇也；
十、圖畫不可不多刊也。㉞

上面十項辦好報紙的建議，其實是貫公為了抵制美約，倡議開辦拒約機關日報，在一九〇五年八月十二日至二十三日，連續十一天，洋洋七千餘言，分五次連載在《有所謂報》所寫的長篇論說〈拒約須急設機關報日議〉而提出的。這篇長文雖然是針對辦理拒約機關日報而發，但對於一般辦報的都是用得着的。

從上面所見到的建議，有很多項都是貫公所辦過的報紙的特點。尤其是謳歌的一項，在當時的環境來看更為重要，貫公對此較為詳說：「報紙為開智之良劑。而謳歌戲本。為開下流社會智識之聖樂。故邇來報界。漸次進化。皆知謳歌戲本。為開一般社會智慧之不二法門。樂為撰作。」在報紙多載謳歌是貫公最先實行，亦是他成功辦報的一個重要因素。

其他的建議亦是貫公力行的：利用報紙多刊圖畫，使版面生動活潑，易於吸引讀者，貫公在《世界公益報》首先實行，其後他在《有所謂報》亦甚注重圖畫之刊載；貫公以小報形式出版《有所謂報》，在於減低報費，以廣銷路；告白是報紙重要財政的來源，但貫公因堅持拒約而不登載美貨的告白。上面貫公的十項建議，從政策訂定、消息來源、各種編輯工作以至財政都包括在內，是當時辦報全面性的提點。

◉ 鄭貫公的社會活動

貫公早在日本橫濱時，便已開始參加社會活動，組織廣東獨立協會。回港後，先在《中國日報》擔任主筆的重要職位，又主編〈鼓吹錄〉，甚得讀者歡迎，在報社結交很多革命黨人。其後創辦三報，深得人心，尤其對工商學界中人，甚有交誼，故貫公舉辦社會活動，一呼百應，加之善於利用報章作為宣傳和聯絡，因此所辦活動都很成功。貫公舉辦這些活動，是抱着以下宗旨：「凡內地有志之士，辦公益事而為頑劣所阻撓，本報有抒理評論，代鳴不平，以為扶持之助力。」㉟這不單着重為有志之士而舉辦，亦是靠着這些活動來提高民氣，增強民眾的革命意識：

支那亡國紀念會

庚子（一九〇〇年）七月，漢口唐才常一役失敗後，章太炎因名列上海張園國會，被清吏懸賞通緝，亡命東京。壬寅（一九〇二年）三月初旬，章太炎語留日志士馮自由、秦力山等十人，謂欲鼓吹種族革命，非先振起世人之歷史觀念不可，提議以三月十九日明崇禎帝殉國之日，舉行大規模之紀念會，藉以喚起國人之民族觀感。眾贊成之，即推章太炎任起草宣言書，並定名「支那亡國二百四十二年紀念會」。㊱香港《中國日報》得宣言書即載諸報端，大事宣傳。及期，陳少白、鄭貫公等舉行紀念儀式於永樂街報社，同志蒞會者極形踴躍。香港、澳門、廣州各地人士聞之，頗為感奮。㊲

陳天華追悼會

一九〇五年，日本文部省徇清吏要求，頒佈取締留學生規則，留學界異常憤激，《猛回頭》和《警世鐘》之著者陳天華憤不能平，憂國傷時，乃作萬言絕命書，於十一月十二日投海自殺。丙午（一九〇六年）二月，《有所謂報》及《中國日報》聯絡香港學界，由貫公主持，發起追悼陳天華烈士大會於杏花樓，各界臨弔者千餘人。[38]

馮夏威追悼會

華僑馮夏威為美國新頒華工禁例，於上海美領事館前自殺，全國大憤，各省志士紛組拒約會以保國權，粵港各報莫不極力提倡，以伸正義，[39]《有所謂報》和《廣東日報》對馮夏威這事件，進行連續報道，刊出馮夏威的傳記和遺書，實現遺願，繼續抗爭，[40]並發起「代募紀念馮夏威烈士義款」活動。港人又發起馮夏威追悼會於杏花樓，亦由貫公主持，參加者數千人，貫公此時隱然執學界之牛耳。[41]

馬達臣、潘信明、夏重民歡迎會

一九〇五年，美拒約事件引起各省抵制美貨，粵督岑春煊徇大紳江孔殷之請，嚴令解散拒約會，更因馬達臣、潘信明、夏重民三人於獄，貫公聯合粵港各報，對此次逮捕口誅筆伐，聲勢浩大，義聲震於一時。[42]貫公亦於三人出獄後發起歡迎會。

黎國廉歡迎會

丙午（一九〇六年），粵督岑春煊擬將粵漢鐵路從商人之手強收為官辦，消息傳出，首先被該鐵路股東黎國廉等反對。當時岑春煊為消除商人反對，將黎拘捕入獄，黎出獄後到港，貫公率報界於二月初七日為黎在杏花樓開歡迎會，蒞會者千餘人，會後《有所謂報》有連載數天紀其盛況，而貫公亦有特稿論及黎氏事件，激勵商界、學界另開歡迎會。[43]以後商界、學界三度另開歡迎會，貫公亦有到場講話。

◉ 鄭貫公的黨務活動

貫公早於庚子（一九〇〇年）日本留學時，已加入為興中會會員。[44]回港加入《中國日報》服務後，更陸續創辦《世界公益報》、《廣東日報》和《有所謂報》等三報，其於時政針砭，崇論宏議，深受知識分子歡迎，又利用省港的廣州話演繹的說唱體裁，以激勵讀者的革命思想，貫公在言論界的號召力，在工商學各團體都產生了很大的凝聚力。庚子惠州三洲田一役失敗後，興中會元氣大傷。香港之黨務、報務向由陳少白一人主持，這時期黨務不前，未收納黨員一人，而該黨所需經費多取自港紳商，所以陳少白多與紳商聯絡及得其支持。故此時，革命黨大約可分為陳少白和鄭貫公兩派：陳少白的富裕商紳派，和貫公較年青的工商學界。貫公和陳少白二人的性情和處事作風大有不同，在當時一般人的印象，陳少白平時只知多與紳商來往，作風上老氣橫秋，不甚與普通民眾接觸，與港粵革命同志不能融洽一致，㊺而貫公性情豪邁健談，朝氣蓬勃，廣事交遊，甚得人望，尤其吸引新少年輩，以貫公作風易於仿效，自居私淑弟子之列者，不在少數。從以下的例子可以得知貫公對年青人的影響力。伍漢持（一八七二至一九一三），廣東新寧（今台山）人。早年入佛山西醫學院學醫，一八九八年畢業，後在香港等地行醫，與興中會成員鄭貫公、史古愚（史堅如兄）等時相來往，因而漸萌革命思想；㊻李伯海，加拿大域多利埠保皇會長李福基之子，與貫公、陳樹人等素有往還，嘗於乙巳（一九〇五年）冬，亦以鄭、陳之介紹入會；㊼同時期的澳門培基學堂學生馮秋雪提及與貫公的交往，及其對青年人的啟發，是一個典型的例子：

……黃世仲、鄭貫公二人……對我們十分熱情，從「拒約」談到反清革命，頗多闡發，使我們留下深刻印象。我回澳後，便開始與鄭貫公保存通訊聯絡。……其後鄭貫公曾多次由港過澳活動，有時亦抽空邀約我們晤談。培基學堂同學日後參加澳門同盟會組織，實以受鄭之啟發為開端。㊽

貫公與陳少白二人之間成見日深，不能衷誠合作，故黨務未能充分開展。中山先生於癸卯（一九〇三年）及乙巳（一九〇五年）夏兩度過港，體察情況，深以為憂，於是年八月十日，中山先生首派馮自由到港，與陳少白及貫公改組興中會為同盟會香港分會，中山先生適於十月間乘法輪經港，黨眾登輪晉謁，由中山先生主持加盟宣誓，雖為舊興中會成員亦須重新填寫誓約，眾舉陳少白為會長、貫公為庶務、馮自由為書記、黃世仲為交際。[49]至於貫公稍涉軍事行動是在一九〇四年夏，當湖南哥老會首領秦力山至港，寓中國日報社，日與陳少白、鄭貫公、黃世仲等謀，欲運動駐粵湘籍防軍返正，可惜秦力山雖來往廣東三次，仍要失敗逃港。[50]

◉ 鄭貫公的著述

貫公文章寫來，搖筆千言立就，如長江大河，氣勢浩瀚，人謂貫公最富文膽，搖筆即來，洋洋灑灑，暢所欲言，不加點竄，時或挾砂石以俱至，然此類文字，最能通俗，為報紙讀者所歡迎。其好友黃魯逸擅長粵謳，每有所作，不過寥寥數十字，然句斟字酌，一字不妥，常感額苦思，每作一粵謳，常需數小時，以視貫公鴻文無範，數千言論說，一揮即就，其快慢之比，實有天淵之別。貫公嘗語黃魯逸：「報章文字，祇求通俗，非以壽世者，若必如左思作三都賦，刻苦經營，未免太自苦矣」，黃魯逸無以難之。貫公文風自成一派，因其易學，甚多青年自居私淑弟子之列，如報界三傑之蘇稜諷，其所撰述，亦是師承貫公。他報曾譏貫公著述為野狐禪，貫公不甚作答，以不屑互相攻訐，人以為識大體。[51]

貫公喜仿效嶺南即事體，寫成粵語駢文。宣傳革命，以遊戲之筆墨，別饒趣味；批評時政，以滑稽筆調出之，然嬉笑甚於怒罵，[52]李家園譽其為報界鼓吹三及第文體之第一人。[53]可惜貫公之政論諧文，並無專集出版，香港圖書館藏其所創辦之三報一刊不多，搜集其作品亦不易。尚得見聞其編著之專書只得下列兩種：

《瑞士建國誌》

貫公的專書著作傳世的，只得一九〇二下半年在香港由中國華洋書局以筆名「鄭哲」出版的《瑞士建國誌》，貫公在〈例言〉說：「是書故事，初由西文譯為日本文，復從日文譯其意，著為小說。」該書可能是根據德國作家席勒的劇本《威廉．退爾》作為藍本，從日文譯本改編而成的歷史小說，為章回體，共十回，每回前有詩詞一首。貫公在首回前有詩一首：「萬里孤身蹈海涯，寸衷已作浪淘沙，揮毫聊寫興亡事，不計貽譏小說家。」說明他寫作這本書的旨意。該書在廣東省立中山圖書館特藏部有藏。

本書在正文的前面有趙必振的〈政治小說《瑞士建國誌》序〉、李維耀的〈校印《瑞士建國誌》小引〉和貫公的〈自序〉、〈例言〉、〈目錄〉、〈瑞士國計表〉(一九〇〇年)及瑞士地圖一張。[54]故事內容敘述在十二三世紀時,瑞士被日耳曼侵佔,民衆備受殘酷壓迫,人民英雄維霖·惕露(William Tell)積極聯絡各方志士反抗。日耳曼權臣倪士勒在市中將一頂禮帽懸於木柱上,要民眾路經時鞠躬敬禮。惕露不從,還把木柱折毀。倪士勒將惕露父子捉拿,把一個蘋果放在惕露兒子頭上,要惕露用箭射果,射中便釋放。惕露一矢中的,仍不釋放,欲行絞死,幸能逃脫。其後惕露與民眾會合,演說革命救國之理,並隻身伏殺倪士勒,民眾推舉他為領袖起義,瑞士於一三一五年獲得獨立,建立共和政體,惕露即功成身退,瑞士此後國富民安,為其他各國的表率。全書主要敘述瑞士反侵略事,但書內行文往往亦可用於針對清政府而發,例如:「橫徵暴斂,倒行逆施」、「神州回首,彼黍離離」、「故國傷心,秋風瑟瑟」等。

書後著者號召中國國民以瑞士為榜樣,奮起推翻清政府的統治,以達成神州獨立、民主、富強的願望,故貫公提出:「我今要把同胞問,還念神州與故鄉」。貫公將原故事改編得更為積極、進步:原作的惕露被迫起義,獨立後宣佈建立奴隸制,貫公改為民眾早就自覺聯絡、組織愛國黨,獨立後廢除君主制,建立共和政體,召開會議選舉總統。這一改動更能令貫公運用外國史事,以表達宣傳反清革命、反封建制度和標榜自由、民主的精神。[55]由於原作情節結構、人物描寫的基礎極好，而改編者又才情俱備，故此書是中國最早的一部成功的政治歷史小說。[56]這部小說亦是最早反映惕露等瑞士志士事蹟的作品，比馬君武的翻譯介紹更早二十餘年。[57]

《時諧新集》

一九〇四年，香港最早第一部文學選集《時諧新集》面世，該書由香港中華印務有限公司承印，總發行為世界公益社，每部定價四毫。[58]全書一百八十頁，版權持有者是歌賦街三十九號的「Sam Chui Mi」，這個英文名字有待查核。印數五千本，[59]在當時來說，這個數量是頗大的，亦可反映這類書有一定的市場。雖然印書數量大，但可惜，現時全港各大圖書館都沒有收藏這一本書。本書編輯者的名字沒有很鮮明的表示，[60]只是在前面由貫公撰寫的〈序〉中「復輯時諧」一句，可知編輯人是貫公。〈序〉後是墨隱主人列出的〈凡例〉，而「墨隱主人」是否貫公的名字就不能確定。貫公撰寫的序，有講及他的求學及辦報之本意，是了解其心路歷程之重要自白：

> ……僕幾度東游。半生西學。執世上新聞之筆。隱豹頻年。讀人間未有之書。斬蛇何日。才非倚馬。盡伸正則騷牢。時未獲麟。終切杜陵憂國。讀張均之小說。稍任筆勞。學宋玉之大言。或資棒喝。五千直掃。寓褒貶於毫端。十萬橫磨。誅奸貪於紙上。遑計能言鸚鵡。

時諧新集
是書仿嶺南即事雜詠文章游戲之
體裁分別門類翻陳出新可讀可歌
可驚可泣可以新民智可以解人頤
誠為近日新書中之別開生面者也
茲將總目標出
文界 小說 詩界
歌謠 粵謳 南音
小調 班本 傳奇
每部定價四毫

△《時諧新集》

終自囚籠。要之開道驊騮。不甘戀棧。既編日報。復輯時諧。

貫公繼續論述本書編輯之旨趣，亦希望這本書後有來者：

……博採者釀花為蜜。婉導者求木遷鶯。事本離奇。語都游戲處。草昧未開之世。為花樣翻新之文。別有會心。獨開生面。上關政治。下益人群。……須知嬉笑怒罵。即蘇子雄文。紀陋見以盧胡。質諸有道。寓箴言於諧謔。豈盡無稽。聊破涕以為歡。假長歌而當哭。……爰操寸管。更集尽聞。搜遍眾材。如入錦繡萬花之谷。構成廣厦。敢云琳瑯十笏之齋。何忍私自秘藏。遂以公諸同好。苦心盡我。俟繼者於將來。……

一九〇七年，貫公死後，好友黃世仲替他完成出版續篇的意願，世仲以禺山道人的筆名，將報章上之遊戲文章彙刊為《時諧三集》一書。[61]《新集》和《三集》之間有否出版二集，尚待查證。《時諧新集》一書內各篇皆不列明著者，惟據胡從經的考證，可以得知一小部分作品的著者姓名，其中有吳趼人、王斧、廖恩燾等，有些亦可能是廖平子和陳樹人的作品，至於其他大部分作品的著者，胡從經就認為「免受清廷鷹犬的偵嗅，粵督緹騎的緝捕，編者鄭貫公有意删略了大部分（按：應是全部）作者的姓名，使我們無法得悉《時諧新集》全部作者的姓名」。[62]胡從經說貫公刪略作者姓名的原因值得商榷，因為香港是清廷治外的地方，相信清廷只想對付那些對其有直接威脅的革命分子，用文字來攻擊清廷的只有是頭頭的，才會被設計謀害暗殺，就顧不得其他那些多用筆名寫幾篇小品的作者了，貫公便是被設計謀害的一個顯例。墨隱主人在〈凡例〉已交代得很清楚：「是書係由選輯而來，理宜按篇登明著者姓名。奈不能盡知出自誰氏手筆。故略之。」封面介紹該書：「仿《嶺南即事雜詠》和《文章游戲》之體裁，分別門類，翻陳出新，可讀、可歌、可驚、可泣、可以新民智、可以解人頤，誠為近日新書之別開生面者也。」

全書分為四門，約共收兩百篇：

門一〈文界〉所輯錄共三十二篇，內容既諧實莊，借題發揮，諷刺清政，亦正陋俗。各篇文章因體裁而分入其類：諧文錄七篇，內容涉及志士、義和團、祭妓女、祭落卷、祭剛毅、祭張蔭桓、煙酒爭功；信札五篇，內容涉及煙鬼、賊官、文昌和財帛二君、芙蓉仙子；賦三篇，內容涉及強俄窺邊、膠州灣、牛肉耙；傳三篇，內容涉及守舊鬼、八股先生、煙槍先生；檄二篇，內容涉及坐局劣紳、守舊黨討維新者；其他雜文包括四凶供狀、白鴿票訃音、白鴿公神道碑、水坑口記、禁打水圍告示、攤場告示、救日照會、卦有三：科舉、學堂及煙，另有剃頭辮髮會及纏足會章程各一。在此〈文界〉一門，其中有兩篇與香港有關：

〈牛肉耙賦〉

「牛肉耙」者，即港人現稱為「牛扒」。香港現為美食之都，擅於東西方飲食，惟中、西餐之比較，則少見於早期之記載，此篇之著者對西餐頗有偏愛，以廣東話入文，寫來生動活潑，情景躍然見於紙上。此篇共有四段，茲謹錄首三段：

香港埠頭。最重交游。大水坑口。且勿應酬。請談飲食之時欸。足見來往之風流。味高價廉。駛乜開廳作局。全餐散罅。何須酒館茶樓。波打好過唐酒。結汁勝于鼓〔豉〕油。既有麵包仔之飽肚。甚便荷蘭水之潤喉。三五心交。何必劏雞與殺鴨。一二毫子。居然烹羊而宰牛。

幾過諗頭。十分果腹。風扇煤燈。洋樓粉屋。禁鐘呌人。傳餐有僕。雖然幫襯無多。亦是招呼甚熟。精品過撈魚生。爽口過食鴨粥。枱鋪白布。五味架擺得裝璜〔潢〕。椅坐花旗。幾枝頭傾吓不俗。斟盆生意。晏晝何須執點心。做餐人情。宵夜無謂斬燒肉。

于是請食西菜。爭做東家。不用碗快〔筷〕。共拿刀乂〔叉〕。祇求新鮮之牛肉。免提俗品之魚蝦。或開沙士水。或飲架啡茶。何須苦苦全餐。方為架勢。飲得沈沈大醉。幾咁繁華。現錢交易。濶佬堪誇。豈要碟擲下欄。計吓飲幾壺酒。免使發票出局。頂硬叫兩枝花。真飲真食。且旨且嘉。縱令你韭王之魚翅。豈及我薯仔之牛耙。……

〈水坑口記〉

水坑口在一九三〇年前乃香港之煙花地，這篇不以說教方式勸喻戒嫖，而以該處地理環境之兇險、以警過客沉溺於色界而慘遭滅頂，著者於篇末更附以深色大字之小詩以警來者：

愛河慾海之交。有水坑口焉。發源於金銀山。繞越芙蓉城。凡渡香江者。必經其口岸。此處有迷津。行不數武。與酒海殺山相接脈。是曰醉鄉。其右則為小姑居處。高聳迷樓。是曰溫柔鄉。一名色界。花明柳暗。地本陝（狹）邪。過此則禍水茫茫。險途渺渺。居然一奈何天。其中有避債台。迷魂洞。奈何橋。直接則為孽海。凡海市蜃樓。江豚吹浪。時現幻景。早晚多泊渡客船。雜聞唉哀之聲。而前度劉郎。再尋漁父。往來不絕。此中多產大龜。海岸花林。棲集鴇鳥。野雞雌狐。相與群處。詢之老成者曰。此處實陷坑。往來行人。多是慣習水性。隨波逐流者。蓋此處土皮甚滑。人皆立足不定。一旦巫山雨後。坑潦大漲。所有田地屋宇。無不受其衝崩。雖銀山倒仆。亦甕（壅）塞不住。此水流出則為苦海。……

題曰　坑口窄水流急寄語渡江人莫向潮頭立多少金銀船翻覆不可拾。

門二〈小說界〉輯錄共二十七篇，每篇的字數不一，長者有千餘字，最短的只有約一百字。其中有很多篇是借助動物、神靈、人體器官等以人物化所寫的寓言，以寓意清廷的腐敗、官吏的不濟和風俗的陋習。〈避禍新法〉是這門唯一的一篇和香港有關，內容說新黨失勢，其黨人恐被擒，來港密匿不敢出，如遇緝捕，則有以下妙法對之：

> ……若果欲擒拿。則我即往馬路小便矣。友茫然不解其言。某君栩栩然曰。港地禁人在路小解。犯者必拿禁數天。吾既為黑面濃髯者所擒。則爾亦無力向人討取也。友知其膽小可憐。因戲之曰。在路小解。不過坐監數天。即行放出。我仍在此候爾。當又何如。某君謂若一味尋候。我即一味小便。看爾能候得到我無小便之時否。友人乃大笑。退曰。君好談新法。今避黨禍。亦復有新法在。不敢請矣。

門三〈詩界，並列〈歌謠〉〉此門所輯錄詩十首，歌謠四首。首篇是〈香港竹枝詞〉十六首（按：實數十七），反映清末香港風貌與風俗民情，其中「九龍魷」，因香港海域污染，已成歷史名詞；「騎樓」逐漸已成古蹟；「樓房」現已五尺金難買。茲擇錄數首以見其趣：

> 上中下環總計埋。三百五十餘條街。最喜并皆乾淨土。我來新試粵城鞋。……

半山濃陰半日晴。艷陽風好午風清。卻嫌風熱侵肌白。都向騎樓一便行。
黃金易覓地難尋。十尺樓房五尺金。惟有青天無價值。崇垣都半插雲岑。
繞河一帶水中流。異物應從海國搜。膏蟹明蝦分領略。客餐尤愛九龍魷。……
十五雛鬟挽絹遮。隨儂入市鬥豪奢。素馨玫瑰評香水。洋襪洋巾揀幾吖。……

門四〈曲界〉收集粵曲七大類之一的說唱，這些歌曲講究唱功，重聲腔，音樂性強，曲調優美動聽，風格獨特，地方色彩濃厚，是廣東珠江三角洲地區和港澳等地民眾日常所樂於彈唱的。革命派作者就因着這些流行民間的曲調，賦予開民智、反滿清的曲詞，使民眾以之彈唱，而使其思想得以轉變於無形，以竟宣傳革命之效。此處收集以下四類：

〈粵謳〉共錄得二十首，粵謳一名「解心」。行腔婉轉曲折，喜用長拖腔和過序（即過門），唱腔歌唱性強，曲調緩慢，長於抒情，亦可議敘。[63]而以洋琴、洞簫伴奏而清唱，沒有唸白。以前大多是文人為珠娘而作，曲詞多寫男女感情，或低下階層女子之哀怨與不幸。〈粵謳〉所選錄的各篇，據胡從經指出：《自由鐘》、《自由車》、《呆佬祝壽》、《中秋餅》、《學界風潮》、《唔好守舊》、《天有眼》、《地無皮》、《趁早乘機》這幾篇為廖恩燾所作，[64]而〈新解心〉是在舊有形式內注入言之有物的新內容，如暴露列強之覬覦中國領土、喚起民眾之民族精神、詬病科舉、纏足等所產生社會之禍害。

〈南音〉共錄得三首。廣東南音又稱地水南音，是在木魚歌、龍舟歌的基礎上，吸收揚州彈詞等曲種的曲調發展而成的，多為瞽師或師娘所彈唱。伴唱樂器有椰胡、箏、洞簫、琵琶、三弦琴等，唱詞以七字句為基本句式，唱段多由曲首、本調、尾聲三部分組成。[65]內容大多是抒發個人憶舊、憑弔、傷別、相思之情，腔調低沉，哀傷沉鬱。[66]南音是「說猶如唱，唱猶如說」的一種獨特說唱曲藝。所錄三首亦賦上簇新的內容，與以前的南音大異其趣：〈國民嘆五更〉以簡煉有力的曲詞，訴說各國霸佔我國領土之野心；〈八股佬煙仙札仔三談情〉是八股佬、煙鬼和纏腳婦訴苦；〈觀音誕〉訴說迷信之害。其中〈國民嘆五更〉更在殖民地的香港，忿忿不平地訴說英國之侵佔，全段雖無一字提及香港，讀者自然心領神會：

……五更時。朦朧月色掛住枯枝。嫦娥未解人心意。五更不睡豈為你眠遲。廣東還有件傷心處。不必聲明大衆亦知。絕好通商口岸久已非吾地。試問殖民勢力係乜野名詞。中原回首家何處。咬實牙根暗地痛悲。粵東雖係自古強民氣。但係事到臨頭點樣主持。一面官兵彈壓你。一面他人把你欺。個的進退兩難非衹一處事。大抵方方割地係咁樣子行為。愈想愈思情願死。唉情願死。未知何日得享個太平期。

〈小調〉形式較規整，是短小精悍、表現手法多樣的民間歌曲，曲調大多委婉動聽，歌詞也比較婉轉含蓄，意味深長，題材廣泛。民眾在休閒娛樂時，則總是要哼上一兩段小調。[67]此處共錄得七首：仿梳妝台嘆五更的〈戒吸煙歌〉、仿紅繡鞋十二月的〈戒纏足歌〉、仿四季相思調的〈喚同胞歌〉、仿吳歌體的〈時事曲〉、仿十送郎體的〈從軍行〉、仿送郎君體的〈送郎君〉、詠日俄交戰的〈小五更〉，內容亦是新酒配舊瓶，寄意加強民族意識、警惕外國侵略、革除陋俗積習等。

〈班本〉大約是從劇本抽取內容濃縮撰寫而成，每首大約分慢板、中板及收（或稱撒）板三部分，多是一人獨唱，間有唸白。此處共錄得十首：〈賀新年〉、〈監生賞月〉、〈守桂林〉、〈五台秋月〉、〈李鴻章歸天〉、〈三小姐探監〉、〈夜出羊城〉、〈雷虎船自嘆〉、〈戒洋煙〉及〈勸賭回頭〉。後附〈劫灰夢傳奇〉。封面之介紹有列〈傳奇〉之欄目，但可能傳奇只錄得一篇，故不另立欄目，而附於〈班本〉之尾。各首都是依着全書選篇宗旨，言之有物，大抵都是謳歌變俗、反對滿清朝政腐敗和列強侵略之作。

注釋：

①馮自由，《革命逸史》第一集：〈東京高等大同學校〉及〈鄭貫公事略〉條，長沙：商務，民二八（一九三九），頁一二六，頁一〇七至一〇八。

②一說「鄭貫公開始從事新聞事業是一九〇〇年。這年七月，他離開大同學校，被梁啟超聘為《清議報》的助理編輯。」見《中國新聞史（古近代部分）》，北京：中央民族學院出版社，一九八八，頁二二九，但是時梁啟超已離日。

③馮自由，《革命逸史》第一集：〈鄭貫公事略〉條，頁一二六。

④朱健華，《中國近代報刊活動家傳論》，貴陽：貴州民族出版社，一九九八，頁一四七。

⑤方漢奇、張之華主編，《中國新聞事業簡史》第二版，北京：中國人民大學出版社，一九九五，頁一一四。

⑥馮自由，《華僑革命組織史話》：〈橫濱開智錄〉條，台北：正中，民四三（一九五四），頁一七至一八。

⑦方漢奇，《中國近代報刊史》上冊，太原：山西人民出版社，一九八一，頁二〇三至二〇四。

⑧馮自由，《革命逸史》第一集：〈廣東獨立協會〉條，頁一四六。

⑨馮自由，《革命逸史》第一集：〈橫濱開智錄〉條，頁一四二。

⑩馮自由，《中國革命運動二十六年組織史》，上海：商務，民三七（一九四八），頁五六。

⑪同③。

⑫方漢奇主編，《中國新聞事業編年史》上冊，福州：福建人民出版社，一九九八，頁一七三。

⑬許翼心，〈辛亥革命與香港的文界革命〉，載黃維樑主編，《活潑紛繁的香港文學：一九九九年香港文學國際研討

會論文集》上冊，香港：香港中文大學，二〇〇〇，頁八一。

⑭ 馮自由，《革命逸史》第一集：〈陳少白時代之中國日報〉條，頁九九。

⑮ 馮自由，《中華民國開國前革命史》中篇，上海：革命史編輯社，民一七（一九二八），頁八四，一說「創設演說社于石岐城……」。

⑯ 馮自由，《革命逸史》第四集：〈澳門華僑與革命運動〉條，上海：商務，民三五（一九四六），頁七六。

⑰ 據高劍父、陳樹人述，見羅香林，《乙堂劄記》第十七冊，據引自馬楚堅，〈宣傳辛亥革命之文字功臣：黃世仲行實考〉，見《黃世仲與辛亥革命國際學術研討會論文集》第二輯，香港：紀念黃世仲基金會，二〇〇二。

⑱ 同③。

⑲ 方積根等，《港澳新聞事業概觀》，北京：新華出版社，一九九二，頁一一九。

⑳ 馮自由，《華僑革命開國史》，台灣：商務，民四二（一九五三），頁一一一；吳灞陵有關該報的始末香山縣城石岐與馮自由所記有異，姑錄吳之筆記以資參考：

世界公益日報　香港

旅美歸國華僑基督教徒黃鴻基、馮活泉回香港開辦「風雲報」，後來，由譚民三蕭警鐘介紹二人去找崔通約，後來把他們的招股章程、宗旨、報名更改，定名「世界公益日報」，並約港商林護投資贊助。於是由譚民三擔任招股，找館址，黃鴻基馮活泉購辦印報機器和活字；崔通約找正副主筆。後來崔通約去香山（今中山）找得鄭貫公主編正張，去澳門找得黃魯逸主編副張，崔通約做總編輯，署名公狂。後來因為革命潮流澎湃，到日本東京留學的，增加到四千多人，世界公益日報董事會決定派通約駐日本通信員，報事由鄭貫公主理。後來鄭貫公病死，改由新會李大醒和黃世仲二人主理，魯逸仍然在報服務。因為報上發表「龜抬美人」，港政府要驅逐李大醒出境，受一打擊。辛亥革命之前停版。

㉑同⑫，頁八四〇。

㉒馮自由，《華僑革命開國史》，頁一二；及方漢奇，《中國新聞事業通史》第一卷，北京：中國人民大學出版社，一九九二，頁七〇〇。

㉓《有所謂報》一九〇五年七月四日。

㉔有關各欄目的較詳細介紹可參考楊國雄，《香港身世：文字本拼圖》，頁六五至七三。

㉕方漢奇，《中國近代報刊史》上冊，頁三三二至三三四。

㉖馮自由，《革命逸史》第一集：〈陳少白時代之中國日報〉條，頁一〇四。

㉗方漢奇，《中國近代新聞事業史編年》（十三），載《新聞研究資料》第二十一輯，一九八三年九月，頁二四四。

㉘同③，頁一二七。

㉙有關《有所謂報》的詳細寫作方法，參閱李婉薇，〈兼通雅俗，曲線啟蒙——《唯一趣報有所謂》的粵語寫作〉，載《中國現代文學研究叢刊》，二〇〇八年第一期，頁一四九至一六〇。

㉚馮自由，《革命逸史》第二集：〈孫總理癸卯游美補述〉條，上海：商務，民三四（一九四五），頁一一三至一一四。

㉛同㉕，頁三〇七。

㉜馮自由，《革命逸史》第四集：〈南洋各埠革命黨報述略〉條，頁一四六；另馮自由，《革命逸史》第三集：〈南洋

革命黨第一人陳楚楠〉條，上海：商務，民三五（一九四六），頁一八四。

㉝ 貫公，〈開智社有所謂出世之始聲〉，載《有所謂報》創刊號，一九〇五年六月四日。

㉞ 同㉝。

㉟ 〈本報之天職〉，載《有所謂報》一九〇五年六月四日。

㊱ 馮自由，《華僑革命組織史話》：〈橫濱支那亡國紀念會〉條，頁一八至一九。

㊲ 馮自由，《革命逸史》第一集：〈章太炎與支那亡國紀念會〉條，頁八九。

㊳ 馮自由，《革命逸史》第二集：〈猛回頭作者陳天華〉條，頁一三〇。

㊴ 馮自由，《革命逸史》第一集：〈廣東報紙與革命運動〉條，頁一六八。

㊵ 同⑦，頁三三三。

㊶ 馮自由，《華僑革命組織史話》：〈香港有所謂報〉條，頁三一。

㊷ 同③，頁一二七。

㊸ 《有所謂報》一九〇六年二月上旬。

㊹ 馮自由，《革命逸史》第三集：〈興中會時期之革命同志〉條，頁六二。但馮自由，《革命逸史》第四集：〈興中會會員人名事蹟考〉條，頁五九，登載為辛丑年（一九〇一）。待查核。

㊺ 馮自由，《革命逸史》第四集：〈興中會組織史〉條，頁一六；又馮自由，《革命逸史》第一集：〈陳少白時代之中國日報〉條，頁一〇三；又馮雪秋，〈辛亥前後同盟會在港穗新聞界活動雜憶〉，載《廣東文史資料：孫中山與辛亥革命史料專輯》，廣州：廣東人民出版社，一九八一，頁九八至九九。

㊻馮自由，《革命逸史》第二集：〈國會議員流血第一人伍漢持〉條，頁二一二。
㊼馮自由，《革命逸史》第二集：〈新小生李是男〉條，頁二七二。
㊽馮雪秋，〈辛亥前後同盟會在港穗新聞界活動雜憶〉，載《廣東文史資料：孫中山與辛亥革命史料專輯》，廣州：廣東人民出版社，一九八一，頁九七至九八。
㊾馮自由，《革命逸史》第三集：〈香港同盟會史要〉條，頁二二七至二三〇。
㊿馮自由，《革命逸史》第一集：〈秦力山事略〉條，頁一三一。
51 無冠一份子，〈廣東報人小史：鄭貫公〉（剪報，出處不詳），吳灞陵舊藏。
52 若隱，〈廣東報人小史補（四）：鄭貫公別記〉（剪報，出處不詳），吳灞陵舊藏。
53 李家園，《香港報業雜談》，香港：三聯，一九八九，頁四一。
54 羅衍軍，〈步武瑞士 肇建新邦——鄭貫公與《瑞士建國志〔誌〕》〉，載《文教資料》二〇〇八年六月號下旬刊，頁一九。
55 許翼心，〈辛亥革命與香港的文界革命〉，頁八三。
56 同55。
57 同54，頁二〇。
58〈時諧新集即日出書廣告〉，載《無所謂》一九〇四年七月二十四日。
59《香港政府憲報》，香港：政府印務署，一九〇四年十月二十一日，頁一七一五。
60 據多年前黃仲鳴兄賜贈之《時諧新集》影印本，該書缺封面及〈目錄〉首頁，未知缺頁有否明確顯示編輯者姓名。

⑥① 關國煊，〈黃世仲傳略〉，載《黃世仲與辛亥革命國際學術研討會論文集》，香港：紀念黃世仲基金會，二〇〇一，頁三八。

⑥② 胡從經，〈第一本香港文學選集——《時諧新集》〉，載《胡從經書話》見 http://www.lantianyu.net/pdf46/ts027048_1.htm（二〇一一年三月二十八日）

⑥③ 中國藝術研究院音樂研究所編，《中國音樂詞典》，北京：人民音樂出版社，一九八四，頁四八六至四八七。

⑥④ 同⑥②。

⑥⑤ 同⑥③，頁二八〇。

⑥⑥ 同⑥②。

⑥⑦ 李丹芬主編，《彩圖音樂小百科》，上海：上海教育出版社，二〇〇六，頁一二二至一二三。

chapter

⑦ 黃燕清：又是教育家和社會活動家的報人

◉ 黃燕清的生平

筆者在《文學研究》二〇〇七冬之卷（第八期）內的〈集教育家、名報人和作家於一身的黃冷觀〉一文中，介紹了黃冷觀的一生，他有良好的家庭背景，年幼聰敏，畢業於師範學校，有一腔熱情搞革命事業，但對於仕途不感興趣，因而在港粵之間致力辦報和辦學，後決定留港發展事業，最初辦報，繼而兼辦學，最終全身投入教育界，黃冷觀辦報時著作豐富。無獨有偶，這次所介紹黃燕清的生平，其志向和經歷，與黃冷觀的十分相近。

△ 黃燕清

黃燕清（一八九一至一九七四）名熊彪，字俊英，別署言情，廣東高要金利鄉人。是本港開埠富人瑞生公之文孫，錦培公之哲嗣，排行第三，生而聰敏，有神童之稱。就讀於官立英漢文學堂（即今之英皇書院），在校力學篤行，常名列前茅，且得全校成績最佳的特別獎，卒業後升學至皇仁書院。旋轉學到廣東高等師範學校。畢業後回港就任金星洋行華經理一職。

時值清季政治腐敗，革命思潮澎湃，燕清滿腔熱血，年十六時已加入同盟會香港支部，此時他寧願犧牲保證金一萬五千元，辭去金星華經理職，從事革命事業。後因攻粵督署之役失敗，李煜堂等為喚醒國魂，在港創辦《新少年報》，由燕清與胡鼎南和梁楚生三人主其事。在此期間，有某保皇黨機關報徵文，題為〈中國應否革命〉，意含譏誚，因而引起《中國日報》、《世界公益報》、《新少年報》等報群起而攻之，燕清對之誅伐尤烈，而該保皇黨報自此遂為國人所唾棄。

到了民國成立，很多曾參加革命者都去作官，尤以報人為眾，但燕清仍獨留服務報界。未幾，《新少年報》停版，燕清遂改任為《國民新報》編輯，不久更升為總編輯，後該報因事停版。此時燕清對教育和報業都有興趣，以其攻讀師範學院所得的教育專業知識，先後創辦香海女校及合辦中華女學；在報業方面，曾主理《香港星期報》，此報是為港中星期報之嚆矢，又幫助革命元老朱卓文出版《現象報》。

適其丈人羅澤森病逝江門，燕清赴弔，有感於當地教育落後，便創立江門女子中小學校。同時其地又潦水為災，邑人有鑒於粵港賣物賑災會辦理得宜，甚有成績，於是籌備仿效，請燕清擬定計劃書，執事者按照計劃進行籌款，成績極為美滿，而「黃俊英」之名在江門大噪。隨後結識了張祝樓，同辦《四邑商報》，燕清任總編輯。當時歐戰初起，有一公司假藉招募華工為名，實乃運送華工往戰地工作，其經理奉命來此，以巨款向各有關方面疏通，燕清將其實情在報上揭露，而該公司託人私許二千元，燕清婉拒，反感動來人，其經理於是知難而退，四邑人不致充當炮灰，枉死異地，實屬燕清之功。後張祝樓任五邑督辦處督統，其督辦王某，剿撫工作，不滿人意，燕清著〈為清鄉一事忠告王督辦〉一文，招致王氏對張氏不滿，燕清遂辭去《四邑商報》總編輯一職，以為專心教育事業，此間名流黃實之、陳金波和陳耀南等，以燕清為報界中之錚錚者，敦請開辦《民報》及《南強報》。此時龍濟光盤踞廣東，燕清和蔣壽石等組織討伐龍軍，功成來港。

此後，燕清一直留港發展，在報業方面，一九二一年先在《香江晨報》任事，是年冬，與梁國英等創辦《香江晚報》，社址設在荷里活道萃文書坊樓上，自任督印人兼總編輯。該報是香港最早的一份晚報。①不久燕清又兼任《大光報》、《華僑日報》和《南中報》等報編輯。其著述見於多種報章，在港的有《循環日報》、《華字日報》、《工商日報》、《南強報》、《東方日報》、《超然報》、《中和日報》、《南方報》、《香江晚報》和《朝報》等；在穗則有《公評報》、《新國華報》、《現象報》、《珠江日報》、《廣東日報》和《民報》等報。②燕清亦是《小說星期刊》和《墨花》等文學期刊的撰述員。在報界團體中，曾參與香港中國新聞記者公會會務。燕清熱心提攜後進，出其門下的名記者，比比皆是。③

燕清於編輯之餘，用「言情」的筆名為粵港兩地報紙以廣東話入文，大量撰寫粵謳、龍舟、南音、班本和板眼等說唱文學的文稿。又撰寫言情小說，由於文筆如行雲流水，人物描寫細膩，很受讀者歡迎，已出單行本的有《蠶絲劫》、《鴛盟夢》、《孽報》、《胭脂虎》和《新西遊記》等。其後鴛鴦蝴蝶派不足以趨時而普遍流行社會小說，燕清別樹一幟，轉而撰寫滑稽小說，於是在《香江晚報》發刊連載《老婆奴》長篇，大受讀者歡迎，乃結集為單行本，單就《老婆奴》

△《老婆奴》

△《香港掌故》

上篇就印刷凡四次，共三萬餘本，蜚聲南國。[4]根據美國史坦福大學圖書館的紀錄，該書共出版二續共三冊：第一冊是正篇、第二冊是續集、第三冊是續篇，香港的圖書館只得正篇及續篇兩冊。據稱，燕清在一九二六年間由大中華國民公司印行的《老婆奴續編》，是當今發現的一部香港最早印行的三及第文體小說，亦即是「粵語小說」。[5]其後燕清亦陸續出版《大傻笑史》和《大傻外史》等滑稽小說的單行本。讀者以為燕清下筆活潑詼諧，料想其人性情亦如其文，而若不然，燕清沉默寡言，志慮深遠，待人接物，莫不出於至誠。[6]

至於燕清其他的專書著述，有一冊名為《香港掌故》，[7]封面所提示是「張知民編著」，但書內目錄頁的書名下則題「黃燕清編述」，在目錄頁前有黃燕清的〈序〉：

僕也不才，香港隨感錄，已見載於報章，香港掌故錄，更從事於廣播，猥以不棄，請刊專書……

可知這書是燕清在電台演述的稿件，張知民極其量不過是整理燕清的演講稿，但在封面稱是自己「編著」，有掠他人著作美名之嫌。後來此書之內容被翻印在風雨居士編的《香港名勝古蹟與掌故》（新綠洲出版社，出版年不詳），乾脆得連張知民和黃燕清的名字及燕清的序也一概刪除。這部《香港掌故》講述香港社會民生狀況，內容以衣、食、住、行、文娛生活為主，旁及名勝古蹟和軼聞，由於燕清是老香港，很多生活細節都是身歷其境，又有報人敏銳的觸覺，因此該書內容豐富，資料翔實。掌故是普羅大眾所喜閱的讀物，所以燕清為求該書大眾化，以生動傳神的口語演繹，是香港的芸芸掌故書中，實屬最早出版的上乘佳作。此外，由於燕清服務於多個社團，所以對於社團的編述有《香港保良局七十週年紀念刊》一書，⑧和〈本會（香港中華總商會成立六十週年）史略〉一文。⑨

燕清亦很用心發展教育事業，與黃冷觀等合辦中華中學，自任該校校務長一職，四年後（一九三一年），獨創光華中小學，校址在荷里活道一號。學務蒸蒸日上。一九三七年秋，更得黨國人士及熱心華僑贊助成立校董會，在一九三六年奉准於中央僑委會教育部立案，並在一九三八年奉廣東省教育廳批准立案。因國內學校受「七七事變」影響，學生紛紛流轉到港求學，該校就讀人數日增，先後擴充租賃雲咸街七十七號、六十五號、二十九號等為第二、三、四分校，在一九三九年，該校學生人數增至七百餘。一九四一年春，該校更得中央僑委會撥出鉅款，以作購買圖書、標本、儀器之用，可見該校之辦學成績，為有司所肯定。在參與教育團體方面，燕清曾任港九教聯會值理、華僑教育會香港分會常務理事及宣傳部主任多年，以及任全港學界運動會委員，參與香港立案學校座談會，致力於推動戰前香港華僑教育。在日佔時期，燕清以教育界代表身份加入為「華民慈善會」成員，該會每年為貧苦學生提供一千個學額，代繳學費。戰後在六十年代中，燕清已年逾古稀，仍任光中中學校監兼校長和中華中學董事長，又曾任保良局歷屆總理聯誼會平民義校校董，可謂對教育之熱衷，至終不渝。

既然燕清的光華中小學辦理完善，得到各方稱譽，而社會人士亦要求燕清教育女生，當時教育則例不能容許男校招收十二歲以上的女生，因此為了滿足社會的要求，和符合辦理教育的宗旨，於是在一九三五年，復與其妻羅勵修女士創辦光中女中小學。羅女士亦是教育界的前輩，故此該女校亦辦得有聲有色，學生逐年增多，而校舍亦逐年擴充，至一九三九年，已有學生兩百餘，校舍設在威靈頓街的前段頂樓，橫列一字式的連續三層的樓上。燕清所辦男校名為「光華」，女校名為「光中」，將這兩個名字聯繫起來，實有「光我中華」之意。

是時日本侵華，香港民眾奮起發動救亡運動，燕清亦不甘人後，策動該校員生共識當前之國難。發起的運動而有優異成績者計有：一九三七年購買救國公債五千元；一九三八至一九四〇年間，凡雙十節及兒童節，都舉辦贈旗獻金，該校全體男女學生都踴躍參加，成績卓越，連獲數屆冠軍；一九三九至一九四〇年間，凡捐募寒衣、賣花籌款及慰問傷兵等，成績亦不落人後，以示讀書不忘救國；一九三九年九月第二次歐戰發生，香港官民，有感於維持地方治安的必要，因而倡議華僑組織港僑自衛團，將香港及九龍分為若干區，燕清所辦學校位於荷里活道、雲咸街及威靈頓街一帶，遂被推選為上中區區長，就任以來，不遺餘力，極得上峰及民眾讚賞，直至自衛團暫時結束，坊眾以匾額「里閭保障」以誌其功。⑩

燕清人脈關係廣闊，亦樂於參與社團工作，戰前及戰後歷任多種義務工作：在政治層面的組織：日佔時期，燕清是華民各界協議會二十二名委員中之一員，該會負責向由四名華人組成的華民代表會提供意見，而該代表會是日方總督磯谷廉介的諮詢機構；一九五七、一九五九及一九六〇年任廣東省政協委員會委員。在地區及宗親方面：曾任廣東省賑濟會會員、香港學生賑濟會顧問、要明會寧四邑工商局主席、要明同鄉會常務委員兼財務組長、高要同鄉會司理、西區六邑聯合會代表、中區街坊福利促進會會長、黃氏宗親會名譽會長。在商業社團方面：歷任華商總會值理和通濟商業公會理事長，和歷任中華總商會常務理事和會董以及兼職會訊編輯委員會之主任委員等職近四十餘年，中華總商會大廈之興建，工作艱巨，其輔弼之功非少。在慈善團體中：燕清歷任保良局一九四三／一九四四和一九四七／一九四八年度兩屆總理、鐘聲慈善社宣傳部及總務主任。文化團體中，歷任文化協會及孔聖會董事等職。⑪燕清在服務眾多社團中，辦事力強，能言善道，而下筆文理兼備，素有文膽之稱。⑫

◉ 黃燕清和黃冷觀的交往

黃冷觀和黃燕清兩人年齡相若，黃冷觀（一八八七年生）長黃燕清四齡，不知兩人始於何年相識，資料顯示最早事業合作始於一九一八年。

當年，黃冷觀任《大光報》主編，得燕清、吳灞陵和李秋萍等幫助編輯事務，於報務多所改革，並於星期日出週刊，《大光報》以這段期間最為鼎盛，更擴張出版活動：報務方面出版了《民聲報》晚刊和小報《大快活》；期刊方面出版了《雙聲》雙月刊。從大約一九二一年冬至一九二八年春，黃冷觀和他的編務班子可能陸續離開了《大光報》，而去幫助燕清創辦《香江晚報》，這時燕清自任督印人兼總編輯，得黃冷觀等人襄助，業務得以發展，但至一九二八年，該報改組，漸有黨派色彩，燕清等意興闌珊。其時適逢《大光報》因王總理誠懇相邀黃冷觀等人，重任編務，黃冷觀和燕清再在《大光報》共事。[8] 後來，這個編務班子因該報擴大宣傳基督教教義，於一九二九年十一月，黃冷觀、黃燕清、吳灞陵和李秋萍等共同進退，登報辭職。

黃冷觀於一九二六年一面辦報，一面辦學，除了創辦《中華民報》外，又在香港創辦中華中學，燕清亦參與其事，任該校校務長一職，在此期間，燕清積聚了在香港辦學的經驗，五年後（一九三一年），獨創光華中小學，自此與黃冷觀的事業方向一樣，終其餘生全力投身辦學了。

黃冷觀在一九三八年一月逝世時，燕清給黃冷觀撰寫的輓聯：[13]

報學共事逾廿年患難交深朋輩認為親伯仲

道範云亡悲此日禮詩庭訓賢郎賴得繼書香

上聯道盡二十多年來，兩人在報業上和教育事業上艱辛的並肩作戰，及兩人的深厚友誼親似兄弟之情。

注釋：

①詳見楊國雄，〈香港第一家晚報——《香江晚報》〉，載楊國雄，《香港身世：文字本拼圖》，頁七四至八一。

②〈黃燕清先生〉，載吳醒濂編，《香港華人名人史略》，香港：五洲書局，一九三七。

③〈黃燕清先生〉，載《港澳名人錄》，香港：美聯社，一九五八，頁五〇。

④吳灞陵，〈憶香江晚報〉，載吳灞陵，《報業論文集（一）一九三一》（剪報），吳灞陵舊藏；又同①。

⑤黃仲鳴，《香港三及第文體流變史》，香港：香港作家協會，二〇〇二，頁八五。

⑥同①。

⑦張知民編著，《香港掌故》，香港：豐年出版社，〔出版年缺〕，共五十四頁。

⑧黃燕清主編，《香港保良局七十週年紀念刊》，香港：亞洲石印局，一九四七。

⑨《香港中華總商會成立六十週年紀念特刊》，一九六〇。

⑩〈黃燕清先生〉，載陳大同編，《百年商業》，香港：光明文化事〔業〕公司，〔一九四一〕。

⑪同④。

⑫同③。

⑬《黃冷觀先生紀念冊》，〔香港，一九三八〕，頁一五。

chapter

⑧ 羅偉疆和黎工佽：遭槍擊的兩位報人

英國以往統治香港，首先要極力維護她的統治權及尊嚴，在港所有言論不得冒犯或反對英國及香港政府，其次要維持香港與鄰近地區的友好關係，不得指名對這些地區有惡意的報道。為了維持香港報紙能夠遵守政府這些既定的策略，華民政務司署文案組於一九二八年五月組織報紙檢查處，執行香港報紙檢查。很多報社犯禁較輕的，則稿件局部或大幅度被檢，禁止刊載；重的被罰停刊，而停刊時間亦因犯禁的程度而定。雖然港府確立了報紙檢查制度，但一直以來，對於新聞自由大致都是以開放的態度去處理。無論左、中、右任何派系的報紙，都能在香港立足，百花齊放。當然香港回歸之後的情況，又當別論。

既然各派的報紙都能在香港立足，各種不同政治觀點的文章亦大有市場，刊登在暢銷的報紙上當然影響力大，更易受敵對者不滿，招致暴力的對付。再者，戰前的香港人對香港的歸屬感並不強烈，香港不過是一個借居的地方，因此普遍都關注國內的情況，而香港報紙對國內的新聞報道，尤其是有關廣東地區一帶，亦較為詳細。報紙亦多刊登這些地區的小道稗事、政海秘聞。這些報紙不只內銷香港，在廣州一帶，亦大為暢銷，這觸動起文稿內被提及人士的神經末梢，甚至尋找撰稿人施以報復；報人往往因撰述而遭受襲擊，在港遇兇徒槍擊者，以《天南報》社長羅偉疆為第一人。

◉ 羅偉疆

羅偉疆（一八九五至一九七三），廣東惠陽人。廣東法政專門學校、虎門陸軍速成學堂及中央訓練團黨政高級班畢業。一九一一年加入同盟會。一九二三年起，歷任孫大元帥時代東江招撫史，廣東省黨部委員，廣東省黨部執行委員。粵變後，羅氏退出政治生涯，旋於一九三一年六月十一日在港創辦《天南日報》，該報主張剷除倡亂割據地盤的軍閥，以求和平統一，同時為求和平統一，竭力主張剿共。這種政治立場，引起了廣東當局的注意，在該報創刊前三天，已

香港
新聞早報
日逆軍果欲增兵入
秦皇島危
日坦克車飛機隊昨夜
聯襲我石河西岸陣地
▽定昨晚向我總攻
▽夾大戰終將不免
▽敵目標在秦島以西

△《新聞早報》

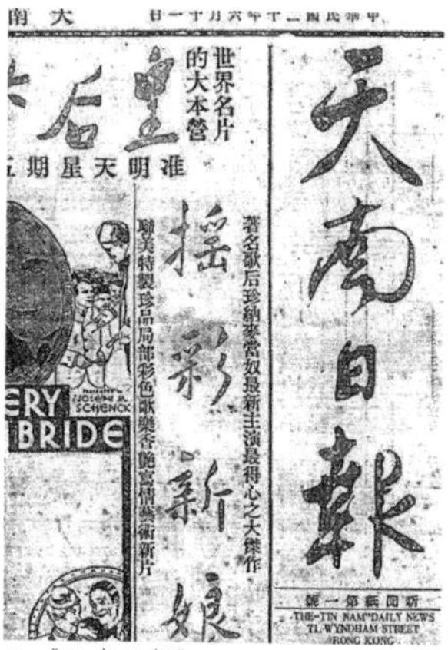
天南日報
世界名片的大本營
准明天星期五
搖彩新娘
著名歌后珍納麥當奴最新主演最得心之大傑作
聯美特製珍品局部彩色歌樂香艷宮幃藝術新片
THE TIN NAM DAILY NEWS
71 WYNDHAM STREET
HONG KONG

△《天南日報》

被明令禁止入口。該報銷路並不好，編輯主任是任穎輝，副刊由黎學賢主編。羅氏又於一九三三年一月五日創辦《新聞早報》，都是擁護中央和主張抗日的報紙。除了經營報業外，羅氏在一九三三年開辦文化中學附小學，及兼設新聞學、美術及漢文等專修科，正校設於深水埗大埔道，分校設於西營盤第三街，學生共約七百人，自任校長。據稱羅氏是國民黨藍衣社在港的負責人。① 一九三七年抗日戰爭爆發後，羅氏回國擔任軍職。一九四六年當選廣東省參議會議員，國民大會代表。一九四九年移居新加坡。②

羅氏遭槍擊的事件，發生於一九三三年四月十八日晚上八時許，羅氏在擺花街被兇徒從後狙擊，第一槍射中羅氏肩部，羅氏突遭意外，倉皇負傷走奔避入一洋貨店，兇徒仍隨後追上二樓閣仔，連放四槍，幸未命中，而子彈已用盡，該兇徒乃棄械逃走，但走至紅毛

△ 黎工佽

嬌街（吉士笠街），被後備警察吳德榮跟隨追來，由華探幫辦朱香拘獲。羅氏幸傷非要害，入國家醫院施藥後即出院。羅氏後來告訴記者，槍擊前曾接到恐嚇信，未加重視，因為本人無私怨，他的政敵因政見不同，亦不至於出此狙擊的下策。兇徒陳喜作供，稱此次犯案係受人主使，至於行兇動機，經審判後，亦不能從陳喜得知。該案於同年六月經高等法院審結，判被告終身監禁。羅氏在此案宣判後，認為這次狙擊應是政敵所為。③

◉ 黎工佽

至於第二個被槍擊的，是黎工佽。黎工佽（一八九一至一九三五），廣西寧明縣人，原名恭慈，字藕齋，筆名春冰。早年畢業於廣西第二中學農業科，及陸軍將校講習所工兵科，曾任大本營副官，廣西龍州縣縣長。早期曾致力於革命事業，後移居香港，夏重民於一九一九年創辦《香江晨報》時，工佽幫助主持筆政，他勇於發表革命思想，又大力抨擊當時粵軍的四大天王、八大統領，及龍濟光轄下所謂的「濟軍」，下筆悍然有奇語。《香江晨報》於一九二五年香港發生罷工風潮時停刊，而工佽遂於此時致力創辦《工商日報》，自此即埋首於工商報系的報紙業務，甚有建樹。被刺時為《工商晚報》總編輯、兼任《工商日報》港聞編輯，工佽除任此兩報職務外，並一向兼任有「小報王」之稱的《探海燈》督印人一職，及本港西南中學教員。

事發當日一九三五年十二月十六日下午一時，工佽在報館工作完畢，行至利源東街，突被喬裝苦力的兇徒，用槍在後行刺，工佽連中兩槍倒地，兇徒事後從容逃脫。當時報館數人，奔往搶救。工佽當時清醒，告說腹部及足部各中一槍。其後印籍警察趕至，代電十字車到場，送往國家醫院施救，動手術將腹部子彈取出，但因大小腸均已被子彈射穿，故情況嚴重。卒因傷勢轉劇，延至二十日晨溘然長逝，終年四十四歲。

當工佽彌留之際，曾對其弟說他平日以誠待人，絕無私仇。④其他人對黎氏的觀感亦是平日沉默寡言笑，待人接物，和藹可親。工佽生平豪邁，親友有求於他，莫不盡力幫助，以致兩袖清風，家無長物。這次被刺不是私人恩怨而引起，大有可能因為他的工作而引致殺身之禍。

這次工伙被襲擊並不是第一回，據工伙妻妾稱，同月五日在深水埗，兇徒欲向工伙開槍，但槍支失靈，故怒而用槍頭擊傷黎氏頭部，氈帽亦被擊穿，工伙將兇徒追了一條半街，終被逸去。事後，工伙對其妻妾說他並無仇人，不過是「點錯相」而已。工伙對各同事諱莫如深，只說被晾衣竹跌下而受傷。自從發生這次襲擊後，工伙便將他的自衛手槍隨身攜帶，以防萬一。

工伙在《探海燈》的撰著，頗能痛砭時弊，以敢言著稱，對於不正思想及軍閥橫行，抨擊不遺餘力，以是為惡勢力恨之入骨，初以利誘，無動於衷，且斥責有加。旁人深以為危，曾勸工伙離港，但堅拒不從。事發後，有親戚說，工伙未遇槍頭襲擊一星期前，曾接一封恐嚇信件，對於他在《探海燈》的職務，極感不滿。工伙家人勸他嚴加防備，工伙答說月前已登報聲明辭退《探海燈》所兼職務，料想可以平復他人的不滿。不過仍是難逃槍擊。

對於工伙遭槍擊一案，有一說可能是日人所為。他所主理的《工商晚報》曾刊載侯曜所著的《太平洋上的風雲》和《沙漠之花》等小說，內容所表達的愛國思想頗為強烈。比較之下，小說的影響力是潛移默化的，而政論的影響力卻立竿見影：該報在一九三五年五月，有見於國難日亟，時事的變化，決再增〈時評〉一欄，由鐵筆（侯曜筆名）撰述，對於日本的侵略，主張從政治、軍事、外交、經濟等各方面加以揭露，積極抵抗，指出抗日是中華民族唯一起死回生之路，語多激昂，〈時評〉在《工商晚報》一九三五年十一月十五日那天，更以題〈本報誓以筆槍為抗戰救國後盾！〉為文堅定自己的立場，這些言論為日人所忌，且當時《工商晚報》的每日銷量已有五萬餘份，是當時香港最暢銷的晚報，有巨大的言論影響力。因此日人屢次致電報社，警告如不停刊〈時評〉專欄，將對工佽不利。工佽置之不理，而且大聲疾呼，較前更為激昂。因此有人認為這事對槍擊一案，可能亦有關連。

黎工佽不獨以新聞事業出名，亦能書善畫，獨步花卉，閒閒數筆，而形神畢肖。他的作品曾參加東京展覽會，以墨荷一幀獲獎。其他如比利時百年展覽會和柏林展覽會，他亦有作品參加展出，載譽歸來。黎氏甚喜誘掖後進，吳灞陵數次向他求教書畫之道，無不欣然坦誠相告。曾為吳灞陵寫墨菊中堂一幀，題：「好憑筆墨作生涯，誰識東籬處士家，三徑未荒人意淡，且研殘墨寫寒花。」⑤

◉ 後語

報人因政治而受襲擊的往往都是無頭公案，兇手在未下毒手前必計劃了逃走的路向，他們多能逃之夭夭，就算捉拿了兇徒，亦查不出元兇，因為出於政治而襲擊常是一層一層的下達，下手的兇徒根本不知主謀是誰，或者兇徒如供出底蘊，家人可能會有危險。歷來報人因維護新聞自由而受襲擊的不只羅、黎二人，從事香港報業史研究者如能找出全部報人受襲或被害的事蹟，亦是一件有意義的作業。

注釋：

① 中央檔案館、廣東省檔案館編，《廣東革命歷史文件匯集 一九四一至一九四四 中共香港市委、廣東人民抗日游擊隊文件》，頁九六至九七。

② 陳予歡，《民國廣東將領志》，廣州：廣州出版社，一九九四，頁二八二。

③〈吳灞陵之黎工佽遇害新聞手稿，附羅偉疆案，一九三五年十二月十七日〉，吳灞陵舊藏。

④〈黎工佽昨晨已因傷斃命〉，載《工商晚報》一九三五年十二月二十一日，吳灞陵舊藏。

⑤ 看月樓主（吳灞陵），〈記藕齋先生〉條，一九三六年十二月六日（剪報，出處不詳），吳灞陵舊藏。

chapter

9／黃天石：擅寫言情小說的報人

黃天石（一八九八至一九八三）本名黃鍾傑，又名黃炎，筆名傑克，又名黃衫客。原籍安徽，其祖、及父晉元，宦遊贛粵，落籍廣東，書香世家。黃天石出生於廣東省番禺縣，未冠時，鄉居自讀，後在上海攻讀電機工程，在學中途，被聘到粵漢鐵路局工作。天石年十九，轉到將開辦的《新中國報》工作，出版前夕，社長囑咐總編輯撰寫發刊辭，遲遲未能完稿，社長乃改叫天石執筆，不多久他便完稿，眾口稱譽。這篇發刊辭以「天石」署名刊登，此後他便以天石為名，亦因這篇發刊辭而受賞識，以後乃能在報界發展。當時廣州報業流行駢四儷六文體，天石曾代徐枕亞在廣州的報紙撰寫小說。後來輾轉在《民權報》和《大同報》歷任總編輯。

一九二〇年秋，粵督莫榮新因懼輿情，盡禁粵報，天石乃至香港，在《大光報》任總編輯，與黃冷觀共事，天石除了辦理《大光報》的報務外，和黃冷觀在一九二一年十月開始合編以小說

△ 黃天石

為主的《雙聲》雙月刊（拙著《香港身世：文字本拼圖》有較詳細介紹，不贅）。天石又在同年主編《滿月》，第一期於農曆四月十五日出版，刊期在刊名已有顯示，是打算每在月圓之日出版，但第二期因時局影響，各方來稿延宕，以致延遲出版。該種期刊內容幾乎全是鴛鴦蝴蝶派式短篇和長篇小說，作者大約滬、港兩地參半。第二期的作者有徐卓呆、吳雙熱、徐枕亞、黃崑崙、黃栩然、魏雲庵、張舍我、梁平湖、嚴芙孫和譚麗浣等。香港的圖書館缺藏這種期刊，而李育中在一個文學研討會上表示他藏有《滿月》第一期。①

在專書方面，天石早在一九二〇年，於廣州出版評論許廑父的《滑稽日記初集》一書。一九二一年，又在上海出版他所著的《新說部叢刊・第二集・白話短篇小說》。在香港，現時所知天石最早的作品，是發表於一九二一年十月的《雙聲》第一期內的短篇小說〈碎蕊〉，這篇是在香港境內的刊物出現較早的白話文體小說，劉以鬯編入《香港短篇小說百年精

華》為該選集開篇之作。劉紹銘對此篇的評語：「〔天石〕的〈碎蕊〉拾其〔鴛鴦蝴蝶派〕餘緒，但文字功力顯見不足。文白參半的混體，看來非驢非馬……。」又將此篇與大作家魯迅之成名作〈阿Q正傳〉相比，②可見劉以졌可能錯誤地挑選了這篇為「精華」。此外，在《雙聲》中，天石亦刊登了其他散篇的小說、詩詞、散文。一九二二年，天石在香港出版的專書有《紅心集》（小說）和自印的中篇小說《我之蜜月》，有說後者是紀其新婚故事。

徐天嘯、吳雙熱等十位文友曾在《雙聲》介紹天石和黃冷觀及黃栩然賣文，賣文種類有：駢文和散文（啟、論、評、傳、贊、序、銘）、語體文（論評、書函）、小說（傳奇、散文、語體文）和告白（長期或短期）。可見天石對書寫多種文體皆能勝任。天石除在《大光報》任職外，亦為《華字日報》和《循環日報》社論撰稿。在這期間，天石受洗而成為基督教徒。

一九二一年，雲南省督軍兼省長唐繼堯以雲南政變，被駐川靖國滇軍第一軍軍長顧品珍所迫離開雲南，唐氏經香港到廣州與中山先生合作，國人以唐氏顧全大局，譽為「再造共和元勳」，當他途經香港時，各界組織盛大歡迎會，天石為該歡迎會的代表。一九二二年，中山先生倡議北伐桂林，唐氏亦到柳州，率龍雲、胡若愚、張汝驥、李選廷等四軍回滇，天石於一九二三年，靜極思動，入雲南省受聘而為唐繼堯顧問。天石任唐氏幕僚時，陳炯明在一九二四年十一月召集第二次汕頭會議，他代表唐繼堯向報界匯報當時政局情況。唐氏倡聯省自治，因任周鍾嶽為聯省自治籌備處處長，天石副之。

在滇期間，天石實際是多了讀書的機會，日中飽覽克魯泡特金、托爾斯泰、武者小路實篤等人的著作，他的思想受了很大啟發，而漸漸形成他的人道主義觀念。這時就想遠離現實政治，而轉向人的生活，因此，他和政治舞台上的權貴很有隔礙，對於政務生涯意興闌珊，經三次請辭都不獲准。他和同從香港去的莫冰子，結識了一班有志的青年朋友，他們對國內政治社會的窳敗，莫不深痛惡絕，切志改造，因而發起組識一個「為一己謀幸福，為人類謀幸福」的「幸福社」，天石為組識此社，貢獻了大量精力和時間，這個社是雲南省境內第一個該類組識。③

一九二六年春，黃天石第四次辭職被批准，唐氏保送他到日本留學，他本意想在東京研讀日本語言文化，以為文藝創作參考，既入成誠學院，更聘專人來寓教授日文，但仍然言語不通，才住上半年，就抵不住東京的嚴寒，卧病月餘，一九二七年，被迫重回香港，再到《大光報》任總編輯。任職期間，據李育中憶述：「（天石）很想徹底轉變，試搞新文學，拋掉他那不新不舊的文體與思想感情。我記得他曾在《大光報》上出過一些純然新文學的專刊，也試圖辦些新文學刊物。可惜時機不成熟，支持他的人也不多，過不久便偃旗息鼓了……。」當年天石鼓勵和扶掖一些有志在香港倡導新文藝的青年，謝晨光、龍實秀等就是其中的一分子，天石在《大光報》創設了一個新穎的副刊，就是希望創下條件，使他們憑此以發表能夠一新青年讀者耳目的文章，但成效未見彰顯。④在這期間，天石曾任新文藝期刊《墨花》撰述員，又有詩詞散篇在《伴侶》刊載。

◉ 創辦香港新聞學社

一九二七年前，香港沒有新聞教育，入報界先要在報社從底做起，邊做邊學，先做校對，待熟悉一般報務工作後，繼而學習採訪和編輯，當時為培養報界人才起見，於一九二七年秋，由天石發起，與其他報界的友好——工商日報的關楚璞、循環日報何雅選、華字日報勞緯孟、香江晚報鄭天健、英國路透社香港分社社長及世界新聞學會副會長黃憲昭等，創辦香港新聞學社，自任社長，關楚璞和何雅選為副社長，並任黃憲昭為教務長。社址設在般含道二十三號（學海書樓隔鄰），隔年遷往般含道四十六號（女青年會隔鄰）。當時的講師和課程如下：

黃天石——新聞學概論／報業管理

勞緯孟——編輯學／出版法

關楚璞——中國現代史／編輯學
何雅選——社論寫作／編輯學
鄭天健——中國新聞史／政治邏輯
黃憲昭——新聞學理／歐美新聞史
梁謙武、莫冰子、古愛公——採訪術
譚荔琬——中國文學史
龍寶秀——文學概論／採訪術

除了以上要修讀的課程，為了實習的需要，又設立了「南中國電訊社」，自設電機，通訊網聯繫至東京、紐約、倫敦等各大城市，這可算是香港通訊社的鼻祖。這個電訊社分為三部：

中文部：由關楚璞主持；
英文部：由黃憲昭主持；
日文部：由東京日日新聞的駐港特派員日人德富主持，除協助學員實習外，亦要為日本各大通訊社供給電訊稿。

講師的待遇是象徵式的，每小時車馬費一元。上課時間從七時至九時，每週六晚。學員每期學費十五元，而學員可分為甲、乙兩種：甲種是在職報社從業員；乙種是收取未入職報界的有志青年。每屆收聽講生三十人。另有函授生百餘人，函授課程是兩年制。新聞學社又附設日文專科，由王陶人教授。

天石這時年紀不太大，但因成名早，算是報界前輩，幾家大報的總編輯或主筆都捧他的場，在社裏擔任講師。大多數講師都屬當時報界的中上階層，因此，學員無論在學時往報社參觀或實習，或畢業後有志進入報界服務的，都得到很大的方便。除了師資在理論和實務上都是上乘之選外，課程的設計和設備的購置也可說是很先進。雖然該社歷史不長，兩屆畢業生共有六十人，但很多都能學以致用，為報界服務，較為著名的有以「谷柳」為筆名寫《蝦球傳》的黃顯襄、寫過〈七十年來之香港報業〉一文的報界名人麥思源、在一九三九年發起創辦中國新聞學院而又長期擔任《星島晚報》總編輯的唐碧川、《經濟商報》的總經理葉飛絮和《華僑日報》文化版主編的黃薔名等。該社辦了兩屆後，天石赴日考察新聞事業，社務交由關楚璞接辦，卒以財政困難，無力支持，三個月後便結束停辦。⑤其後於一九三六年，關楚璞等創辦生活新聞學院，關氏曾參與香港新聞學社的學務，因此，生活新聞學院的組職及課程和新聞學社的很相似，這可說明新聞學社對於以後香港新聞教育的影響力。

△《紅巾誤》

天石又曾任香港新聞記者聯合會常任理事。一九二七年後至一九二九年前的這段期間，天石轉任《循環日報》編輯。自上次從日本返港，天石登門求教鮑少游研習日本文，經指點其中竅門，三月已能讀通日文，[6]於一九二九年，天石再次東渡。一九三二年，黃天石應邀至馬來西亞編《南洋公論》，任馬來西亞霹靂埠《中華晨報》社長，又出任吉隆坡栢屏義學校長。因為在彼邦事業不甚如意，中經六七載，黃天石於一九三四年年初重回香港。

戰前的香港，很多報紙讀者都愛讀連載小說，尤其是在一九三一至一九三五年間，更是「追讀小說的瘋狂時期」。這時《天光報》所刊登的小說，很受讀者歡迎，天石亦是為該報撰寫言情小說，「傑克」的筆名就在三十年代中葉開始採用，《癡兒女》是他的成名作，而以《紅巾誤》最為膾炙人口。同一時間他為八份報紙副刊撰寫連載小說，稿酬豐厚。[7]一九三四年初，天石抱着愛國情懷，曾給友人陳君葆一首七律，道出當時的情懷：

驚心柳色感離羣，又向天涯送夕曛，
半壁河山分日月，百年懷抱鬱風雲，
潛龍未許因時會，匹馬猶思老見聞，
慚媿書生籌國計，三邊烽火正紛紛！

君葆深有同感，於是合作計劃到廣西開展墾殖，天石忙於奔走兩廣之間作斡旋工作，以求東南政府劃出地段以作華僑墾殖試驗。⑧抗日戰爭期間，黃氏曾在廣西桂林、四川重慶停留，從事抗日宣傳及文化工作，一九三六至一九三七年間，在《朝野公論》發表多篇政論文章，論述當時政局的形勢，尤多注重西南地區的評述。

◉ 黃天石戰後返港

一九四五年天石戰後回港，對報界的服務時間花得不多：一九四七至一九四八年間替《星島日報》撰寫政論；對於新聞教育，天石在一九六〇年開辦中國書院時，設有社會新聞學系。事緣六十年代初的香港，因大專學額甚少，天石為照顧眾多青年學子獲得升學機會，在一九六〇年發起創立中國書院，自任院長，廣設助學金和獎學金，三月時已準備就緒，計劃先辦文科，後再辦工科。當時設有中國文學系、英國文學系、社會新聞學系、藝術系等，延請優良教授，共三十人，天石對這幾個學科都是內行，所以所羅致的均是一時之選。該校設於西營盤高街，先辦夜校，可惜開辦一年後，因租金暴漲，經費不足，就此停辦。[9]後於一九六三年在《星島日報》撰寫了〈二十五年來的香港報業〉一文。一九六五年擬與陳蝶衣等友人合作辦報，可惜因集資困難，未能成事。[10]這段時期，他最主要的工作是撰寫言情小說和組織筆會以推動文藝。

天石在戰前撰寫言情小說已享有盛名，這時又繼續寫作大量有關男女戀情的流行小說，這些小說寫出帶有香港都市的色彩，而有一定新文藝情調的通俗作品，與很多當時的青年讀者產生了共鳴，有說他的作品可以稱為香港式通俗化新文藝小說的創始者。[11]一九五〇年前後期，一直到六十年代，他的小說風行一時，產量豐富，其中著名的有《名女人別傳》、《紅衣女》、《桃花雲》、《改造太太》、《合歡草》、《一片飛花》、《一曲秋心》、《鏡中人》、《大亨小傳》、《疑雲》、《春影湖》等。他的小說甚為暢銷，故書市中出現很多盜用他筆名出版的小說，如《阿珍》、《阿麗》、《孽債》、《鬼魔》、《懷夢草》、《表妹》等。[12]他在一九四九年十月二十九日登報揭露盜名出版之事，亦因此事創辦香港基榮出版社，出版自己小說的單行本，以免利益外溢。

天石五十年代下半期的小說，有好幾種都由出版較多反共著作的友聯出版社、自由出版社和亞洲出版社等出版，如《隔溪香霧》、《曉渡春雲》、《山樓夢雨》等。這時香港受綠背（美元）文化影響甚為廣泛，而天石這些小說的出版受到豐厚的美元資助，他的寫作為了要加入反共的元素、因為要「扣題」，小說的情節鋪排往往過於突兀，而缺乏自然流暢。

天石的小說亦曾被翻譯為日文版，日本學藝出版社曾發刊大塚恒雄教授翻譯的《傑克名作集》，其中《改造太太》一書出版有日文譯本。天石的小說流通可以說是跨媒體的，他三十年代的小說《紅巾誤》在一九四〇年改編為電影，是第一部被改編為粵語影片的香港小說，其後，亦有其他五部小說改編為電影：《癡兒女》上、下集（一九四三）、《阿女》（一九四八）、《名女人別傳》（一九五三）、《改造太太》（一九五四）和《一片飛花》（一九五六）。在播音領域上，他的小說《一片飛花》曾改編為在麗的呼聲播放的天空小說，而《癡兒女》由甘豐穗改編為連續性廣播劇，在香港廣播電台播放。

黃天石的作品有「港式鴛鴦蝴蝶派」之稱，與張恨水合稱「南黃北張」。天石的寫作態度十分認真，嘗對鮑少游說出他的寫作方法：「必熟慮意旨，其次編排章法，然後再留心於字句之修飾運用……每嘗俟夜深人靜後，獨上天台呆坐深心構想，然後動筆，非如此不足以言文藝。」⑬因此他的小說寫來文筆暢順，情節的鋪排引人入勝，很受讀者歡迎。有說他的作品文學價值雖然不高，但在當時普遍缺乏娛樂消遣的環境，他的小說吸引着大批讀者，消閒功能的作用大於文學價值帶來的影響。再者，在他廣大的讀者中，有一部分可能看了他的作品，而被引領更上一層樓，閱讀或甚而創作較為嚴肅的文學作品。眾人皆以為天石獨擅言情小說，其實他在文學方面多才多藝，他的傳統文學根底深厚，無論詩、詞、散文和政論，亦有相當造詣。有說天石的舊詩第一，翻譯西洋文學第二，而流行言情小說卻要列入第三。

◉ 黃天石與香港中國筆會

此外，天石念念不忘推廣文學，用力最多的就是花費了他十年心力，對國際筆會香港中國筆會的創立和推動。筆會在一九五五年三月成立，天石任首屆會長並連任多屆，直至一九六六年，長凡十年。在他主持筆會的時期，筆會人才鼎盛，會員包括老師宿儒，和愛好文藝的新一代，又從美國的自由文化運動得到經濟上的支持，因此活動舉辦得有聲有色。⑭對於與港外的聯絡，天石曾率代表團參加在西德、東京及台北等地國際筆會所舉行的國際性會議，及在馬尼拉和曼谷的第一、二屆亞洲作家會議。會內經常舉辦新春和重九雅集、郊外園遊會、聚餐，這些聚會活動也會加插吟詩作對、樂曲演奏或專題演講等。一九五四年，天石曾私人辦過《文學世界》十日刊，出至第十二期停刊，筆會成立後，於一九五六年五月再度出版該刊，以後作為筆會的會刊，改為季刊，出版至一九六五年六月第四十六期才停刊，這個會刊登了大量介紹西方和中國文學的文章，執筆多是當時院校有分量的學者，成績蔚然可觀。其中幾期中國傳統文學研究專號，如小說、唐詩、宋元明詩、宋詞、元曲和戲劇，為香港在古典文學研究方面放一異彩。

除了策劃筆會的活動，天石亦參與其他推動文藝的活動，他曾作〈詩與新詩〉和〈明日之新文學〉之專題演講，並多次為《亞洲畫報》的小說徵文比賽擔任評判。[15]一九六五年底，黃氏在各報發表歸隱消息，不再參加任何社團活動，一九七五年與妻子吳主依從般含道清風台，退居於新界元朗，日中勤加自修英文和讀書，過着清靜恬淡的生活。一九八二年年底，因不慎跌傷，傷勢惡化，於一九八三年二月四日逝世，遺下其續弦妻子。其元配早逝，有三女：長女劍珠（一九一四至一九三二），愛詞章，嫻習詩詞，早逝，天石為其編印共收古今體詩百餘首之《黃劍珠女士詩課》一冊；[16]次女稚年而夭；三女適一牧師，戰時居西康，戰後失聯絡。[17]

◉ 後話

天石腹有詩書，氣度自華，惟通達人情，絕非書獃子之流。資格雖老，人倒不老氣橫秋。未隱世時，西裝筆挺，髮光可鑒，革履雪亮，胸口常插上潔白手帕一方，風度翩翩。天石談鋒甚健，可以上天下地談個不休，是以在他清風台寓所中，賓至如歸，有如坐春風之樂。⑱

天石喜客，待友至誠，可以推心置腹，因而可與友深交，如與陳君葆之意見相洽，又與黃冷觀共筆墨之事近二十年，冷觀臨危，容莊而意誠曰：「子異日有為，諸兒與門弟子願善教之！」⑲又善於組織，於滇創立幸福社，在港設立香港新聞學社、國際筆會香港中國筆會和中國書院等，雖說筆會亦有發生糾紛，但文人相輕，自古已然。

綜觀天石一生，開始時以在報界服務為主，輔以文藝寫作，嘗入政界，但不甚習慣仕途，重入報界，又創設新聞教育，再轉以專事寫作言情小說，又創立筆會以推動文藝。但仍不忘重投報界，可惜事與願違。天石終以寫作言情小說見稱，雖說其言情小說略嫌缺少文學價值，但亦有其社會效應，對其貢獻仍缺乏公允的評論。

附：黃天石編/著專書目錄

一九（？）〔按：意即時間未能確定〕	
有婦之夫	香港：新聯合公司
東方美人	香港：星聯出版社
島上花	香港：明明出版社
情味	香港：南華出版社
情眼	香港：華南出版社
情累	香港：出版社不詳
閨閣風雲	香港：勵力出版社
暴雨殘梅	香港：合成出版社
一九二〇	
滑稽日記初集（許廑父著，黃天石評）	廣州：珠江書局
一九二一	
新說部叢刊．第二集．白話短篇小說	上海：清華書局
一九二三	
我之蜜月	黃天石自印

紅心集	香港：大光報
一九二六	
紅鐙集	香港：大光報
紅鐙集	香港：福興印務局，一九二七年版
一九二八	
獻心	香港：受匡出版部
一九三九	
生死愛（原名：儷緋館憶語）	香港：華南出版社
生死愛	香港：實用出版社，一九五四年版
愛與慾	香港：大公書局
一九四（？）	
死死生生	香港：勝利
情眼	香港：華南出版社
情眼	香港：華南出版社，一九六〇年版
一九四〇	
何諏遺詩（黃天石編訂）	香港：復興出版社
朋友之妻	香港：大公書局

朋友之妻	香港：實用出版社，一九（？）年版
香港小姐	香港：大公書局
紅巾誤（說部叢書第一種）	香港：復興出版社
紅巾誤	香港：華南出版社，一九五（？）年版
麗春花	香港：現代小說社
麗春花	香港：華南出版社
一九四一	
阿女	香港：人人出版社
阿女	香港：現代小說研究社，一九四七年版
阿女	香港：大觀聲片有限公司，一九四八年版
真真（全集）	澳門：新新出版社
情懷春色	香港：新新書局
蝶弄狂花	香港：新新書局
燕歸來	香港：光華出版社
一九四七	
一曲秋心	香港：新新出版社
一曲秋心	香港：世界出版社

一九四八	
合歡草（初稿）	香港：基榮文化公司
合歡草（第二至三冊）	香港：大公書局，一九四九年版
癡兒女	香港：現代出版社
癡兒女（連續性廣播劇，招廣培主持、傑克原著、甘豐穗編劇）	香港：香港廣播電台，一九六九年版
一九四九	
空谷佳人	香港：長風出版社
表姊	香港：基榮出版社
奇緣	香港：大公書局
選擇	香港：大公書局
一九五（？）	
同情	香港：星際
名女人別傳	香港：聯榮出版社
名女人別傳全集	香港：基榮出版社，一九五二年版
荒唐世界	香港：基榮出版社
情聖	香港：新聯出版社
癡纏	香港：光榮出版社

懷夢草	香港：民眾圖書社
一九五〇	
心上人	香港：聯榮出版社
心上人	香港：基榮出版社，一九五一年版
改造太太	香港：基榮出版社
改造太太（日文本，孫玉珊、大塚恒雄共譯）	東京：文藝出版社，一九五三年版
改造太太	香港：民生影業公司，一九（？）年版
野薔薇	香港：基榮出版社
野薔薇	香港：光華書店，一九五（？）年版
鏡中人	香港：基榮出版社
一九五一	
長姐姐	香港：基榮出版社
長姐姐	香港：光華書店
花瓶	香港：大公書局
花瓶	香港：上海印書館，一九五（？）年版
紅衣女	香港：源源
紅衣女	香港：基榮出版社（再版本）

無意之間	香港：基榮出版社
一九五二	
托爾斯泰短篇小說集（傑克主編）	香港：基榮出版社
疑雲	香港：世界出版社
一九五三	
大亨小傳	香港：基榮出版社
春影湖	香港：聯合出版社
一九五三至一九五四	
一片飛花	香港：大公書局
一片飛花	香港：合群出版社，一九五（？）年版
一片飛花（楚原編劇，據傑克原著麗的呼聲天空小說改編）	香港：永茂電影企業公司，一九五（？）年版
一九五四	
癡纏	香港：基榮出版社
癡纏	香港：光榮出版社，一九五（？）年版
一九五五	
東方美人	香港：星聯出版社

桃花雲	香港：基榮出版社
一九五六	
隔溪香霧	香港：友聯出版社
鑄情	香港：新生出版社
一九五七	
珊瑚島之夢	香港：自由出版社
珊瑚島之夢	香港：光華書店
一九五八	
銀月	香港：幸福出版社
曉渡春雲	香港：自由出版社
一九五九	
山樓夢雨	香港：亞洲出版社
亂世風情	香港：亞洲出版社
一九六（？）	
苦戀成癡	香港：天新出版社
一九六〇	
月夜之夢	香港：永榮出版社

一九六四	
表姐	香港：基榮出版社
一九六六	
紅繡帕	香港：僑聯出版社
紅繡帕	台北：僑聯出版社

注釋：

① 李育中，〈我與香港——說說三十年代一些情況〉，載黃維樑主編，《活潑紛繁的香港文學：一九九九年香港文學國際研討會論文集》上冊，香港：香港中文大學，二〇〇〇，頁一三一。

② 劉紹銘，〈屯門雜思錄：薄命憐卿早嫁〉，載《蘋果日報》二〇〇八年十月十九日。

③ 莫冰子，〈作者與獻心〉，載黃天石，《獻心》，香港：受匡出版部，一九二八，頁三至四。

④ 平可，〈誤闖文壇述憶〉，載《香港文學》一九八五年第三期，頁九八。

⑤ 李家園，〈黃天石辦新聞學社〉，載《星島晚報》一九八七年一月二十三日。

⑥ 鮑少游，〈緬懷筆會創會會長黃天石〉，載《香港時報》一九八三年七月十日。

⑦ 湯山，〈名小說家傑克隱居元朗（人海漫談）〉，載《快報》一九八七年九月十五日。

⑧ 謝榮滾主編，《陳君葆日記》（上），香港：商務，一九九九，頁五七至五八。

⑨ 李立明，〈香港中國筆會會長黃天石〉，載李立明，《香港作家懷舊》第二集，香港：科華，二〇〇〇，頁六二至六三。

⑩ 陳蝶衣，〈悼：黃天石先生〉（下），載《香港時報》一九八三年三月二十三日。

⑪ 〈香港早期新文學資料三人談〉，載《香港滄桑——紀念香港回歸十週年》，網頁：www.cass.net.cn/zhuanti/hk10/show-News.asp?id=102608

⑫ 陳同，〈文化的疏離與文化的融合〉（下），頁一〇。

⑬ 同⑥。

⑭ 李秋生，〈悼黃天石——並述過去幾件往事〉，載《香港時報》一九八三年三月二十日。

⑮ 鄭樹森、黃繼持、盧瑋鑾編，《香港新文學年表（一九五〇／一九六〇年）》，香港：天地，二〇〇〇。

⑯ 楊雲史，〈序〉，載《黃劍珠女士詩課》，香港：基榮，（一九五五）。

⑰ 秋笛，〈人物剪影——黃天石留影桑榆間〉，載《鑪峰文藝》二〇〇〇年第三期，頁五〇。

⑱ 甲乙丙，〈傑克：黃天石夠風雅（報壇點將錄）〉，載一九六二年十二月三日剪報，報名不詳。

⑲ 黃天石，〈黃冷觀先生傳〉，載《昆侖》第十一期一九四八年一月十三日。

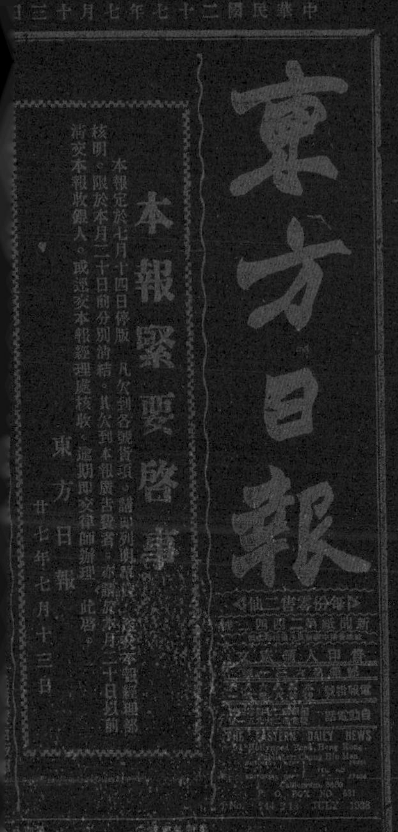
中華民國二十七年七月三十一日

東方日報

（每份零售二仙）

本報緊要啟事

本報定於七月十四日停版，凡欠到各號貨項，請即列單送交本報經理部核明，限於本月二十日前分別清結。其公到本報廣告費者，亦請於本月二十日以前清交本報收銀人。或逕交本報經理處核收。逾期即交律師辦理。此啟。

東方日報

廿七年七月十三日

THE EASTERN DAILY NEWS

三

不同派系的政治立場，體現在當時眾多的報紙之中。

報紙篇

chapter

⑩ 革命暴徒報人夏重民和《香江晨報》

清末的拒美約事件在港穗地區頗為轟動，筆者在本書內介紹報人時，也提及當時報界對拒美約的熱烈支持，現就介紹這次鬥爭事件的重要人物之一夏重民，當時他很年輕，還不及弱冠。之後他在留學日本後，為了宣傳革命，相繼在日本、加拿大、國內和香港，都致力辦報；同期間重民亦不忘抽身為國效力，最後不幸為陳炯明所捕殺，殉國成為烈士。本章將介紹其生平並特別詳細介紹他在香港創辦的《香江晨報》。

夏重民（一八八五至一九二二）又名中民、仲文，廣東花縣赤泥鎮西邊村人。父夏財勝，家境貧困，重民三四歲時，即由廣東孤兒院收養。曾就讀於廣州義育小學、兩廣高等學堂、廣府中

△ 夏重民

學，當時由於經濟困難，輟學而任義育學堂教務。性爽直，少有壯志，見國人素文弱，極力提倡體育，又見民智鄙陋，創設書報社及商業學校等，仕商被其薰陶者眾，深受大眾稱譽，在社會上漸有名聲。①

一九〇四年十二月，美國脅迫清廷簽訂〈華工條約〉，旅美華僑上書清政府，要求廢約而未有成效。美政府拒絕廢約，再度提出新約，此事引起各地各界紛紛舉行示威抗議行動，罷工罷課，抵制美貨。重民聞美苛待華工，以為奇恥，乃狂奔呼號，極力鼓動國人與美經濟絕交，其行動激進，大為在華美商所忌，認其為暴徒，因而迫使兩廣總督岑春煊逮捕夏重民、馬達臣、潘信明三人入獄。此舉激起國人公憤，函電交責，滿吏懾於民氣不可犯，只得將他們暗行釋放。出獄之日，萬人空巷，夾道以迎。林雲陔對重民在此次拒約事件之表現有言：「時國人因惴伏於專制淫威之下，且懾於外國之聲威，無敢拒外者。自君振臂一呼，氣因以勃發，吾國與帝國主義者抗戰始於斯役，君實主之。」②然重民深知空言不足以抵抗外侮之患，非有高深學識無以救亡圖強，遂東渡日本留學。

◉夏重民留學日本

重民先後於早稻田大學、東京帝國大學攻讀政治經濟科。一九〇五年八月，中山先生在東京成立中國同盟會，重民加入為會員，日受革命思想之薰陶，為國犧牲之心益決，課餘有暇，積極向僑胞進行革命宣傳，以激發僑胞愛國熱忱及革命思想，又發動向華僑募捐該會經費。一九〇七年三月，日本因應清廷要求，迫使中山先生離日，在日革命黨員希望在長江流域積極開展革命運動，於是在八月，另起「共進會」，會章宗旨一如同盟會，重民加入該會。③革命黨員和保皇派黨人政治立場不同，時有衝突，最激烈者屬一九〇七年七月，保皇派黨人梁啟超等於錦輝館舉行「政聞社」成立大會，重民等率革命黨員逾千人到場，梁啟超登台演說，一語未畢，革命黨員齊聲喊打，嗾擁向前，梁氏墮下樓梯，又頰中木屐，政聞社員皆去赤帶徽章以自保，陸續引去，自是社員知不能在日立足，只得紛紛回國繼續請願立憲。④

重民和黃增耆、盧信、尤畜禧等於一九〇七年三月九日在東京創辦《大江七日報》，重民自任主編，其他撰稿者有省子、鋤非、血性等。該報以光復漢族，推翻清朝統治為宗旨，通過揭露滿人對漢人種種的壓迫，以激發起漢人的革命思想，而大加反對康梁改良派君主立憲的不徹底主張。出版僅數期，因盧信赴檀香山，旋停刊。⑤

《大江七日報》現能見到的是創刊號和一份期號不明的共兩期（南京圖書館、北京大學圖書館藏有原件）。章太炎在創刊號撰寫〈發刊辭〉。該報內容有〈論說〉、〈留學界記事〉、〈時事滙譯〉、〈國內要聞〉、〈虜廷記事〉、〈海外要聞〉、〈雜文〉、〈文苑〉、〈謳歌〉、〈論著之部〉、〈批評之部〉、〈瑣談片片〉、〈小說〉、〈雜俎〉等欄。〈論說〉大約如現今的社論，〈國內要聞〉、〈虜廷記事〉多揭露滿清對漢人的壓迫和立憲派的迂腐。每條新聞之後，加有記者評論，畫龍點睛，發人深省，該報亦注重報道華僑在外國的辛酸情況。至於文藝部分的〈雜文〉和〈瑣談片片〉都是諷刺小品，嬉笑怒罵，寓意深遠；〈雜俎〉則刊載生活小品、雜感隨筆的小文。⑥該報出版後，大受留學界歡迎。⑦

翌年，重民又在東京創辦五日刊《日華新報》，自為編輯發行人，⑧鼓吹革命。嘗於該報著論，痛斥劉師培（光漢）、汪公權等背黨變節之言行，尤力闢康梁保皇派立憲之說。東京的革命派

《民報》因日本政府徇清廷之請，被令封禁。停刊一年多後，到一九〇九年秋冬之際，由汪精衛主持，名義在巴黎、實仍在東京秘密再度出版，原發行人及編輯章太炎知悉後，指之為「偽《民報》」，並以原社長的名義在《日華新報》發表〈偽《民報》檢舉狀〉一文，大肆攻擊中山先生，中山先生組織反擊，這成為同盟會成立以來最嚴重的內部鬪鬥公開化。[9]該報原是支持章太炎的，但在獲睹有關資料後，立即改變態度，以〈章炳麟背叛革命黨之鐵證〉為題發表了劉師培致黃興書，揭露章氏之不是。[10]在出版方面，該報利用照相銅版編印《孫文先生東游紀念寫真帖》，報道中山先生一九一三年二月十三日至三月二十三日訪問日本的活動影像和演說內容。[11]

◉ 夏重民回國活動

一九一〇年三月，重民與李懷霜等邀漢冶萍公司股東粵人陳芷瀾出資，在上海租界望平街創辦《天鐸報》，柳亞子亦是該報的骨幹，重民為撰述。該報開始時以商業性姿態面世，不久便積極宣傳民主革命，與于右任、宋教仁的《民立報》互相呼應，成為同盟會國內的兩大喉舌，以大量文字抨擊清廷在「護路風潮」中出賣中國經濟利益的行徑，立論鮮明支持武昌起義，並強烈批判康有為倒行逆施的言行。[12]《天鐸報》的論調，亦是對章太炎不滿，特別是重民的一篇短評，直指章太炎。黃侃（季剛）護着章氏責問柳亞子有關重民的短評事情，柳亞子說他不是總編輯，負不了責，黃侃硬要柳亞子脫離《天鐸報》。⑬

民國元年（一九一二年）一月，中山先生在南京就任臨時大總統，重民入總統府任職，後派任同盟會廣東支部組織員兼總務科主任。同年二月九日，南京政府代表伍廷芳提出清帝退位八項優待條件，規定「清帝退位後，仍稱皇帝」等等，重民與鄒銓、柳亞子等南社社友立即組織「和議糾正會」，向伍氏提出詰問。⑭一九一二年二月，粵督陳炯明，厲行專制，集軍民兩政大權於一身。為着掩飾其督部新軍鎮壓民軍之事實真相，而加諸惠軍統領王和順「包藏禍心，煽兵肇亂，希圖推翻政府」之罪名，重民在十三日都督府會議中，力數炯明遣散民軍之不是，卒不忍睹陳炯明跋扈專橫，油然而生離粵之心。

◉ 夏重民再次東渡

適於此時，廣東教育司以造就專門高級人才，派出第一批留學生於一九一二年六月初出國深造，重民以「革命有功學生」的資格和陳樹人、鄧蕙芳（鄧後於一九一六年與重民結婚）等赴日本留學。[15]一九一四年初，重民在東京加入同盟會改名後的中華革命黨，被委任為第三局職務員，又任廣東省支部長。

重民秉性剛烈，嫉惡如仇，偶有不如意，拍案叫罵，甚至出之於武力，故有「暴徒」之稱號，其敵對者恒以此稱之。[16]此一稱謂更多聞見於重民在日本時，當時中山先生在日本組織中華革命黨以謀征討袁世凱，袁氏稱該黨為亂黨，該黨黨員為暴徒。一部分以黃興為首的舊黨員與中山先生的政見相左，另組「歐事研究會」，而以其由章士釗主編的喉舌《甲寅》雜誌主張調和立國說，與孫派的機關刊物《民國》宣戰，於一九一四年五月第一期，發表抨擊袁世凱政府頒佈〈報紙條例〉的一篇時評，以為鉗制輿論，限制出版自由，引起孫派的誤解，認為是指桑罵槐，暗有所指，[17]又公開斥前革命黨在南京臨時政府，為暴民專制，[18]觸發重民率部搗毀《甲寅》林町社址，又痛毆章氏，故章氏甚忌重民，曾嘆息謂「孫派中却有如夏重民者一類分子」[19]。另一次重民出手乃於一九一五年二月，針對的是中華民國留日學生總會會長沈定一（玄廬），沈等藉總會名義，上書中山先生，請求停止革命、一致對外，此袁世凱所欲言，而沈等代言之，此等言論足以淆亂當時之視聽，中華革命黨黨人皆惡之，重民於農曆除夕，與同志范熙積共往襲沈氏，並令離日，否則危及生命，沈氏懼，即赴南洋。[20]重民性烈剛猛，其友林直勉曾評之：「其暴暴於公，不暴於私；暴於強者，不暴於弱者。世人不知有剛毅，有義烈，而妄詆重民，適見

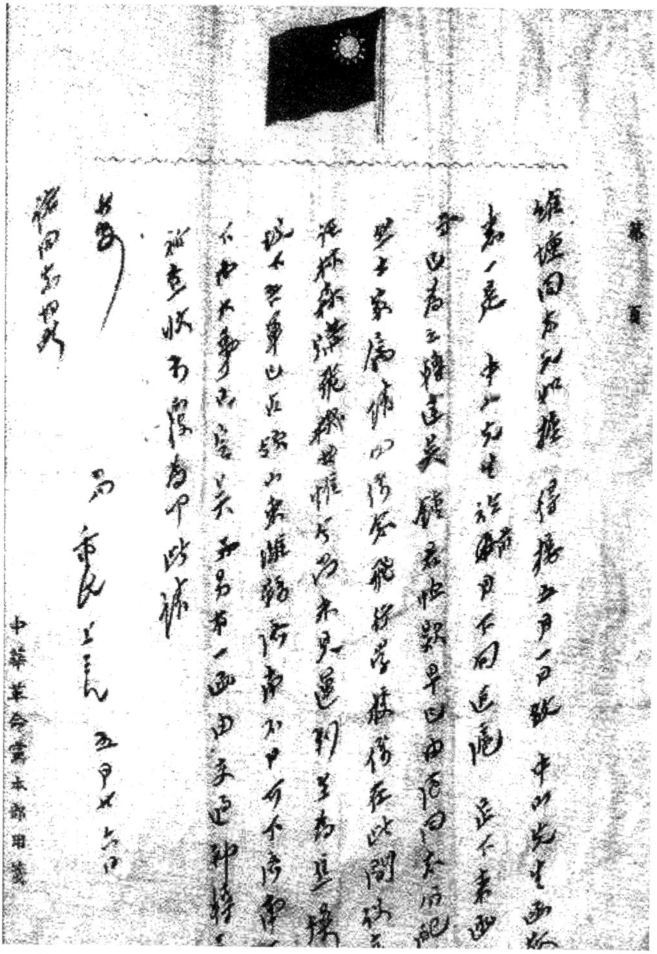

△ 夏重民手札

△ 1915年夏重民與中山先生等攝於東京

碌碌者不可與言耳。」㉑重民執筆為文，常有橫掃千軍之氣勢，有謂他為文有硝磺氣，亦可見其文一如其人之猛烈。

一九一四年春，在三藩市創刊的《民國雜誌》因印刷困難，自第十二期起，改由日本排印，重民和陳樹人為經理。㉒重民亦曾於一九一五年為該雜誌社，編印馮自由著的《三次革命軍》。㉓

中山先生在日本為策動武裝討伐袁世凱之軍事計劃，於一九一四年三月十二日，派重民至東京神田區本鄉館梁衛平寓所，約朱執信、鄧鏗等往港部署西南軍事，要與中華革命黨的東北軍力相呼應以討伐袁世凱，並囑於二日內準備行裝，搭三月十六日由橫濱開港之敷島丸輪南下。諸人奉命後，於本日晚來謁，中山先生面授機宜，並備加慰勉。重民等於二十一日抵港，租賃九龍漆咸道七十六號二樓為辦事處，展開工作，各方同志聞訊，多來參與，黃埔陸軍小學六期學生張發奎、薛岳、歐陽磊、劉尚霈、譚仕漢、黃之懷等均棄學來港，志願參加革命工作。[24]然至年尾，在廣東討袁之役終告失敗。

◉ 夏重民遠渡加拿大／回國伐袁

同年冬，中山先生派重民往加拿大域多利亞，任全加國民黨的機關報《新民國報》主筆，又獲孫中山委任為中華革命黨駐加拿大特派員，從事宣傳倒袁和吸納黨員的任務。一九一五年春，重民獲入境簽證抵加拿大。一九一五年十一月，重民以一個多月時間，往來加國十餘埠，聯絡各地分部，連番演說並推銷債票以籌集軍餉，成績美滿，籌得逾四五萬元。[25]一九一五年年尾，中山先生擬在日本西京八幡町八日市機場，開辦本黨飛行學校，聘請日本人為教官，派定重民、周彥時兩人負責該校事務，同年十二月，重民和胡漢賢、李赦兩人往飛行學校報到。後袁世凱稱帝，一九一六年五月初，重民在溫哥華組織有三百餘成員的「華僑敢死隊」（後改名「華僑義勇團」）。該隊所訂的規則及章程，要言之，就是：以「回國效力，實行三次革命，反對帝制，以保護共和」為宗旨；以「實行犧牲為主，義務達民權民生」為目的。[26]該隊機關設在域多利亞新民國報社，在阿爾伯達省會埃德蒙頓成立軍事社，訓練隊伍。後來該隊奉中山先生電召，在團長重民帶領下，開往橫濱，經過五個月的訓練，回國討袁。該敢死隊歸中華革命軍東北軍總司令居正指揮，改編為中華革命軍東北軍華僑義勇團，以重民為團長。同時，日本的飛行學校學員亦調回國，編為義勇團航空隊，亦以重民為該隊司令。㉗重民率軍進佔山東，攻克濟南和濰縣等地，協助粉碎袁世凱皇帝癡夢後，中山先生宣佈解散該團，重民雖力勸止而未果。㉘團員只得回加，未取回頭紙的留在國內。一九一七年中山先生南下廣州，建立護法政府，留在國內的原團員亦追隨中山先生到粵，編為大元帥府華僑隊，其中馬湘、黃惠龍為中山先生的侍從副官，一直跟隨中山先生。㉙

◉ 夏重民與中山先生的護法政府

一九一七年，重民在護法期間，認為一九一一年被查禁的《天民報》，是宣傳革命的有力報紙，應重現其丰采，乃在廣州與黃節（晦聞）復刊《天民日報》，以作為積極支持中山先生領導的護法政府的喉舌，總編輯為陸煞塵。㉚一九一八年一月四日，中山先生直接指揮同安、豫章兩艦炮轟觀音山（今越秀山）廣東督軍署，重民參與決策。一九一八年三月任大元帥府稽查長，後重民代表中山先生到香港為廣州護法軍政府籌募軍費，對抗北洋政府。重民又在香港創辦《香江晨報》，積極宣傳護法。

一九二〇年八月，陳炯明在漳州率粵軍回粵，討伐桂系，重民被任粵軍第二軍別働隊司令。十月，粵軍攻克廣州，重民以《中華新報》為桂系機關報，沒收該報並改組為《廣州晨報》。次年，得胡漢民之薦，任廣三鐵路局局長，履任後，滌除積弊，錄用女員，路政為之一新。㉛一九二一年，中山先生就任非常大總統於廣州，即明令北伐，陳炯明與北洋軍閥勾結，極力阻撓，又絕其軍餉，重民將鐵路局收入，解駐桂大本營支持北伐，大觸陳炯明之忌。重民並在《廣州晨報》撰寫〈北伐軍改道回粵及粵軍成立經過〉一文，揭露和抨擊陳氏惡行，更為陳氏所恨。一九二二年六月，中山先生聘重民兼任廣三鐵路警備司令。一九二二年，陳炯明叛變，聞中山先生改道北伐，師抵肇慶，陳軍將乘車往三水截擊，重民偵知，先將車輛調往三水，陳炯明因此對重民更加恨之入骨。同年六月十九日，陳將楊坤如在石圍塘海旁的甜夏亭捕殺重民。當重民殉國，中山先生淒聲道：「〔朱〕執信死，我失左手，今重民殉義，我失右手，雙手既失，傷痛何如？」這可見中山先生對重民之見重。㉜一九二四年，重民被大元帥府追贈陸軍少將加中將銜，㉝中山先生命建紀念碑於石圍塘，以表忠烈，碑上有中山先生撰詞，胡漢民書：「黃崗先烈，花邑尤多。君生是邦，氣同沆瀣。」㉞

◉《香江晨報》的刊行

一九一五年，革命黨人在香港創辦《香港晨報》，政治立場上主張革命，大力抨擊袁世凱在廣東的代理人廣東都督龍濟光。重民其後接辦該報，改名為《香江晨報》，[35]在一九一九年三月二十四日創刊，社址在蘇杭（乍畏）街一〇三號全座。負責該報的是重民，而擔任募集資本，則由重民和黃伯耀（黃世仲之兄，與下文華僑黃伯耀同名不同人）負責。初時股本不足，剛好華僑國會議員黃伯耀來港，知悉該報財政困難，於是急電舊金山《少年中國晨報》匯來款項，而該報又得港商馮簡良捐助巨款，得以順利開辦。[36]以後美國華僑亦有匯款以作該報股銀以維持該報。[37]

《香江晨報》創辦的第一年，除了重民任社長外，主持筆政的有朱執信、馮自由、李思轅、黎工佽和重民本人。當時南北對峙，軍閥割據擅權，而粵吏岑春煊、莫榮新最忌該報，連番打壓：禁止進口者兩次、海關及郵局更檢查不遺餘力、利誘之而不得乃加以威脅、己之權力不能及乃控告於居留政府。出版未及半年，數次被廣東政學系控告之於香港政府，以致陳雁聲曾兩次下獄，更於一九二〇年夏天被逐出境。[38]該報延請律師辯護費用甚為昂貴，每次訟費動以五百元至千餘元計，重民每次被控，必以急電向海外各埠僑胞求援，幸得華僑仗義捐助，其中以加拿大華僑最為慷慨，該報始得解困。[39]該報不僅要應付各政治派系的訴訟，因瑣屑小事而被控的，亦所在多有。如一富人（一說指港紳劉鑄伯）因「為虎作倀」的「倀」字而延聘律師控告該報，誓言要使該報停刊，以為憑他的財力必可達到目的，怎知各地華僑聞訊，極為憤慨，立刻籌集巨款匯至。該富人知難犯眾怒，撤銷控告，但亦花了五千元以上，而該報亦花了一千七百餘元。由這些訴訟情況可知該報經營的困難，和備受華僑的愛護支持。[40]

該報出版時，適在五四運動之後，國內新文化運動，風起雲湧，該報以介紹新文化為其職志，盡力刊載有關新思潮的文章，甚得文化界，尤其青年讀者的歡迎，實為在本港推進新文化運動的先驅。當時本港報紙仍用文言行文，該報主持筆政的陳雁聲首倡用白話文寫社論，而副刊小說，亦用白話文，並極力推行新式標點符號，[41]同業戲之為「了的先生」。[42]於一九一九年，該報與大光報社並請得袁震英、馮自由為代表，參加為了聲援廣州學生愛國運動的廣東記者赴日本考察團，馮自由曾在中國留東學生歡迎大會演說，解釋「新文化」即為國民黨所主張之三民主義。[43]其時粵軍的四大天王、八大統領，以及所謂龍濟光的「濟軍」，明目張膽，橫行無忌，粵人深惡痛絕，得到該報以不屈不撓的精神，抨擊軍閥政權，為他們出氣，故該報出版，銷行內地，聲價十倍。該報的版面又大書特書為「華僑言論機關」，故海外華僑聲應氣求，無不樂為擁護，南中國報紙銷流廣遠，該報當推首位。

一九二〇年，其中主筆之一的朱執信奉中山先生命，入粵聯絡粵軍將領征討莫榮新，但佔據虎門炮台後，為桂軍所害。十月，夏重民將該報交其妻鄧蕙芳接辦，抽身回廣州接收政學系辦的《中華新報》，改組為《廣州晨報》，自任該報社長。該報主持筆政者為陳雁聲、謝英伯、鄒海濱、袁震英（震瀛）、黃冷觀、黃漢聲和李杏農等人，著述甚豐，頗有精彩。該報以上執筆未必都是居港的，譬如鄒海濱、謝英伯等每過香港，常喜在該報社留宿，但因地方淺窄，常於深夜待編輯部工作完竣，才以白布一幅，睡在寫字枱上；他們到來，該報必請他們做論說時評一篇，以價值一角的牛雜粥為酬，而他們均露得意之色。

一九二一年，《香江晨報》一部分離職人員，出而組織《香江晚報》。㊹一九二一年後，以前主持該報筆政的大多轉入軍政兩界，繼任有陳春生、黃燕清和謝盛之等人，比前略為失色，但仍不失晨報之本色。一九二二年，魯直之、黃伯耀、李睡仙等人繼任主持筆政。同年六月，陳炯明叛變，黨人失革命根據地，而《廣州晨報》又隨之停刊，欲申討陳炯明的罪行，僅得《香江晨報》為之發言。該報討陳言論激烈，又不怕艱辛，在廈門印刷《陳炯明叛國史》，以打擊陳炯明。陳炯明鑒於該報攻擊一己太甚，也禁止在廣州銷量極大的《香江晨報》入粵。㊺一九二三年，主持筆政仍為魯直之等人，但言論有時過激或偏於狹窄，新聞又時有失實，以致《香江晨報》精神，未能貫徹。是年秋，魯直之病逝，陳素（無那）、魯易（其昌）、周佛海等繼任。一九二三年冬，國民黨中央宣傳部派人將日陷衰弱的《香江晨報》加以改組。㊻一九二四年九月一日，該報經費無着，急需兩千元以維持，請廖仲愷籌措。㊼一九二四年重民遇害後，中山先生命重民妻鄧蕙芳赴港維持《香江晨報》，然該報司理周子驥拒不交代，且迫鄧蕙芳離境，香港政府亦因國內有司要求引渡鄧蕙芳回省，派華探侯亨緝捕，幸能逃脫往上海。㊽直至一九二四年秋，該報得朱卓文、周雍能、蔣道日、梁楚三、李思轅、黎紀南等集資改組，李守誠、劉伯倫等主持編輯。更有曾往龍州做縣知事的黎工佽重返參加編務，徐天放、黃旦初、趙石龍等人銳意刷新，將內容竭力整頓。㊾

《香江晨報》雖然是國民黨的黨報，但絕不因黨報的關係，而損害該報的社會地位，一方面期求黨義普遍的宣傳，另一方面期求增加社會的信用。所以該報力求新聞建基於國民黨黨義外，更建基於全國民眾和世界人類之上；宣傳避免含有廣告意味、刺激社會反感和妨害善良風俗；編印採用刷新的排印方式。《香江晨報》的內容可分為五類。

一、**評論**：即今之社論或短評，以發表主張，指導社會。二、**電報**：〈本報專電〉多屬中國要聞；〈譯電〉翻譯外國與中國有關的新聞，或為讀者不可不知的世界新聞。三、**新聞**：分為〈國內要聞〉、〈地方新聞〉、〈黨部新聞〉、〈商業新聞〉和〈中外新聞〉等。**四、藝術**：分為〈本地風光〉和〈晨曦〉兩欄，〈晨曦〉欄內刊新舊體小說。**五、特載和特刊**：特載偏於紀事，特刊偏於紀言，性質都是黨的宣傳，或各類專題，隨時發刊，或在各種紀念日印發特刊，如民衆號、文學號、銀幕號、美術號、國學號等，隨報附送，不另收費。㊿該報紀念日印發的特刊最為人樂道的是，為隆重紀念「五一」國際勞動節的《勞動節紀念增刊．勞動號》（一九二〇），該刊登載馬克思、列寧等人的肖像，內容有關香港工人的每月生活消費和船員狀況等文章，這個勞動節是香港首次舉行的「五一」活動，這個特刊亦是香港出版的第一個勞動節的特刊。[51]

該報平日銷紙一萬份以上。星期日更出星期報，名《香江晨報週刊》，出紙一張，售銅元一枚，內容豐富，當時其他報紙多於星期日休息，讀者缺少其他選擇，因此該星期報銷行甚廣。[52]《香江晨報》於省港大罷工期間停刊。這次停刊，緣於該報對於沙基慘案發生後，曾印發一傳單，向各界加以勸導，向英政府加以忠告，義正詞嚴，並無偏袒，不料華民政務署，傳該報司理毛湘衡到署加以無理之詰責，該報見其如是野蠻，遂慨然停版。[53]

《香江晨報》的業務初不限於香港一地，並着意向國內各重要地區發展。故於初辦之年，趁着五四運動之後新思潮澎湃的時機，在一九一九年，由夏重民和朱執信、朱卓文等主持，在上海組織《上海晨報》，鼓吹新文化，又進行護法討袁宣傳工作，[54]但為北京政府所忌，被控於美領事館兩次，法領事館一次，不久該報便告夭折。《廣州晨報》在廣州的創辦和停刊在上文已經提過，在此不贅。

◉《香江晨報六週年紀念號》

《香江晨報》在一九二五年出版《香江晨報六週年紀念號》，全書有插圖十二頁，內文二十九頁，書名由高劍父題字。該報於出版這本《紀念號》後不久便停刊。香港的圖書館缺藏這份報紙，吳灞陵只遺留下該報在一九二四年十月十日出版的遊藝頁，這本《紀念號》是研究該報的唯一完整原始材料，加上該刊的出版日期和該報的停刊期都很接近，這本《紀念號》有關該報的資料，差不多可以概括其全部的出版過程。

此《紀念號》的前面刊載插畫，國畫的題材有山水、禽鳥、

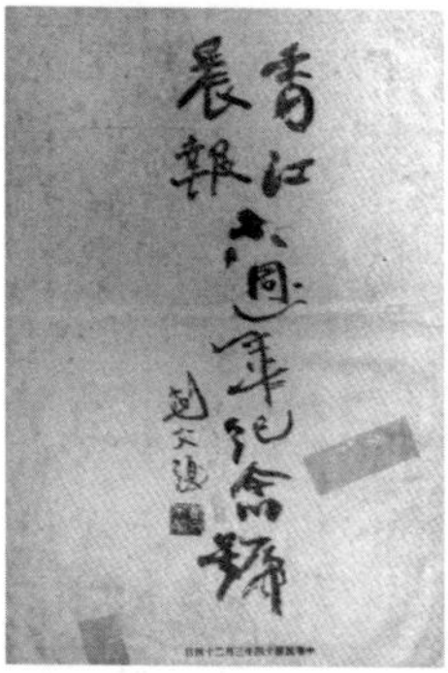
△《香江晨報六週年紀念號》(高劍父題)

花果等，畫家包括黃少梅、趙浩公、潘達微、尹其仁、黃鼎苹、藍瑛、查士標、道濟、王竹靈、鄭磊泉、高奇峰、黎工佽、張谷雛、張雲飛、姚禮脩、黃般若、高劍父等。另有李棲雲的三方刻印和漢畫磚。照片除了新界的沙頭洞和沙頭角各一外，還有當年中山先生逝世的殯儀照片共八幅。

《紀念號》的正文有很多篇幅都是有關《香江晨報》的歷史、現況、感想和希望，對於研究該報，甚有幫助。文章包括天放的〈本報六週年紀念辭〉、工佽的〈本報六週年之經過〉和〈香江晨報與華僑之關係〉、蕭鳴籟的〈香江晨報六週紀念日的慶祝和貢獻〉、思平的〈六年前的回憶〉、電子的〈香江晨報六週概言〉、天放的〈今後對新聞努力之點〉和施哥的〈純寶兒的略歷〉。

重民是《香江晨報》的創辦人，為了紀念他，這本《紀念號》重刊他的兩篇文章〈本報一週年紀念之宣言〉和〈未婚母與私生子〉，另有石龍的〈夏重民殉難情形質疑〉。《香江晨報》既然是國民黨的機關報，這本《紀念號》的政論文章當然是佔着很多篇幅。一九二四年國民黨在廣州改組，實行聯俄容共，而北方又有軍閥割據，所以文章內容很多涉及三民主義、社會主義和無政府主義的政治思想；政團方面就論及國民黨、共產黨、俄國政府和軍閥。這些文章包括赤夫的〈革命果真危險嗎？〉、黃旦初的〈中國民眾運動之必要〉、震瀛的〈歸國後的雜感：（國民黨是共產主義化的麼？」〉、石龍的〈斥時下共產黨竊名共產之謬〉、彭侃的〈我們為甚麼主張三民主義〉、耀恭的〈革命精神在於毅力〉、枚九的〈梁鴻五噫臆解〉和哥爾基（俄）著、袁振英譯的〈昨日與今日〉。

其他類別的文章有郎擎霄的〈職業之原理〉和張谷雛的〈論國畫變遷之由來〉兩篇。

文藝舊體小說有農稼琴的〈陶知縣〉、潔倫的〈可憐〉和石龍的〈青衫紅淚記〉；白話小說有鄧漪痕的〈湖心亭上〉；翻譯社會短篇有莫泊三（法）著、謝直君譯的〈孽犬〉；小品有失意情場一少年的〈劍化樓憶語〉。另有張谷雛和陸更存的舊詩詞數首。

《香江晨報》和《大光報》同是民國初期在香港擁護國民黨的報紙，相較起來，《香江晨報》的原始研究材料就缺乏得多，但《香江晨報六週年紀念號》這本僅存的特刊，就提供了不少研究材料，得以勾劃出該報的歷史輪廓，這可見報紙特刊的重要性。

注釋：

① 林雲陔，〈夏重民〉，載秦孝儀主編，《革命人物誌》第三集，台北：中央文物供應社，一九八三，頁四四六。

② 同①。

③ 李白貞，〈共進會從成立到武昌起義前夕的活動〉，載中國人民政治協商會議全國委員會編，《辛亥革命回憶錄》第二集，北京：文史資料出版社，一九八一，頁四九八至四九九。

④ 馮自由，《中華民國開國前革命史》上編，上海：革命史編輯社，一九二八，頁二〇二至二〇三。

⑤ 張憲文、方慶秋主編，《中華民國史大辭典》，南京：江蘇古籍出版社，二〇〇一，頁六九。

⑥ 丁守和主編，《辛亥革命時期期刊介紹》第二集，北京：北京人民出版社，一九八二，頁四八二至四八九。

⑦ 方漢奇主編，《中國新聞事業編年史》上冊，頁四二六至四二七。

⑧ 方積根、胡文英，《海外華文報刊的歷史與現狀》，北京：新華出版社，一九八九，頁一六二。

⑨ 劉家林，《中國新聞通史》上冊，武昌：武漢大學出版社，一九九五，頁二七一至二七二。

⑩ 楊天石，《尋求歷史的謎底：近代中國的政治與人物》，一九九三，頁二〇二。

⑪ 吳祥，《中國攝影發展歷程》，一九八六，頁二二〇。

⑫ 〈李懷霜〉，載「百度百科」http://baike.baidu.com/view/1510387.htm

⑬ 鄭逸梅，《南社叢談：歷史與人物》，北京：中華書局，二〇〇六，頁四三至四四。

⑭ 李海珉，〈南社興衰紀略〉，載「中國文學網」http://www.literature.org.cn/Article.aspx?id=61230

⑮ 周興樑，《孫中山與近代中國民主革命》，廣州：中山大學出版社，二〇〇一，頁三一八。

⑯ 上海政學會機關報《中華新報》於一九二一年三月八日以此稱之，載《陳獨秀文章選編》中冊，北京：三聯書店，一九八四，頁一一五。

⑰ 楊黎光，《中山路：追尋近代中國的現代化腳印》，北京：人民文學出版社，二〇〇九，頁一五七。

⑱ 〈夏烈士重民殉國十週年紀念楊熙績報告烈士殉國經過〉，載《夏重民先生紀念冊》，轉錄自秦孝儀主編，《革命人物誌》第三集，頁四五〇至四五一。

⑲ 章士釗，《與黃克強相交始末》、《辛亥革命回憶錄》第二集，頁一四七，轉載自朱成甲，《李大釗早期思想和近代中國》，石家莊：河北人民出版社，一九八九，頁六三。

⑳ 同⑱，頁四五一；又羅剛，《中華民國國父實錄》，台北：羅范博理，一九八八，頁二五五七至二五五八。

㉑ 同①，頁四四八。

㉒ 同⑤，頁五四六。

㉓ 《辛亥革命史叢刊》第三輯，北京：中華書局，一九八一，頁二〇三。

㉔ 梁衛平，《革命回憶錄》（黨史會藏稿），載羅剛，《中華民國國父實錄》，頁二三七五。

㉕ 〈夏重民報告加拿大黨務進展情形〉及〈夏重民函告加拿大籌款情形〉（黨史會藏毛筆原件），載羅剛，《中華民國國父實錄》，頁二六九二、二七〇〇至二七〇一。

㉖ 任貴祥，《華僑與中國民族民主革命》，北京：中央編譯出版社，二〇〇六，頁一六〇。

㉗ 葉介甫，〈捍衛辛亥革命成果：美洲華僑敢死先鋒隊組織始末〉，載《文史精華》，見「辛亥革命網」http://www.

xinhai.org/shi/191103668.htm ;又陳廷一，《共和之路》，河南文藝出版社，見「鳳凰網讀書」http://big5.ifeng.on/gate/big5/book .ifeng.com/lianzai/detail_2009_03/09/291209_94.shtml

㉘〈夏重民論黨事國政，並報告歸國華僑義勇團同志近況及飛機飛行大概〉（黨史會藏毛筆原件），載羅剛，《中華民國國父實錄》，頁二九〇四。

㉙鄭民、梁初鳴，《華僑華人史研究集》（一），一九八九，北京：海洋出版社，頁一九四至一九五。

㉚方漢奇主編，《中國新聞事業編年史》上冊，頁八三六；葉文益，《廣東革命報刊史 一九一九至一九四九》，二〇〇一，頁一七。

㉛同①，頁四四七。

㉜林雲陔，〈夏重民傳〉，《廣東文獻》二卷一期，一九七二年六月，頁七五。

㉝劉國銘主編，《中國國民黨百年人物全書》下冊，北京：團結出版社，二〇〇五，頁一九二〇。

㉞冼劍民、陳鴻鈞編，《廣州碑刻集》，廣州：廣東高等教育出版社，二〇〇六，頁七六六。

㉟方積根、王光明，《港澳新聞事業概觀》，北京：新華出版社，一九九二，頁二九。

㊱《循環日報六十週年紀念特刊》，香港：〔循環日報〕，一九三二，頁六七。

㊲居正，〈為香江晨報股款事致夏重民函（一九二〇年十月二十九日）〉，載羅福惠、蕭怡編，《居正文集》，武昌：華中大學出版社，一九八九，頁三六〇至三六一。

㊳吳灞陵，〈記香江晨報〉（一九三一年剪報），見著者剪輯舊作《報業論文集》（二）。

㊴工伙，〈本報六週年之經過〉，載《香江晨報六週年紀念刊號》，香港，一九二五，頁一。

㊵ 工佽，〈香江晨報與華僑之關係〉，載《香江晨報六週年紀念號》，香港，一九二五，頁一九。

㊶ 亞穆，〈港報副刊考〉，原載《國民日報》一九四〇年十月四日，轉載王文彬，《中國報紙的副刊》，北京：中國文史出版社，一九八八，頁一〇。

㊷ 〔陳〕荊鴻，〈報壇憶舊〉，載《星島日報》，一九五二年八月一日，增刊頁八。

㊸ 馮自由，《革命逸史》三集，上海：商務，一九四六，頁三一九。

㊹ 同㊱，然灞陵在該文眉批筆記：「晚報之辦與晨報完全無關係，亦非離職人員所辦」，此仍待考核，錄此以存疑。

㊺ 余炎光、陳福霖主編，《南粵割據：從龍濟光到陳濟棠》，廣州：廣東人民出版社，一九八九，頁一四三。

㊻ 方漢奇，《中國新聞事業通史》第二卷，北京，中國人民大學出版社，一九九二，頁一六〇。

㊼ 《第一屆中執委第五十二次會議記錄》，載陳福霖、余炎光，《廖仲愷年譜》，長沙：湖南出版社，一九九一，頁二八〇。

㊽ 鄧蕙芳，〈夏烈士重民生平事略與殉義建碑情形〉，載《廣東文獻》二卷一期，一九七二年六月，頁七八。

㊾ 同㊳。

㊿ 同㊺。

51 南兆旭主編，《老照片：二十世紀中國圖志》，一九九八，頁二六八。

52 同㊺。

53 錢義璋編，《沙基痛史》，廣州：廣東人民出版社， 九九五，頁四三。

54 湯銳祥，〈夏重民傳略〉，載《花都文史資料》第十三輯，一九九三，頁三四。

chapter 11

陳秋霖和《香港新聞報》的報變

◉ 香港第一次報變

民國初期，軍閥割據，國家多難，兩粵不幸，政潮起伏，變動頻仍，以是在香港出版代表各種有不同政治背景之報紙，此起彼落。又因人事關係、經濟問題或其他種種因素，不能堅定其政治立場，甚至有些報紙更逆轉其政治論調，有謂稱之報紙改變其論調者為「報變」。①

香港第一次報變發生在《中外新報》。該報是最早在香港出版的一份日報，時年咸豐八年（一八五八年）。入民國後，由劉筱雲主辦，鄧穉援、潘惠儔等皆曾任筆政。當時龍濟光踞粵，濟軍橫行，苛政擾民，粵人不堪其苦，該報對其暴行口誅筆伐，大為讀者歡迎，每日銷紙過萬。其後劉筱雲離港，該報乏人主持，後又兩易其主，因而營業日衰，財源幾至無以為繼。後龍濟光被桂系逐出廣州，移兵海南島，但仍伺機回粵，其他龍黨逃離至港，接辦《中外新報》，以充當為其喉舌，主其事者為黎鳳翔，總編輯為譚荔垣。惟龍黨所撥經費不多，維持困難，更因該報以往反龍，而今擁龍，言論前後互相矛盾，明珠暗投，為讀者所鄙棄，因而銷量日減。既而濟軍敗於兩陽，龍濟光北走，該報財源乾竭，於一九一八年宣告結業。②一九二四年七月，另一次報變發生於陳秋霖所主持的《香港新聞報》，這次事件牽涉面較廣，而影響亦較大，所以當時頗為轟動，是香港報業史頗為重要的一頁。談及此事件前，有必要先介紹主角秋霖的生平，以便明白這次報變的來龍去脈。

◉ 陳秋霖的生平

陳秋霖（一八九三至一九二五）原名沛霖，字獨尊，別署秋霜，廣東東莞人。③父竹生，業基督教導師，兄弟三人，兄逸村，弟沐霖，別號孚木；妹五。幼年父母雙亡，飽嘗憂患。年十三與弟孚木得教會資助，往廣州培英學校入讀，性敏慧，尤擅算學，平居少有豪氣，無所羈勒。酷愛馳馬游泳，好讀小說，嘗撰小說評論於報章。其兄逸村早往香港謀生，已在革命黨香港支部

△ 陳秋霖

為幹部。秋霖年十六，奉兄召赴港，其時秋霖對革命有相當認識，得其兄介紹加入同盟會，入會時之名叫沛霖。辛亥革命，投學生步兵團，從戎征伐。後以大局初定而各軍宣告解散，秋霖至九江任小學教師數月，繼至連州，終返廣州入校專修國文，並入《覺魂報》當校對。一九一五年間龍濟光專政時代，秋霖轉在革命黨人所辦，以高舉「討龍（濟光）」大纛在港創辦的《現象報》為記者，[4]後在廣州先後任職於《天民》、《共和》、《民主》、《採風》四報，漸露頭角，時方二十二。

一九一九年五四運動，時廣州處於桂系虐政下，秋霖屈極思伸，參加由有志青年組成的十人團，與黃欠絃、黃凌霜等創辦《民風週刊》，名雖謂聲援京滬學生，實欲造成輿論中心，以解決粵省事務。陳炯明曾稍有資助該刊出版，秋霖與陳炯明之關係，實自此始。該刊出版以來，一紙風行。廣州之有新文化運動，之有白話文，實以《民風週刊》開其端，該刊之有白話文，亦以秋霖所作者為最多。秋霖曾撰〈批評廣州報紙〉一文，論及其地新聞編輯實務，條舉清晰，深刻翔實，洋洋巨製，為時人所讚賞，亦為同業所厭惡，然秋霖不以為意。⑤時乃桂系當權，秋霖以「獨尊」為名撰論譏評桂系，曾不稍假辭色，有不肖同業慫恿桂系當局下令緝捕秋霖，致令避走香港。⑥

◉ 陳秋霖在漳州辦理「閩星」報系

一九一八年八月，陳炯明奉中山先生之命，以援閩粵軍總司令的身份，建立以漳州為中心的閩南護法區，希望能「刷新政治」，按照三民主義的理念施政。陳炯明深知秋霖持正敢言，延聘其至漳州創辦以「閩星」為名的報刊。《閩星》半週刊於一九一九年十二月一日創刊，由秋霖任主筆，編輯有梁冰弦、劉石心、謝英伯等，作者群包括朱執信、戴季陶、胡漢民、汪精衛和陳炯明本人。該刊提倡民主政治，經濟趨向社會主義，亦為迎合新文化運動，倡導白話文，⑦討論軍人改造、男女戀愛等五四流行一時的各種問題。為介紹新思潮，並闡述蘇俄十月革命「紅潮」，亦大幅宣揚無政府主義、克魯泡特金的互助論、日本新村運動、托爾斯泰的泛勞動主義、無抵抗主義及柏格森的創造進化論等。⑧一九二〇年一月一日，又創辦《閩星日刊》。這兩種刊物各有分工：《閩星日刊》主要集中時事報道，多載世界和地方要聞，至於時局問題，地方政俗，恒以誠懇態度悉心批評，期盡指導人群、默化社會之責；而《閩星》半週刊則凡討論學理，介紹學說之長文屬之，以與日刊相輔而行。[9]出版以來，辦得有聲有色，而陳炯明當時受人敬重的名聲，未始不是《閩星》報系的宣傳功效，而《閩星》報系亦是五四新文化運動中的重要刊物。秋霖是陳炯明的文膽，除詩詞是陳炯明親筆所作外，所有其他文書多是由他代筆，宣傳事務亦委任他去辦，深得陳炯明器重。後因刊登臧致平軍隊包煙、包賭新聞，迫得重回廣州，秋霖亦曾在《廣州晨報》為編輯，惟與夏重民因報社編制問題而他去。一九二〇年，在廣州創辦《星報》。

◉ 共產黨最早的黨報

一九二〇年十月，當時新文化、新思潮衝擊着整個時代，《廣東群報》於廣州由北京大學畢業生譚平山、陳公博、譚植棠等創刊，編輯部設在廣州木排頭九母灣，陳公博為總編輯，新聞編輯是譚平山，副刊編輯是譚植棠，組稿和徵訂工作由譚天度負責，編輯班子都是清一色推行廣東新文化運動的青年知識分子。陳獨秀很支持該報，還在創刊號發表〈敬告廣州青年〉一文。[10]該報報名的寓意，即有發展人類的群性，建立群眾團體，團結互助，創立民主自由平等的社會之

△ 陳炯明

意。⑪該報以宣傳新文化、新思潮，改造社會為宗旨；不接受任何政黨援助，保持獨立出版物的精神。發行份數每期千份左右，數量不大。⑫但在廣東思想界引起強烈震動，受到年輕知識分子普遍歡迎。⑬《廣東群報》初創時，陳炯明出任廣東省省長，為控制輿論，他本要派親信秋霖和陳雁聲接辦政學系的機關報《中華新報》，但該報突然為夏重民所奪，所以陳氏亟望可以另找一報，作為他的宣傳工具。於是區聲白帶了秋霖和陳雁聲往見陳公博，並說陳炯明每月有三百元給他們，參加該報工作，當時該報亦缺乏人手，陳公博答允兩人在該報工作，但聲明該報不可作為任何人的喉舌，只能介紹新文化，且不接受三百元作為該報的津貼，而由他兩人分用，作為薪俸。在該報，陳雁聲負責新聞，秋霖主撰評論，掌握輿論實權，譚植棠依舊編副刊。總編輯陳公博也寫點評論，但也要經秋霖「斧正」，陳公博和譚平山都專注在法政和高師當教授，只是每天下午到報館，看看大版，這時秋霖儼如該報主腦。⑭

一九二一年三月，廣東共產黨支部重建後，該報正式改為黨的機關報，為全黨最早的黨報，⑮繼續宣傳馬列主義，宣揚俄國十月革命道路，並報道廣東工、農、商、學運動消息，還刊載列寧、瞿秋白、江春（李達）、譚夏聲（天度）的文章。⑯翌年在《新青年》刊登廣告，自稱「本報是中國南部文化運動的樞紐」。一九二二年六七月間，陳炯明叛變後，該報已不復允許任意宣傳共產主義，並曾一度被迫停刊。後由廣東教育委員會委員長陳伯華出面，提出收買該報，結果陳公博等以三千元被陳炯明強制收買該報，自此該報便徹底脫離共產黨組織。⑰同年，《星報》因經費緊絀，併入該報，在秋霖主編下，依附陳炯明，詆毀中山先生，發表〈討孫記〉、〈蕩寇志〉等文。在陳炯明被中山先生免職返回惠州後，該報以〈全省工團電請陳總長返省〉為題，公然與中山先生的免職令唱反調。⑱亦發表過反對北伐的文章。該報於一九二三年一月後停刊。⑲秋霖後又為陳炯明在海豐原籍創辦《陸安日刊》。

◉ 在香港創辦《香港新聞報》

一九二一年，粵軍平定廣西，又統一廣東全省，當選為中華民國大總統的中山先生想乘此機會，揮軍北伐，打倒割據的軍閥，完成國家統一。為增強勢力以推動國民革命，中山先生又決意「聯俄容共」。當時任廣東省長兼粵軍總司令的陳炯明（競存）主張「聯省自治」，對於北伐一事，諸多反對阻撓，又傳與北方軍閥吳佩孚、曹錕等勾結。中山先生於一九二二年四月削去陳炯明省長及總司令兩職，令專任陸軍部長，陳炯明稱病率部隊退往惠州，並辭去北伐任務。一九二二年六月陳炯明部隊在廣州叛變，圍攻總統府，中山先生安然脫險，北伐軍回師戡亂。一九二三年一月，陳炯明通電下野，由廣州率領部隊逃往惠州。

這時，陳炯明的很多部下將領，都留在香港，以等候復起的時機，因陳軍尚淹有東江十餘縣，實力還有十萬，負隅固守，自然綽綽有餘，即使整師進窺廣州，亦未嘗不可。陳炯明派處於敗軍的地位，為鼓吹其「聯省自治」政治主張，而香港鄰近廣州又為英屬，發行報紙不受政潮左右，於是便派遣親信陳秋霖，在港開辦《香港新聞報》。秋霖在香港得古愛公幫助辦報，但因開辦經費不夠，而古氏此時又被派往新加坡任《南鐸日報》總編輯，故該報籌辦工作幾至停頓。其後在一九二四年三月，得翁紉秋（桂清）向各要人籌到二萬餘元，該報方得以出版。⑳

《香港新聞報》社址設在士丹利街二十六號。秋霖弟孚木任總編輯，孚木曾任荷屬蘇門答臘日報記者，對辦報亦有相當經驗，其甥張白山亦入報為助。古愛公在星因《南鐸日報》內部發生問題，重回香港加入《香港新聞報》。黃居素曾任陳炯明的私人秘書和省長公署秘書，他始終不是辦報人，不過以友誼的關係，對於《香港新聞報》亦很幫忙，以後發生的「報變」事件，也和秋霖等在脫離陳炯明派的〈宣言書〉聯署。該報主持財政事宜為黃開山。[21]

《香港新聞報》是陳炯明的機關報，新聞和言論主要攻擊中山先生和他的三民主義，又反對國共合作的國民革命，而大力鼓吹「聯省自治」的主張。《香港新聞報》出版前，一般港報，多是因循守舊，不思改進創新。而該報版面新穎美觀，編排得法，讀者耳目一新，即使同業亦認為富有進取精神，可惜當時該報充當陳炯明的喉舌，未得一般讀者的同情。[22]該報的論調，亦引起多方敵對勢力的對抗。尤其是對共產黨的攻擊，從頭一天開始，就連載一篇〈共產黨之沿革〉的長文，以圖加深讀者對該黨的憎惡。在該報的第二、三期，亦有文章攻擊海豐農民運動。[23]正因為《香港新聞報》對共產黨多方惡評，在一九二四年初夏，香港共產黨人加入國民黨的跨黨合作後，在春夏間策反《香港新聞報》。四月十二日，共產黨人實行釜底抽薪的方法，秘密策動該報二十多名排字工人停工離港往省城，藉此迫使該報停刊。但由於工頭泄密，被該報主事人通知港府，派出大隊軍警，遣回全部已經下船的報館工人，並拘去共產黨員三人。共產黨人很快就向國民黨人求援，延請律師為被捕黨員辯護，結果其中兩人被判短期監禁，期滿遞解出境。[24]

該報因政治取向和其他各報有異，常誚詆異見同業，極為同業所不滿，《香江晚報》被罵不服，還擊該報指為陳炯明走狗。其後於一戲院招待報界席上，該報編輯劉魯際與其同事楊大悟在宴席上，質問《香江晚報》編輯黃燕清，黃未作答，劉已舉拳相向，幸為其他同業所阻，惟戲院盛宴所期望之氣氛，已大為失色。[25]

◉ 報變之發生

秋霖是思想開明的報人，初在廣州時，就組織青年才俊的十人團，以《民風週刊》為輿論中心，關心廣東事務；創辦漳州報時，又在當地推行新文化運動。在一九二三年間，秋霖更在香港組織一個進步青年團體，名為香港青年社，宗旨是動員愛國的香港青年學生參加國民革命。社員有一百多人，多是皇仁、聖保羅、華仁、漢文師範、育才等中學的進步學生。[26]

一九二二年，廣州叛變失敗後，陳炯明率領部隊逃往惠州，秋霖此時漸知陳炯明不足以有為，乃與黃居素、陳銘樞同遊於西湖、莫愁湖之間，其二人潛心佛學，秋霖則養晦韜光，默察局勢，以為陳炯明只知個人主義，偏重地方色彩，不能兼顧大局，漸生脫離陳炯明之意。陳炯明雖敗，然不忘秋霖，曾修函極為透徹談及革命論，秋霖以直道待人，以為陳炯明有回頭之時，乃回港助其創辦《香港新聞報》。[27]國民黨和陳炯明派的不同政治主張和作風，是改變《香港新聞報》同人立場的主要近因。一九二四年國民黨自從改組後，表現朝氣勃勃，影響一般熱血青年，都有躍然思動的意念而願意參加國民黨的國民革命運動。但陳派失敗負隅後，大多仍只知攫取地盤，搜刮民脂民膏，終日徵逐花酒。有些宦囊充裕的，便炒地皮、置洋樓、蓄美姬、優哉悠哉，儼然以海外寓公自居。秋霖等在港覺悟到本身處境，應着眼於國家社會，而非為陳炯明一人盡忠，若果不改弦易轍，久而久之，也不難同化於陳派的腐化生活。陳秋霖是辦報能手，但後來有陳派人士黃某和馬某滲入報社，在經費上做出無理掣肘，因此導致陳秋霖對陳派心灰意冷。報社內有這種暗湧，同時，中山先生和陳炯明復合的運動失敗，於是秋霖求變的意志更趨強烈。[28]綜合以上原因，秋霖立意轉向國民黨，因而發生報變，並不是一時之念，而是由來也漸。

黃居素久有離去陳炯明之意，他在這次報變中，做了不少穿針引線的功夫。一九二四年五月初，黃居素持吳敬恒的萬言手札，同秋霖到汕頭謁陳炯明。吳函中懇請陳氏重與中山先生合作，以中山先生居首領地位，陳炯明則負責實際戡亂之責，但陳氏於五月十三日覆吳函稱：「我本造反出身，再造一回反，亦不算事，歸斯受之而已。」仍堅持其聯省自治的主張。最後中山先生的代表和陳氏的代表在六月二十五日再度開會，廖仲愷傳達中山先生意見，堅持陳炯明具悔過書為唯一條件，陳氏覆電難行，致會談又無結果。[29]此報變的更具體演變情況，可見於陳銘樞的說法：

我（陳銘樞）和黃居素，都是廖仲凱看中的人。回粵以前，與黃居素商定，擬在孫陳問題上有所貢獻，方有光彩，單為做官而去，實難為情。突由黃提出（我也不約而同地想到）陳炯明的機關報（新聞報）社長兼總編輯陳秋霖，與黃與我都有交情，深知他決心不甘心於陳，其對國民黨改組必有同感，願意加入國民革命。又深知其弟敢作敢為，天地不怕。於是決議與陳秋霖一函，說過去廣州方面來邀都未答應，現決定主動回去投效，諒你也有此心，故望你做一件曠古未有的大事。過去只知政變、兵變，從無報變，被人收買者有之，投降革命者未有。將與國民黨不相侔之報紙轉而投向革命，知你定能做到，望你準備好，俟我們抵岸之日，即能照計劃行事。此信發後，即寫信與李章達、鄧演達等人，說我們就要南返，并告知行期。發信後即同內學院同人告別。到上海定好船票後，即電告知陳秋霖我們的行期。記得是某一天的早上，陳秋霖來接，相見時彼此與高采烈，知信已收到。陳說很好，已準備好。回到寓所，商定當日換版，報眉《新聞報》三字由我改寫，陳則寫放棄陳炯明，投歸國民黨的社論，並用紅字印刷。香港報紙出得很早，天未亮即發行，十二點以前廣州就看到報紙了。在香港的陳派中人，都紛紛議論，他們看出報眉是我的筆跡，都說是陳真如（即陳銘樞）搞的鬼，但無如我何，只是立即電話叫陳秋霖責問。

陳的胆極大，隻身前往，慷慨激昂，他們無如之何。當天晚上，廣州國民政府派李章達持汪精衛親筆函來，迎我與黃居素。從李那裏得知，當天報紙到廣州時，國民政府正在開會，大家都很詫異，詢問誰與陳秋霖接頭，大家都說沒有。最後，廖仲凱判斷說，決是陳真如幹的無疑……次日中午，我與黃居素、陳秋霖、李章達等一起回到廣州，立即到國民政府，晤汪精衛、譚延闓、廖仲凱諸人……㉚

◉ 報變的兩篇重要文獻

《香港新聞報》於同年七月十七日，刊出秋霖長達五千言的〈致陳競存先生書〉。文中，秋霖聲明脫離陳炯明的關係，力勸陳氏與中山先生合作，利害是非，言之甚詳，指出陳炯明今後自處之道不外有三策：下策是投向北方軍閥；中策是退出政治生活，浪遊歐美；上策是從新與國民黨合作。秋霖力數中、下策不可行之理：中策雖可保全陳炯明晚年之個人名譽，然為國家計、為廣東三千萬人計，秋霖都不贊成此為己主義；下策之結果，所招致之罪名是「叛黨又亡省」；秋霖稱陳炯明是革命出身，廣東是革命發源地，又是革命根據地，除非陳炯明不理廣東事，否則革命的精神脫不得身，而現成的而有歷史根基的國民黨，正是陳炯明能與之合作，而不用標

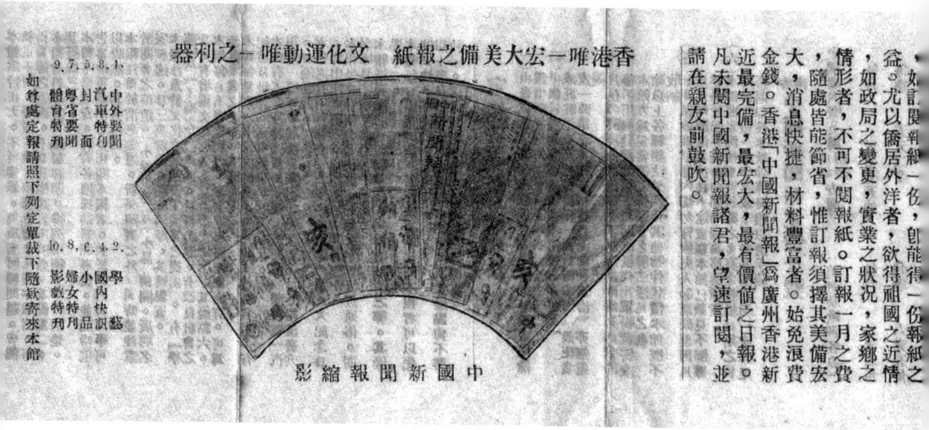

香港唯一宏大美備之報紙　文化運動唯一之利器

如訂閱報紙一份，即能得一份報紙之益。尤以僑居外洋者，欲得祖國之近情，如政局之變更，實業之狀況，家鄉之情形者，不可不閱報紙。訂報一月之費，隨處皆能節省，惟訂報須擇其美備宏大，消息快捷，材料豐富者。始免浪費金錢。香港「中國新聞報」為廣州香港新近最完備，最宏大，最有價值之日報。凡未閱中國新聞報諸君，望速訂閱，並請在親友前鼓吹。

中國新聞報縮影

1.中外要聞　2.學藝
3.汽車特刊　4.國內快訊
5.封面　6.小品
7.粵省要聞　8.婦女特刊
9.體育特刊　10.影戲特刊

如尊處定報請照下列定單裁下隨欵寄來本館

△《中國新聞報》宣傳單張

出所謂聯治黨。秋霖又以私人的關係，希望打動陳氏的心意：「我和先生相交的歷史雖不深，但我和先生是以精神主義相結合，而不是以勢利相結合，這是先生所洞悉的。……所以我之敬愛先生，自信比他人之敬愛先生者為真摯。……我們為先生謀的，是將來之立身大業。」至於如陳炯明不為所動，秋霖表明他個人的意向：「凡有利於國民黨的革命政策的行動，我必不顧利害，以勇敢犧牲的精神來幫忙他。我現時所能做的事，就是將《新聞報》變作純粹鼓吹國民黨政策的言論報。」該函情理兼備，雖為陳氏個人而發，實不啻為陳派中人之暮鼓晨鐘。㉛

又於同月十九日，該報同人陳秋霖、黃居素、陳孚木、古愛公等四人聯署，發出〈擁護國民黨宣言〉一文，開頭的一段是闡述這次下定決心轉變之目的：

> 民國十三年來，禍亂相乘，國運飄搖，可謂危險到了極點了。可是我們這幾年都是徘徊政路，想不出一個正疑可信的救國方法。我們誠然曾發表過一種具體的主張，我們也直認不諱，在今日以前，曾為現在東江之粵軍効（效）力，但我們到今日，已從思想之變化與良心之督責，有了一種新覺悟，認識了一個可信的救國方法，也尋得一個可靠能率領我們去救國的領袖，因此，我們不怕以今日之我，與昨日之我挑戰，聯合社內社外幾位同志，發表這篇宣言，以為我們今後革命救國事業的開始。

這篇宣言更列舉六點轉變立場的意見：一、各自為政的聯省自治，不如國民黨的一個堅實不變的主張與計劃；二、肯定國民黨改組後的奮鬥精神，和中山先生大公無我、忠誠為國的人格；三、國民黨有能力導至真正民權政治的統一，把一切軍閥官僚廓清；四、認定三民主義能醫中國的痼病；五、希望陳烱明重新加入國民黨合作；六、相信國民黨的革命事業要經過許多困難，但會奮力以赴。這篇宣言表達深悔前為東江陳軍效力之非，力言非與國民黨合作不可，努力擁護三民主義，其改過遷善，不顧利害感情之真誠，滿溢於字裏行間，不能不令人心折。[32]

該報當日發表這篇宣言的時候，報頭的報名，將《香港新聞報》五字改為《中國新聞報》，由原來黑色改套紅色。事後，陳派師長黃強（莫京）稱這事件為「報變」，以後便沿用這個名詞，[33]

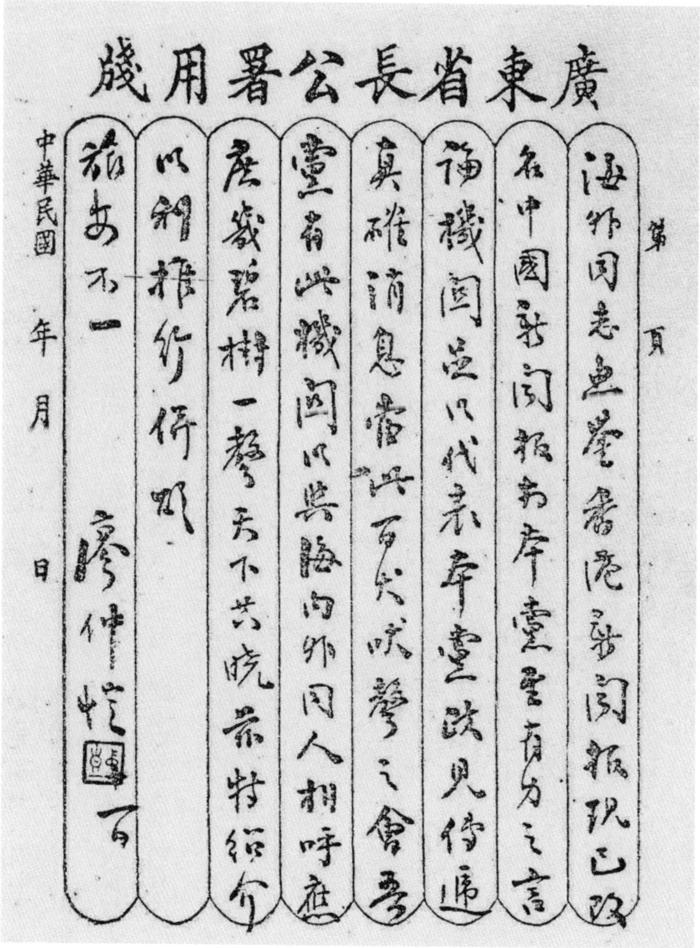

廣東省長公署用箋

第　頁

海外同志黃譽屬范新聞報現已改
名中國新聞報為本黨黨有力之言
論機關並以代表本黨政見傳遞
真確消息當與可大吹聲之會吾
黨有此機關以與海內外同人相呼應
屬戴碧耕一聲天下共曉茲特紹介
以利推行併明
旅安不一　廖仲愷　百

中華民國　年　月　日

△ 廖仲愷介紹函

是香港報業史上重要的一頁。〈宣言〉發表之後，很多黨國要人和各界人士及社團，如汪精衛、胡漢民、廖仲愷、孫科、陳其瑗、李章達、陳煊、潘士華、鄧演達、香港聯義社和香港中華海員工業聯合總會等，都有函電，讚許他們從善的精神和改過的勇氣。「報變」帶給國民黨很大的鼓舞，無怪乎廖仲愷來函說：「國民黨改組能有此種聲應氣求之感召，國事發達，庶幾有光矣。」而汪精衛更評價：「這次『報變』獲得成功，甚於十萬之師。」[34]此後，《香港新聞報》遂轉變為國民黨的機關報。

◉《請看香港中國新聞報》

約同年九月，該報報名也改為《中國新聞報》（*The China News*）。為推廣海外業務，該報出版了一本小冊子，名為《請看香港中國新聞報》，全書共二十六頁。其章節內容簡介如下：

〈國民黨諸先生介紹書〉介紹書共有八通，發信人包括國民黨中央執行委員會、胡漢民、汪精衛、廖仲愷、林森、陳樹人、鄧澤如/余和鴻/黃桓/林直勉四人合函和香港聯義社等，極力向海外華僑推薦《中國新聞報》，以切實傳播三民主義及政綱。介紹書全部以親筆函件製版刊出。

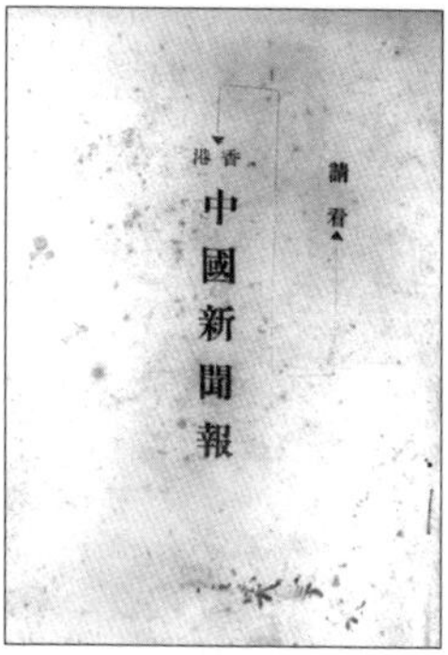

△《請看香港中國新聞報》

〈中國新聞報之十大特色〉該報廣聘專訪員二十餘人，務求新聞紀載詳盡快捷，每日出紙三大張，專訪新聞佔有一半篇幅。基本副刊欄目有〈小說世界〉、〈小品〉、〈工商之友〉、〈學藝〉；輪流發刊的有逢星期一的〈影戲號〉、〈家庭號〉則月出一次，不定期的有〈婦女專號〉、〈體育專號〉、〈汽車專號〉、〈教育專號〉；而遇各種節令或紀念日，都隨時出版特刊。凡外洋訂戶，會以快郵提前寄遞。中國、日本、及英屬各埠全年報費連郵費二十元，其他各埠二十四元。此段並附各副刊縮影樣版。

〈新聞報同人擁護國民黨宣言書〉及〈國民黨諸先生及各團體致新聞報同人書〉的內容，上面已有提及，不贅。

〈新聞報海外通訊部啟事〉為了利便海外各日報及各機構，快捷取得國內消息，該報特設海外通訊部，提供以下服務：

一、函遞新聞：由於南洋英荷各屬，取締外地報紙甚嚴，郵寄檢查費時，特將每日要聞剪封函寄，免受檢查。每月收費十至十二元。二、拍發專電：海外各報可委託拍發專電，每日要拍二十至五十字者費用每月三十元，五十至一百字者四十元。三、特約通訊：可代聘請特約通訊員，以取得國內有系統而詳晰的新聞。薪金每月約二十至五十元，視事務繁簡而定。四、代理省港各報：代辦訂閱省港各報，如遇該報停版，本部將剩餘之報費，另訂其他性質相若的報紙。

中山先生和他的黨內同志，歷年往海外各地宣揚革命思想，甚有成績。僑胞對於國民黨都有很大的期望。每當國內有需要時，出錢出力，奮力以赴。這次《中國新聞報》做出向僑胞業務的推廣，方法相當全面，又請黨內大老親函鼓吹介紹，可見該報對僑胞的重視。可惜該報不久在省港大罷工期間便停刊，未能彰顯推廣的功效。

◉「報變」以後

「報變」以後，《中國新聞報》政治立場十分堅定。對商團事件，不理港府意向，而據理力挺粵政府，其立論為社會認同，銷紙由千餘增至六千。盤踞廣州之軍閥楊希閔及劉振寰謀反，該報及早揭露，政府遂能以迅雷之勢，抑制之於未然。[35] 一九二五年上海發生「五卅慘案」，港府到處箝制新聞，嚇以嚴刑峻法。秋霖沒有理會，以顯著篇幅，報道五卅慘案及登載上海學生罷課、工人罷工、商人罷市的消息。更發表〈為「五卅」慘案告各界同胞書〉一文，激起民情鼎沸。原來這篇文章，是當時香港工團總會顧問林昌熾臨被港英強迫離境前，寫下的洋洋數千言的告別香港同胞書，內容歷述五卅慘案的暴行，痛陳港英歷來對華人的壓迫，血淚俱下，並將這篇文章散發開去。《中國新聞報》轉載此文章後，港英老羞成怒，藉口秋霖與林昌熾勾結煽動破壞治安，亦將其強令離境。[36] 港府當局頒佈告示，聲稱要嚴懲「滋事分子」。在一九二五年六月十二日，便查封《中國新聞報》，拘捕陳秋霖、楊大悟、劉魯際及報社其他人等。省港大罷工爆發後，港府恐懼，急忙釋放陳秋霖等作為緩衝。在六月十八日正式大罷工之日，又刊出罷工宣言，為港府所忌，結果六月十九日遭港府查封。[37]《中國新聞報》同人因黨派關係，相繼離港，該報此後便停刊了。

陳秋霖返廣州後，廖仲愷因他筆鋒銳利，長於政治評論，命他任國民黨廣東省黨部的機關報《民國日報》為主筆，支持中山先生的一系列主張，並發表署名文章，宣傳打倒軍閥、打倒帝國主義。中山先生逝世後，在廖仲愷領導下，利用該報繼續宣傳中山先生的新三民主義和聯俄、容共、扶助農工的三大政策。[38]秋霖又兼國民政府監察院委員為第五局長，掌密查、檢查科。又因為他有宣傳經驗，並兼任為國民黨黨立宣傳員養成所所長，省港大罷工期間，接辦罷工委員會的宣傳學校為校長。[39]一九二五年八月二十日，因公與國民政府委員廖仲愷同到中央黨部，突受國民黨右派狙擊，藥石無靈，年僅三十一，死後秋霖葬於廣州東郊。國民政府於同年八月二十三日發佈治喪令稱：

監察院監察員陳秋霖主持中國新聞報，發揚正義，不畏強御，屢遭摧折，激勵無前。國民政府成立，以其骨鯁風節，特畀以監察委員之職，方期激濁揚清，整飭吏治。……生平事蹟，由黨部及監察院共同搜集，宣付黨史，以旌讜直。[40]

其弟陳孚木返廣州後，被選為中央監察院委員，於陳銘樞執政時，曾位至交通部次長。黃居素亦數任中山縣縣長。古愛公獨淡名利，仍從事於新聞事業。

注釋：

① 林友蘭，《香港報業發展史》，台北：世界書局，一九七七，頁三八。

② 庖丁，〈香港報界史料〉（剪報，出處不詳）一九四二年八月二十三日，吳灞陵舊藏。

③ 張小紅，〈《中國共產黨創建史辭典》編纂記〉，載《上海革命史資料與研究》第六輯，二〇〇六，頁五二九。

④ 梁紹文，〈陳秋霖先生傳略〉載《國民新聞廖陳兩公殉國週年紀念特刊》，一九二六年八月二十日，頁一；又林友蘭，《香港報業發展史》，頁三七。

⑤ 梁紹文，〈陳秋霖先生傳略〉載《國民新聞廖陳兩公殉國週年紀念特刊》，一九二六年八月二十日，頁一。

⑥ 仲公，〈所謂革命嘉話〉（剪報，出處不詳）一九二三年七月一日，吳灞陵舊藏。

⑦ 在推動白話文使用方面，秋霖在《閩星》半週刊撰寫社論〈新文學運動與新文學的價值〉連載長文，陳炯明又以「陸安」為筆名寫下五首白話詩，他可算是最早開始寫白話詩的作者之一。見陳定炎、高宗魯，〈五四的閩南：模範小中國〉，載《海豐文史》第十四輯，頁二九至二一。

⑧ 呂芳上，〈尋求新的革命策略：國民黨廣州時期的發展（一九一七至一九二六）〉，載《中央研究院近代史研究所集刊》第二十二期/上冊，一九九三，頁三〇七至二〇八。

⑨ 陳定炎、高宗魯，〈五四的閩南：模範小中國〉，載《海豐文史》第十四輯，頁二九至三〇。

⑩ 譚天度，〈回憶《廣東群報》的創辦和廣東黨組織的誕生〉，載《廣東革命報刊研究》第一輯，一九八七，頁三。

⑪ 同⑩，頁二一。

⑫程慎元，《日本人筆下的中國人和事》，北京：中國國際廣播，一九九二，頁六六。

⑬〈廣州民國日報：當年廣州生活的化石〉，載「中國評論新聞網」www.chinareviews.com 二〇〇七年三月二十七日。

⑭曉葉・利拉，《中共叛逆沉浮錄》，海口：海南出版社，一九九三，頁一〇四。又吳少京主編，《親歷者憶：建黨風雲》，北京：中央文獻出版社，二〇〇一，頁一三三至一三四。

⑮廖蓋隆，《中國共產黨歷史大辭典：創立時期分冊》，頁二四七。

⑯《汕尾市人物研究史料：陳炯明與粵軍研究史料》（一），一九九三，頁二六；又聞君、倪高，《不可不知的一千個中國之最》，二〇〇八，頁二四七。

⑰石源華，《陳公博這個人》，上海：上海人民出版社，一九九七，頁五九。

⑱同⑰，頁五八。

⑲方漢奇主編，《中國新聞事業編年史》上冊，頁九一二。

⑳同⑥。

㉑〔陳〕荊鴻，〈報壇舊憶〉，載《星島日報》增刊第八版，一九五二年八月一日。

㉒吳灞陵，〈記香港新聞報〉（剪報，出處不詳）一九三二，吳灞陵舊藏。

㉓《彭湃傳》，一九八〇，頁三〇。

㉔莫世祥，〈香港報變考：陳炯明在港機關報倒戈始末〉，載陳明銶、饒美蛟主編，《嶺南近代史論：廣東與粵港關係一九〇〇至一九三八》，香港：商務，二〇一〇，頁一九三至一九四。

㉕庖丁，〈香港報界趣拾〉（剪報，出處不詳）一九四二年八月一日，吳灞陵舊藏；又同㉒。

㉖鄧兆蘭，〈我在省港大罷工和「四·一二」政變期間的一段經歷〉，載《肇慶文史》第六輯，一九九二，頁五三。

㉗同⑤，頁二。

㉘同⑥。

㉙丁身尊，〈陳炯明年譜（一九二二至一九三三）〉，載《廣東文史資料》第五八輯，一九八八，頁一九七至一九八。

㉚朱宗震編，《陳銘樞回憶錄》，北京：中國文史出版社，一九九七，頁二八至二九。

㉛鍾啟河，《孫大元帥東征暨國民革命軍東征紀事》，廣州：廣東人民出版社，二〇〇七，頁一四一至一四五。

㉜同㉛，頁一四五。

㉝同⑥。

㉞陳銘樞，〈神州國光社後半部史略〉，載《北海文史》第七輯，頁九八。

㉟同⑤，頁二。

㊱呂器，〈記在省港大罷工中的鄧中夏同志〉，載《廣東文史資料》第二十九輯，一九八〇，頁七〇；又王克歐，〈省港大罷工中的廣東學生運動〉，載《廣東文史資料存稿選編/第二卷/省港大罷工省港澳華僑史料》，二〇〇五，頁三八一。

㊲王賡武主編，《香港史新編》下編，香港：三聯，一九九七，頁五二六。

㊳尹韻公主編，《中國新聞界人物》，北京：中國人事出版社，二〇〇二，頁二八。

㊴蘇其德，〈宣傳學校和宣傳隊〉，載《廣東文史資料存稿選編/第二卷/省港大罷工省港澳華僑史料》，頁二八九。

㊵彭勃主編，《中華監察執紀執法大典》第二卷，頁八四五。

chapter

⑫ 陳復與香港現存最早共產黨報刊《香港小日報》（附：托派的《也是報》）

一九二七年春，北伐的國民革命軍佔領上海及南京後，蔣介石斷然決定剿共，於四月十二日下令在上海實行清黨，十五日清黨伸延至廣州，李濟深下令封閉左翼機構，拘捕並處決大批共產黨員，[1]廣東全省籠罩在白色恐怖中。在箝制言論自由方面，廣州當局加強對共產黨刊物的壟斷和檢查，禁令一切共產黨刊物出版發行。一九二七年八月二十日，中共廣東省委從廣州遷往香港正式成立，這期間，儘管共產黨組織已轉入秘密狀態活動，但仍然竭力加緊堅持進行創辦自己的報刊，如《省委通訊》、《紅旗》、《政治消息》、《針鋒》、《黨的生活》等。自一九二九年起，廣東省委加強黨內的教育和革命輿論的宣傳，編印出版的報刊明顯增加。[2]既然廣東省委創辦這些刊物是為了黨內的教育和宣傳，因此，很自然地亦設法在香港出版一份報章，以面對香港的群眾作為黨外的宣傳。

◉《香港小日報》在嚴峻環境下出版

省港大罷工（一九二五至一九二六）以後，香港政府最關心的是維持社會秩序，不希望香港人有過濃的政治社會意識，只希望他們做個謙謙恭恭、唯唯諾諾的順民。由於大罷工是由共產黨和國民黨左派主導，招致香港蒙受很大損害。當時港府在極端反共的港督金文泰領導下，與廣州的李濟深充分配合，以各種措施全力打壓迫害共產黨，故來港的共產黨員都是誠惶誠恐地過活，亦造成香港人對共產黨產生極端的恐懼感、不信任感，抱着避之則吉的態度，儘量減少和共產黨聯繫和交往。從一九二九年起，陳濟棠主粵期間，港府與粵當局合作無間，共同配合剿共。一九三〇年五月，新任港督貝路亦蕭規曹隨，繼續執行金文泰打壓迫害共產黨的政策。③

省港大罷工時，香港中文報紙所載關於英人的消息，措辭多有不滿，港府為了維持統治威信，故依據戒嚴條例檢查新聞，禁止有損港府或英人的文字在報上登載。到了省港大罷工後，華民政務司署文案組織檢查處，於一九二八年五月十五日，召見各報代表，表示稿件就算隻字都須檢查，方得登載。五月十七日報紙檢查處開始工作，「莊」「諧」兩部稿件，均須送往檢查。此後報紙檢查一直都嚴格執行，因此，很多報社犯禁較輕的，則稿件局部或大幅度被檢，禁止刊載；重的被罰停刊，而停刊時間長短亦因犯禁的程度而判處。《香港小日報》受港府壓迫、香港人不信任，加上嚴厲的報紙檢查措施，在這種嚴峻的環境下求存，確實令該報出版舉步維艱。至於該報出版的情況，據《聶榮臻回憶錄》記載：④

> 在香港……〔當聶榮臻〕擔任中共廣東省軍委書記、省委常委〔時〕……跟別的同志一起，辦了一個《香港小日報》，宣傳黨的主張。報紙的經理是葉季壯同志，對外聯絡打交道都是他出面。總編輯是周天洛，浙江人，外號叫「小鬍子」。這個人後來被捕變節……除葉季壯、周天洛以外，做具體工作的主要是陳復同志，報紙是公開發行的，為了避免引起敵人懷疑，報上的文章，內容盡量含蓄，以灰色面目出現，有的時候，在無關大局的問題上，還講幾句香港當局愛聽的話，但總的方面仍然是宣傳黨的方針政策，替工人、農民、勞苦群眾說話，批評時弊。

除了上面所引述聶榮臻的《回憶錄》外，葉文益在《廣東革命報刊史（一九一九至一九四九）》

一書內亦提及該報的工作人員：負責人為劉匯川（巨泉），主編周天僇，筆名「靈徹」，專寫社論。譚夏聲為副刊主編，李六如負責國際新聞版。其中主編「周天僇」與《回憶錄》的「周天洛」有異，不知哪個名字才是正確，但筆名「靈徹」應是「靈澈」之誤。葉書又提及該報「言詞激烈，語氣尖利，火藥味較濃」，[5]但在當時嚴峻的政治環境下，該報文字理應是含蓄和暗晦的。

◉ 陳復的身世和經歷

上文聶榮臻的《回憶錄》提及，在《香港小日報》做具體工作的主要是陳復。陳復（一九〇七年四月至一九三二年八月），又名志復、志文、守道。廣東番禺明經鄉人。父樹人，早在一九〇五年加入同盟會，是國民黨的元勳，歷任黨政要職。他是居廉的入室弟子，亦是嶺南畫派創始人三傑之一（其他二傑即「二高」的高劍父和高奇峰），他無心政界，始終保持學者、詩人、畫家的品質和風格。[6]陳復之母居若文，是居廉的侄孫女，知書識禮，思想開明。陳復自幼受家庭進步思想的薰陶，從小就立志救國救民。五歲入南武小學讀書，八歲隨父母東渡日本，就讀華僑小學，十一歲時，陳樹人夫婦奉派往加拿大從事革命活動，陳復即回國就讀海珠區南武中學。一九二二年，進入上海復旦中學後，開始閱讀馬列主義書籍，接受無產階級思想。一九二三年，參加工人運動，到黃包車工人群眾中進行宣傳。一九二五年，陳復在其父鼓勵下，與蔣經國、廖承志等人赴莫斯科孫中山大學深造，在學期間參加中國共產黨。陳復畢業回國後，在一九二九年四月，廣東省委成立了黨報委員會，指定由陳復和聶榮臻等七人組成，省委會還對這些成員進行了具體分工，其中陳復被派編輯供給黨內幹部的閱讀刊物《支部生活》（不定期刊），規定印刷的數額為三百五十份。⑦同年夏，陳復被派往香港主理《香港小日報》。陳復多方籌集經費，希望該報成為面向群眾、宣傳革命的有力陣地。一九三〇年初，中共中央南方局成立，陳復曾任秘書長。三月後，他化名陳志文被派到天津，跟隨聶榮臻、賀昌等一起到北方加強黨的領導。中共中央北方局成立後，陳復任秘書長。一九三一年初，北方局撤銷，他改任中共順直省委秘書長。五月，改任省委宣傳部部長。⑧陳復不久被捕入獄，備受酷刑，後經組織及家人營救獲釋，旋即派回廣東，擔任中共廣州市委宣傳部部長。一九三二年八月十日，在路上被國民黨特務綁架到市警察局，當晚即遭殺害，時年僅二十五歲。⑨

陳樹人接到陳復的噩耗，悲憤至極，作「哭子復」詩八首，玆錄其中一首可見其殤子之痛：「小樓從此名思復，不盡千秋父子心，果汝九泉心未了，好於魂夢再相尋。」其後將陳復遺骸葬在供其吟詩作畫、位於廣州江南隔山鄉劉王殿崗的「息園」，園內修築了「思復亭」，一九八六年重修思復亭，加建門樓，並由中共中央軍委副主席聶榮臻題書「陳復烈士之墓」石額。⑩

香港小日報

本報全年出版假期不停

Hong Kong Shiao J

紙第一號

人陳守道

街五十三號

毫外港洋份二仙　英屬及中國內地每月港幣一元弍毫　其餘各國每月弍元郵費在內

本日提要

湘攻桂軍已達龍虎關黃沙河

黃紹雄有被李宗仁逮捕訊

孟買柏林工人暴動

馮閻唐間的接洽

南京政府與日本更形親善

伍廷颺呂煥炎分得黃紹雄的地位

社論

全國軍閥大混戰

靈澈

北伐軍打到北京以後，中國內戰的源泉軍閥制度並未銷滅，青天白日旗下的各色軍人，大都統保持着他本來軍閥的面目。從北洋軍閥正統下蛻化出來的閻錫山、馮玉祥、張學良、陳調元等固然是十足的軍閥土貨，就是現在風雲機會，氣蓋一世的蔣中正，也正是道地的新派軍閥，雖然在外面上鍍着不少的煊耀人目的革命的黃金色彩。

因爲軍閥制度沒有根本在中國銷滅，所以走馬燈式的軍閥戰爭，永遠沒法在中國停止。寧漢戰爭剛了，蔣馮的風雲反急，寧漢戰爭的導火線是湖南的地盤，蔣馮風雲的來源是山東的接防。他們的本身是軍閥，所以關於他們本身發展的地盤權利的爭奪是絲毫不能放鬆，不管外交如何失敗，人民如何苦痛，他們寧願賣國殃民來爆發他們的軍閥戰爭。

現在新軍閥戰爭的第一幕寧漢戰爭，雖在武漢告一結束，但何健攻桂，李燊攻黔，劉湘楊森之川東混戰與雲南廣東之準備攻桂，是正接着寧漢戰爭而擴大的西南混戰。北方呢，因孫良誠之退出山東，更進一步促成蔣馮的肉搏，雖然現在蔣馮還在各闢其謠，然而事實不是一闢可以解决的。蔣之在津浦路佈防以及與閻錫山之勾結，馮之集中軍隊於河南以及與唐生智之信使往還，正是在戰爭之爆發前，一剎那的佈置與準備。如果北方戰事一經爆發，則奉天張學良亦入關，閻錫山唐生智更有可能捲入旋渦，北方的混戰局面，也與西南一樣的開演，或者西南的混戰局面將更因北方的混戰而更趨熱劇。

全國軍閥混戰的局面，是不久就要來到的，不管現在各派軍閥表面如何表示服從如何主張統一，如何宣佈和平。所謂服從統一和平，統是他們作戰準備的假面，這個假面他們自己會來揭穿的，人民請睜開眼睛吧！

何健對桂下總攻擊與湘軍之前進

（路透社四日長沙電）湘省府主席何健、已下令所部向桂舉行總攻擊、何即到衡州督師、並向國民黨中央報告桂軍前峰已陸續由桂北退桂林、

（上海專電）湘電、蔣令李抱冰旅與劉濟人團歸葉開鑫指揮、以劉團任武長路（即粵漢路北段）警戒、李旅堵截鄂西桂軍潰部、何昆陳光中部受命開往新甯爲討桂先遣軍、歸周斕指揮、到湘飛機漢口宜昌兩號、六日駛衡、范石生部集臨武、待命攻桂、劉建緒部向黃沙河推進、平樂方面桂軍、已向桂林[illegible]城

南京政府與日本

（上海專電）芳澤四日晨九時偕握內赴匯山碼頭乘上海丸歸國、芳澤此次歸國、將重訂新約事向本國政府請示、預計三星期後返滬、

（上海專電）日政府派犬養毅爲奉安正式代表赴京參加奉安典禮、定廿日來華、

（上海專電）芳澤返國後中日交涉案件及山東撤兵踏陵丸等未了各案、均由滬領重光負責繼續談判、日政府爲提高重光地位起見、特畀以大使館參贊一職、芳澤離華、彼有權代表一切、日領署舊部組織、因是將畧有更動、

搽即赴洛、

（北京專電）何其鞏令公安局告各界勿受奸人挑撥、謠言影響治安、否則嚴懲、

柏林工人暴動

（路透四日柏林電）某紐思倫報駐柏林通訊員麥其氏、當三晚發生暴動時、麥其氏不聽警察警告行經紐高林各街道、被流彈擊斃、該處至晨二時槍聲始停、五時交通方恢復、

馮部鬧諾與薛劉回寧

（北平專電）劉鎮華仍在醫院、語人云、所部奉令仍駐原防、鞏縣兵工廠機械移陝說不確、

（北平專電）丁春膏係照料母柩南下、並未離平、謠使不足信、

（北平專電）外報評孫良誠離魯、謂當此權利攘奪時期、苟有人能敝屣權位、亦足以勵來世、並証明駐軍多人、於地方無益、試觀孫撤兵後、秩序如恆、可知接收濟南、兵愈少愈好辦云、

（上海專電）薛篤弼劉驥五日午由津浦路到京、薛寓保泰街某宅、劉寓隴海督辦署、下午分謁蔣介石及各要人、報告一切、聞薛劉携有馮親筆函致蔣介石、

（北平來電）劉之龍代表來平、見商震及唐生智等談甚洽、商震等赴北長街劉宅答拜、劉謂薛篤弼決不日回京、鹿鐘麟稍緩亦返、對時局樂觀、本人明日返豫云、

孟買暴亂

孟買紡織廠最近發生大罷工、昨日路透電訊該處於五月五日夜間發生暴亂、死六人、傷者六十、政府軍隊二百名已派往紡織區內軍事要區鎮壓、路透又訊　昨日暴亂地區稍已較平靜、惟後來暴亂仍繼續發生、聞死亡已有九人、傷者一百另六、政府軍已由普安全到處、

列強否認使團會議撤廢治外法權

（北京專電）列強否認使團會議撤廢治外法權問題、但謂各使間私人關於此事之談話則爲事實、

阿富汗內戰

（路透四日柏紹阿電）阿富汗京庶加地方附近巴查沙高、土人以六千之衆、與三千餘沙無翠愚士人激戰四日、將其大敗、雙方均死傷重大、巴查士人用飛機助戰、一飛機墜地遇火焚燬、領袖那打間統大軍赴加士那、但因那部之基路西土人變叛、故進兵畧被影響、前皇阿孟烏拉、前鋒部隊已在基路西至加剌非間被巴查沙高士人大敗、

字林西報被郵拒遞

（上海來電）滬郵局自四月起、拒絕字林西報寄遞、

南京政府免黃紹雄職

（南京特約無線電）四日國府令、（一）廣西省政府委員兼主席黃紹雄、着來京另有任用、以伍廷颺兼任主席職、（二）廣西各部隊編遣特派員黃紹雄免職、另候任用、以呂煥炎繼任

蔣介石有赴北平說

（路透電）蔣介石有將赴北平參加奉安大典說、

英皇子在東京酬酢

（路透電）英皇子連日在東京應酬甚忙、皇子所乘之修復艦全體艦員、備受日人士招待、鐵路部已發出免票、俾英水兵得隨處游覽、至五月九日止、四日晚該艦軍樂巡行東京各處繁盛街道、赴公園與日海軍軍樂共同舉行露天音樂會、英皇子四日晨冒雨、赴帝國大學參觀、由全體員生歡迎、皇子代表英京日人協會、遞送沙士比亞獎章與大學畢學、該獎章規定贈給致取關于英文學論文之前茅學生者、又同日赴海軍部午餐、（四日發于東京）

二萬五千餘磅的大竊案

（路透四日英京電）歐洲發生巨大失竊案一宗、事緣有鑽石一箱、值銀二萬五千餘磅、由非洲羅郵寄馬克地方寄往盎凡爾斯（比海岸）寄到目的地後、發覺包裹裏全爲無用石子、始知被竊疑爲一巨大國際賊黨所爲、歐洲警察現正與南非警察局協同查究此案、

最早披露陳復在香港《香港小日報》主理該報事務的，是一九三二年時的麥思源。[11]其後聶榮臻在一九八三至一九八四年出版的回憶錄中，亦曾提及陳復和《香港小日報》的關係。此後，國內絕大多數工具書如人物辭典或期刊論文，說及陳復在香港任職的是《工人日報》副社長。因此，筆者翻查手頭資料，香港在這時期並未出版過一份《工人日報》。從現存兩份的《香港小日報》來看，督印人不是陳復，而是以陳守道為名，麥思源寫這些資料時，和《香港小日報》的出版相距不過是三兩年的時間，因此，麥氏所記的當然較為真確；聶榮臻和陳復是很親近的戰友，聶氏所提供的亦相較可信。假如肯定麥思源和聶榮臻的說法，陳復是《香港小日報》的主理人，可能當時他不想用真名，而以假名「陳守道」作為掩護，所以麥思源更說陳復在一九二九年「隱居香港」，[12]可見陳復在香港，是很低調地利用假名以隱瞞其身份去辦報的。

◉《香港小日報》創刊

根據李家園在他的《香港報業雜談》一書內所述：從他的友人聽來，在一九二七至一九二九年間，有一份《赤報》小報出版，因為是宣傳共產主義的，出版一期，便被封閉了。[13]除了這段資料外，筆者再找不着有關《赤報》更進一步的資料。現所介紹的《香港小日報》，可算是現存最

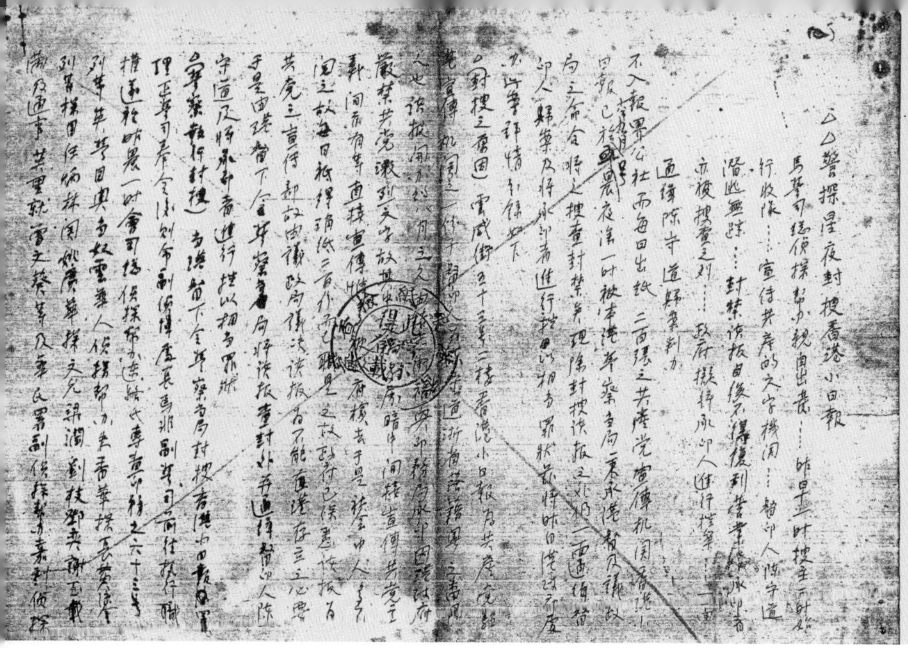

△ 吳灞陵報道《香港小日報》封搜手稿

早的一份香港共產黨日報。

《香港小日報》（*Hong Kong Shiao Jih Pao*）在民國十八年（一九二九）五月六日創刊，社址在雲咸街五十三號二樓（即域多利獄吏宿舍對面），該報版面屬小報形式，每天出版一小張，共四版。報費每月五毫，零沽每份二仙；英屬及中國內地每月港幣一元二毫；其餘各國每月港幣二元，郵費在內。但因該報銷情欠佳，兩個月後，七月二十九日的報費已減收為每月三毫，零沽每份一仙；英屬及中國內地每月港幣一元；其餘各國每月港幣一元六毫，郵費在內。現存該報只得兩份：五月六日的創刊號和七月二十九日的第八十四號。第八十四號的報頭在報名之後加有「早刊」字樣。此外，另有該報一九三〇年六月十六日出版的特刊《香港小日報彙刊》第一集。

《香港小日報》創刊時，因儘量保持低調，其他報紙創刊時一般例有的發刊詞，該報都減去。至於該報出版的特色，可以從該報的數項廣告中略知大概：「一、內容精彩。消息靈通。二、議論準確。主張中正。三、印刷美觀。閱讀方便。四、終年出版。假期不停。五、收費低廉。每份二仙。」⑭根據當時政治環境，港人受港英政府壓制共產黨的影響，一般都對共產黨沒有好感，因此，該報銷售困難，行銷不廣。⑮

◉《香港小日報》第一次被港府封禁

該報曾於一九二九年九月五日凌晨一時，被香港政府當局封禁停刊。從吳灞陵所藏的香港報業史料裏，發現了一份極其珍貴，披露該報這次被封禁的資料。這是一份新聞手稿，從筆跡看來，很可能是吳灞陵所撰，被香港報紙檢查處禁止刊載而退回來的。稿件共二頁，每頁都劃上一個大交叉，在交叉中間有一橢圓形蓋章，圍着這個蓋章圓邊有「香港報紙檢查處」的字樣，

△《香港小日報彙刊》第一集

中間有「此稿不得登載」數字。這篇稿件的標題是〈警探星夜封搜香港小日報〉，附有簡明提要在前，使讀者在最短時間知道整個事件的大概：

> 馬警司總偵探幫辦親自出發……昨早一時搜至三時始行收隊……宣傳共黨的文字機關……督印人陳守道潛逃無踪……封禁該報自後不得復刊營業……承印者亦被搜查之列……政府擬將承印人進行控案……一面通緝陳守道歸案判辦。

提要之後是這份新聞稿的正文，分為以下數段：〈封搜之原因〉、〈警察執行封搜〉、〈搜查香港小日報之情形〉、〈搜查承印者之情形〉和〈封報停刊及控承印人〉。其中以第一段〈封搜之原因〉對了解這個事件比較重要，現轉錄如下：

> ……香港小日報為共產黨宣傳機關之一份子，督印人為

陳守道，浙省落藉〔籍〕粵之番禺人，該報開辦約八月〔按：當為「四月」之誤〕之久，由結志街福興印務局承印，因港政府嚴禁共黨激烈文字，故其中□〔按：此字難辨〕稿多屬暗中間接宣傳共黨主義，間亦有直接宣傳，惟多被港府檢去，于是社會中人多不閱之，故每日祇得消〔銷〕紙二百份而已。職是之故，政府已深悉該報為共黨之宣傳部〔似為「報」字之誤〕，故由議政局議決該報為不能在港存立之必要。于是由港督下令警察當局將該報查封外，并通緝督印人陳守道，及將承印者進行控以相當罪狀。

警察當局在一九二九年九月五日晨夜深一時，採取查封該報行動，英副偵緝處長及英總偵探幫辦、英警目、華人偵探幫辦朱香、華探長黃鎏及其他華探及通事、華民署探長及探員等數十人會同在中央總偵探部集合，分兩隊一齊出發：第一隊由英副偵緝處長率領總部華探及通事，往雲咸街該報社封搜；第二隊由英總偵探幫辦率領華民署偵探及通事，前往結志街該報承印者福興印務館搜查。香港報紙檢查處隸屬華民署，所以華民署偵探亦參與這次行動。

第一隊警探到達該報編輯部時，該部員工仍在工作間，各警探如臨大敵，先在門前把守，然後一擁而上，禁止各人走動，再解說政府命令到搜原因，但部中多屬外省人，不明粵語，於是由通事筆述來意，然後將編輯部文件逐一搜閱。二樓尾座為編輯部，前座作為住所，各伴之衣箱細軟，無一不被搜查。經過兩小時後，將全部八名員工押回警署，所有文件、傢私、什物一律解署發落，現場仍派華探看守。第二隊警探到達印務館後，立即禁停印刷《香港小日報》，搜查亦達兩小時，並將有關文件、書報一律解署查辦。而督印人陳氏因母病，已攜眷回鄉省親，故港府只得下令通緝陳氏歸案。

◉《香港小日報》第二次被港府封禁

該報第一次被香港政府當局封禁停刊，可能被罰停刊為時兩星期，該報從九月十九日起復刊，於十月一日起擴充版面為一大張。該報封禁時督印人已經離港，復刊時的督印人不知是誰，但到了一九三〇年六月二十六日再度封禁時，督印人是劉匯川，所以復刊之初的督印人很有可能是劉氏了。承印該報者亦轉為威信印務局。該報為紀念出版一週年，本定於一九三〇年五月底出版特刊，但據稱因事忙人手少，所以遲至六月中才能出版。

該報的一週年紀念刊《香港小日報彙刊》第一集出版後為時僅十天，於一九三〇年六月二十六日再度被香港政府封禁。當時，港英當局以該報在紀念「五一」勞動節時用了紅字為藉口，突然搜查該報社，抓捕其工作人員，並下令禁止出版，抵押金三萬元全被沒收。⑯這次封禁行動同首次大致相同，行動時間改為下午三時半。中西警探分為兩大隊，分別往雲咸街該報社，和威靈頓街六十號樓下的威信印務局搜查。到達報社時，先將樓下報社的招牌除下，即門前的蛋形招牌電燈及信箱；樓上所有紙張、文件、雜誌、電版等都逐一細查，其後將所有物件沒收，即該報「一張紙、一條草、一件傢私」都押往總偵探部，這次封搜歷時三小時，甚為徹底。帶了兩人回署問話，其餘五人留下由華探在場看守。至於在威信印務局搜查，歷時半小時，目的在檢查該報的稿件、紙張及電版等物，沒有拘押任何人等。

根據一九三〇年七月二十一日《工商日報》刊載，當時被查封者，在場有督印人劉匯川、編輯何墨、黃忠及報社其他工作人員共七人。警方將督印人及其中一名編輯押扣在總偵探部，作四十八小時問話，及後奉政府命令，不准兩人保釋，其他工作人員先行自由出境，被扣留兩人分別聘請高露雲律師樓及孖士打律師樓入稟政府申訴，及至七月十九日，警方將兩人解往華民政務司署，由第四華民政務司毡尼士審查完畢，將案件呈報港督，候令將兩人遞解出境。

從《香港小日報》封禁的事件來看，華民政務司署管制報紙言論的權力相當大，從每天報紙的檢查、搜查報館的行動、以至判令報紙停刊和遞解當事人出境，該署都擔當着一個很重要的角色。執法和司法都集於一身，當然兩者的行動和方向都是一致的，至於報館所聘請的著名律師樓為他們申辯，亦是徒勞無功。第二次封禁後，該報再沒有復刊。

◉《香港小日報》出版物的內容

在談及《香港小日報》出版物的內容前，因該報的內容絕大部分都和中國當時的政治情況有關，尤其是更為大力揭露和抨擊禍國殃民、橫行無忌的軍閥罪行，就此簡略介紹當時各地各派軍閥擾攘的局面：一九二八年七月，國民黨經過北伐後，雖然表面上統一了中國，但黨內不滿蔣介石的人不少，其中較有勢力的以汪精衛、陳公博為首，標榜「恢復一九二四年國民黨改組精神」的國民黨左派，又被稱為改組派。一九二九年初，蔣介石以戰爭結束，節省開支搞建設為理由，壓迫各派裁減軍隊，但軍隊是軍閥的命根子，誰也不願減，所以這次成效不大。其後蔣氏又在國民黨第三次全國大會上追認軍隊編遣程序大綱，明定為國民政府的整軍綱領。蔣介石的這些措施，進一步激發了和各派的矛盾，使各軍閥之間產生一系列的分裂和戰爭。各派軍閥在外國勢力分別扶持下，展開了大混戰。蔣介石主要的內部戰爭有：一九二九年與廣西軍閥李宗仁、白崇禧；一九二九年八月與馮玉祥、閻錫山；一九三〇年四月與馮、閻再度開戰。由一九二八至一九三〇年之間，因開戰而被殺戮的士兵及平民達五十萬人以上，人民的生命財產，遭遇空前浩劫。除了軍閥互相征戰外，從一九二七年四月十二日起，蔣介石在上海施行清黨反共，工會、農會被解散，工人的罷工和遊行示威被取締，國民黨大量逮捕和屠殺共產黨人。

在地方政府層面上，李濟深亦於一九二七年四月在廣州大舉進行剿共：很多共產黨機關屬會均遭破壞；有關連的工人、農民、學生、幹部和黨員均遭嚴刑毒打、屠殺和活埋，共達二千一百餘人。結果，眾多共產黨員紛紛逃往香港，連共產黨廣東省委會都遷移來港。

《香港小日報》初出版時，儘量保持低調。創刊號沒有刊登發刊詞、編者的話、邀請名人題詞、或闡明該報辦報的立場。該報認為沒有聲明自己立場的必要，讀者只要用心從他們發表的社論和時評來觀察，就可以知道答案。因地理環境關係，該報對兩廣的新聞報道比較詳細，相對刊登香港的報道，就比較疏落。

該報一九二九年五月六日的創刊號頭版，刊有署名靈澈寫的社論〈全國軍閥大混戰〉，第二版刊有駐滬記者新綠的連續長篇特稿〈蔣馮對抗的形勢〉，其他的新聞有關各地軍閥、中日關係動態、內地官僚的腐敗、鐵路工人受壓等；國外新聞有孟買、柏林工人暴動、歐洲大竊案和英皇子在東京酬酢；有關經濟的有全國釐金調查和美國的煤業。香港新聞有兩宗：九廣車輾斃一婦人，和省港輪船營業冷淡。該報一九二九年七月二十九日第八十四號的頭版有靈澈的〈中外大事一週〉，評論日本要單獨調停東鐵事件、西北軍與蔣介石、和非戰公約發生實效。其他國內新聞有關各地的軍閥、官僚、工人、治安、天災和四省合剿（朱）（毛）的近況，另有報道日本對滿洲的經濟侵略。香港新聞則刊載了供水的措施。第四版上半版是〈讀者之園地〉，刊有小時評、新詩和小說等，下半版是廣告。從上面兩日的報紙來看，版面的國內和國外新聞不分類編排，讀起來頗有凌亂的感覺。

◉《香港小日報彙刊》第一集

《香港小日報彙刊》第一集是該報一週年特刊，在一九三〇年六月十六日出版，由該報編輯及發行，承印人是威信印務局，在香港、南洋各書店均有發售，每冊一元。全冊共二百一十六頁，版面是普通雜誌的大小。這本《彙刊》的圖片共有二十二頁，現存的這一冊缺圖片第九至十頁，圖片包括有馬克斯及蘇聯軍政界人物十幀、巴勒斯坦阿拉伯人暴動、共產國際之十週紀念、蘇聯之武裝工人隊、列強的新軍備、各國工人反抗行動、死刑之慘狀、三八國際婦女節；有關中國的包括有共黨在廣州暴動後被殺情景、因軍閥混戰及天災引致難民流離失所之情景等，可惜圖片質素甚差，無甚可觀。除了這二十二頁圖片外，另有很多圖片、單幅或四幅一組的漫畫穿插在書內，使得全書看來比較活潑。

這冊《彙刊》首先講到出版的原因：第一，用以檢閱過去的奮鬥，為今後努力的借鏡；第二，用以紀念這個小報的多苦多難的一週年的生日！跟着便是〈我們的一年〉和〈週年紀念告讀者〉兩篇小文，略述該報出版的困難，及以後會努力搏鬥下去。又刊登兩封讀者來件，祝賀週年及鼓勵繼續奮鬥。《彙刊》以文體類別分為五篇：第一篇是論文；第二篇是詩歌、戲劇、雜俎；第三篇是小說；第四篇是特別紀載；第五篇是時事彙誌，約四萬字，可惜整篇全文被檢，無從知道該篇內容。

第一篇的論文分為以下四個部分：

一、反軍閥混戰：這部分的論文共十四篇，其中刊載以靈澈為筆名的論文最多。文章長短不一，普遍佔一兩頁紙，但亦有如〈再論倒蔣與軍閥混戰〉長至十三頁，絕大部分文章都曾在該報刊登，每篇論文尾後附以月日表明原刊日期。《彙刊》在論文這部分首先開宗明義地闡明該報的立場：

……我們一貫的主張，不僅是反對一派一系的軍閥戰爭，而是無條件的反對一切軍閥的戰爭，同時並鄭重指示民眾只有澈〔徹〕底銷〔消〕滅軍閥制度才能永遠避免軍閥戰爭。我們不僅是反對國民黨中之任何一系任何一派，而是根本指出整個的國民黨為我們民眾公〔共〕同之敵人，只有以民眾自身的力量，打倒國民黨的反民主的統治，才能建設真正大多數民眾平等自由的國家。

這部分論文大致論及列強的帝國主義在中國市場與勢力劃分的矛盾，構成軍閥混戰最大的動力，及論述軍閥之間的複雜而矛盾的關係，以致互相爭權利，奪地盤。他們之間的衝突大混戰所帶來種種對民眾的災害：譬如屠殺無辜、侵佔賑款、苛捐什稅、拉伕封船、停止兌現、派餉勒捐、徵發糧食、姦淫擄掠、強佔民房、強使軍用票等。

二、反國民黨及改組派：這部分的論文共有十七篇，仍是以靈澈的著作為主，文章論及國民黨是集軍閥、官僚、政客、流氓、土豪、劣紳為一體的集團：剝削屠殺民眾；爭奪權利地盤；執行鴉片公賣；實行十年訓政等。其他論題包括孫中山的民權主義、裁釐加稅、北平人力車夫潮及汪精衛領導的改組派等。

三、國民經濟：這部分的論文共有七篇，主要內容是有關經濟民生的問題，包括廣東人民貧窮、中國工業、匪患、災荒、雜稅等論題。

四、蘇聯及其他：這部分的論文共有三篇，其他特載的是新聞稿或譯文共十一篇，內容以蘇聯為主的包括蘇維埃聯邦之第五屆大會、蘇聯與東鐵、蘇聯現狀、華僑在蘇聯、蘇聯經濟、農業、工業文化；有四篇關於日本的外交、在瀋陽的騷擾及對滿洲的野心；有關其他地區的有法國報紙和意大利農民。有關中國的只有一篇報道全上海工廠代表大會的情況。

第二篇是包括詩歌、戲劇、雜俎三部分：這部分有詩歌三十一首、戲劇三齣、雜俎十一篇。這裏以文學作品的不同體裁，以普羅大眾的立場，抒發對中國政局的不滿，尤其是軍閥的禍國殃民，使勞苦大眾民不聊生。這些作品大多是讀者的投稿，體裁除了白話詩外，還有對聯、散文和歌謠等作品。戲劇作品的內容多取材於新聞改編，亦是針砭時弊而成的。

第三篇是小說，共收七篇，著者有寒劍、火山和鋒若披，其中寒劍寫的佔四篇，這些作品內容寫及了工人、學徒和被欺壓的窮苦大眾等。

第四篇的特別紀載包括〈論採訪與發行〉、〈俄國革命前的革命報紙〉、〈工農通信員運動的根本問題〉、〈蘇聯工農通信員運動〉和〈上海普羅（無產階級）詩社正式成立〉。

◉《香港小日報》對中國共產黨的報道

現存的兩份《香港小日報》甚少報道有關中國共產黨的新聞，在現存的資料中，筆者僅在一九二九年七月二十九日該報中看到有關紅軍的〈四省會剿中之朱毛近訊〉一文，看起來這個報道遣詞用字都不是站在中國共產黨的立場作正面報道紅軍的近況，可能這就是用迂迴隱晦手法去報道：

> 在四省聯合勦朱毛空氣中，朱毛漸引起社會注目，現查朱德毛澤東部隊，自稱紅軍第四軍，朱為軍長，毛為黨代表兼政治部主任，現計有四個縱隊……共數千人，為朱毛之基本隊伍，此外另有赤衛隊四個，則為農民附和而組成者。現傳如國民黨當局發動中俄戰事，則朱毛又在粵贛湘閩四省，積極活動，實行其第二次破壞之手段，以牽制四省之兵力，使不得開赴遠東，加入作戰，一方面擴大宣傳，多印文字，暗中輸入內地，鼓吹階級鬥爭，

△ 聶榮臻

鼓動民眾暴動，以為己助，一方在四省界邊，廣募散軍，即徒手者每名先給月餉二十元，有槍者另給以相當之槍價，聞應募者之散兵頗多，因此次桂系失敗，逃亡甚眾，窮無所歸，輒投身紅軍以圖出路也，朱毛紅軍，號稱有四師之眾，然實則一共不過萬餘人，槍械子彈，殊形缺乏，惟窮兩年之光陰，數省之兵力，國民黨當局尚未能銷滅之，且于此次軍閥混戰中，朱毛竟據閩南多縣，現中鐵糾紛發生，國民黨當局已有進攻蘇聯之決心，粵省軍隊，有將來總須編入對俄預備軍，準備隨時出發，故尤其認為倘非先將朱毛撲滅，恐為肘腋之患……

在《彙刊》論文部分有一篇由靈澈執筆的〈軍閥制度之崩潰〉一文中，就似乎比較喪失中國共產黨的立場，定性毛澤東亦是軍閥的一派：

國民黨軍閥制度的堅固堡壘——蔣、桂、馮、閻、張，沒有一派可以逃出民眾勢力制裁的命運，桂固已在民眾面前由崩潰以至於死亡，就是蔣馮閻張以及如毛之中小軍閥亦何能逃出桂系之結局！……（六月三日）

◉《香港小日報》有否完成宣傳共產黨主張的目標？

根據聶榮臻說辦該報的目的，是為宣傳共產黨的主張，但從以上所介紹現存僅有的兩份日報和《彙刊》中，就覺察不到有半點宣傳共產黨的意味，既沒有宣揚共產黨主義，亦絕少提到「共產黨」這個字眼，可能在港府嚴厲的新聞檢查措施之下，不得不以隱晦曲折的方法，去宣傳共產黨的方針政策。但在批評國內的政治局面，卻大力鞭撻軍閥、官僚的禍國殃民，再替工人、農民、勞苦群眾道出因軍閥而令其過着淒慘的生活。該報的種種論證說明有打倒國民黨和所有軍閥的必要，而工農窮苦民眾是革命運動的主力。該報不明言中國共產黨可以領導改善現況，而多方面強調蘇聯並沒有和任何軍閥有關係，又介紹蘇聯十月革命後各方面的進步情況，曲折肯定共產主義，而達至使人認同中國共產黨。該報的宣傳有否成效，因缺乏數據，未能確定。但每日銷紙只是三百份，推測該報的宣傳難有成效。

◉ 托派的《也是報》

由共產黨分衍出來的托洛斯基派創辦的《也是報》，比《香港小日報》更早於香港出版，亦是托洛斯基派在香港最早出版的一份刊物。原來一九二七年國民黨清共，共產黨失敗，第三國際以陳獨秀執行職務不力，將其總秘書職務開除。其時共產黨內部分裂為二：一為史太林派，又名幹部派；二為托洛斯基派（簡稱托派），又名反幹部派。幹部派的首領史太林，認為從當時的政治形勢來看，外國的資本主義一時還不易推翻。一方面蘇俄的富農階級依然佔有很重要的經濟地位，政府對之不得不採取緩和態度，並且欲消滅國內小資產階級，只有吸收外資的辦法。從反對派的托洛斯基等人看來，這都是反革命的理論。他們批評史太林這種主張，無異使蘇俄漸次恢復資本主義。至於托洛斯基對中國的觀察，認為中國的資本主義經濟，已進據了統制的地位，同時無產階級也形成了龐大的勢力，所以主張在中國實行無產階級專政，開始不斷革命。

陳獨秀師承了托洛斯基的理論與主張，從事所謂以無產階級專政開始的不斷革命，與幹部派的中國共產黨朱德、毛澤東等相對立。陳獨秀糾集一班托派的同道者，有彭述之、王子平、宋逢春等人，在上海組織中國共產黨左派反對派團體，又在北京、天津、廣州、香港等處，組織支部，分頭活動，但因限於缺乏經費，黨員較少，勢力也很薄弱，無法擴展。陳獨秀所領導的這

（第二期）

督印　林同春

報價	
本埠每月	二角
外埠每月	三角
零售每份	二仙

每期廣告例	
全面（後幅）	四十元
半面	二十一元
四分一	十二元
八分一	五元半

總發行所
香港干諾道中
六十八號

大題小做

吳稚暉，胡適等名流也者又從火烟棚裏爬出來了。　牛拉

吳老師素來是無所謂的東西，因爲他發過『三不』的誓：「不做官」「不要錢」還「不坐車」。他不做官，他只坐在火烟棚裏罵人。坐在火烟棚裏，自然看見社會一切都是烏煙瘴氣；於是乎悲天憫人，專揀着大人物來罵，罵他們是惡虫，遺毒社會。識趣的大人，曉得他也是虫，不當他叛黨逆緝，而給他一官半祿，他就會轉過滑面罵到下民，。如若有人說他將『滅絕』，他反了「誓」的時候，他便更罵得厲害，一天下人都要給他罵到體無完膚。他說人們寃枉了他，他是不出來做官的。出來是因政府或某要人要他出來。啊！原來是要人要他做官的？！若說到錢的事，他就有預備好的腹稿，一五一十和你算帳，算得清清白白；某某要人送他多少錢，某時某日的夫馬費多少，一文也沒有非分得來的。啊！原來他不要錢，錢是人家送給他的坐車呢，這不是事實；聽說他只說不坐人力車，因爲這是不人道的事。啊！吳先生的人道主義是要坐汽車。可惜公司沒有請他當買辦，不然吳老先生的人道主義，早旣實現了。

吳老師是最精弄這手把戲的；他不做官便罵官；做着官時便罵下民。他這罵官求官的藝術，因爲他是大君子嗎

到底該亡的中國（不，現在革命成功，全國統一，訓政施行，正彊盛哉。）小人多君子少，像吳稚暉的大君子更少，小人作起惡來，君子就會無能，所以吳老師坐在火烟棚裏作「悲天憫人」的罵人的時間多長了。民十三年反孫中山做了一回委員，給非君子的人笑他做官。叛黨。那里是官，只是領薪水的委員。所以吳老師就開口罵下民，連孫中山黨徒也給罵了。（他是否中山黨徒不明。）胡適這于「假流」的東西，也做了善後委員，人家笑他是三變（不談政治，而談政治，至管政治。）的胡孫。胡適的頭皮硬，直叫起要管政治了，人家就默然。因爲他沒有吳老師的罵人本領，到底是小君子。不然，他也可像吳老師一樣，做起官來就罵到下民去，仍不失爲君子。這樣胡適的官運就差一點了；南京政府成立時吳稚暉做過要人，全中國——不，全世界的下民都給他罵得粉碎，還有許多君子，小君子，非君子……也給他罵到啞口。而胡適却沒有出聲的機會，何況做要人，更何敢罵人。

吳稚暉大概嘴巴罵倦了，不久就下了要人的台，仍然回到火烟棚老巢里去了。火烟棚裏的生活，着實難過。在烟棚上觀風色也看不清楚徹底，免不得又要罵官。你看他新元旦在江蘇省教育會演講的「政治哲學，」不顧新年要說「好話」，竟敢在革命成功，訓政實施的時候，大發其「政治是始終黑漆一團」的屁理論（無濟的）。罵遍了要人，連孫總理主義。這又是他的把戲，他的官位從這里罵出來了。

教育總長蔣夢麟要統一全國語言，實行全國注重『國語，』聘任吳稚暉胡適………等做國語統一籌備會委員。如是吳稚暉又要從火烟棚裏爬出來了。胡適原在字紙箜底藏身許久，這回給總長拖出來，又來做委員，官運——不，委員運亨通了。况這一次是籌備不是善後，薪水大約可以多領一點吧。可憐下民就要遭難；雖然胡適不喜罵，只顧領薪水。吳老師有本領的就會由「政治的黑漆一團」轉過滑由「政治光明」直罵到下民來了。唉！可憐我下民！

「愛神不死」一主演員茉梨

蔡元培說謊（？）

掃一寄自上海

革命成功，訓政開始，國府委員們，認眞起勁的講求建設起來了。你看，王部長好好的辦理外交，宋部長好好的整理外債，孫部長好好的規劃鐵路，……誰說不是努力建設！誰說國家沒有人材！不知怎的，蔡老先生又鬧起脾氣來了。在國府紀念週政治報告中，又大發其監察院長雄威，大罵道：『目前全國人材，大感缺乏，賢志之士，遯居海濱，而竹頭木屑，得露篇中；非設使眞材畢出，難與圖成。』喂！蔡院長，你自己是否竹頭木屑，我可不管，難道濟濟一堂的國府委員們，都不是國家的棟樑嗎？且說國民政府由美國聘來的建設顧問華特爾博士，一年十五萬元，兩年三十萬元，以月計則月一萬二千五百元，薪俸高出國府委員不知幾倍了。這位高而且貴的博士，總算得是國民政府唯一無二的棟樑罷！如果你硬說他是「竹頭木屑」我說你簡直說謊！

有人說我小孩子，不識趣，「遯居海濱」這句話是指汪精衛和一班在野的中央委員的。他要想他們再出馬，所以用吊膀子的法去吊他們回來。　我說這人更是老懵懂，汪精衛早已被蔡老先生罵得體無完膚，當爲危險物了，怎得忽然又要他回來？識趣就應該知道蔡老先生之大罵特罵，是因爲京老官僚混入國民政府的，一天多似一天，再弄下就不成個「傢伙」了。所以他要整戴傾回的腰骨，教他嚴格考試，認眞考取才能，來做國家的棟柱罷了。不然的話，他不但說謊，而且是反骨！

一派黨員，年來只是潛藏在都市地方，暗中宣傳，而沒有朱、毛等公開武裝活動的力量。[17]在香港，《也是報》是當年托派所辦理的一種宣傳刊物。

《也是報》（*Yes*）於一九二九年二月十九日創刊，為三日刊，逢星期二、五出版，總發行所在干諾道中六十八號。本埠報費每月二角；外埠三角，零售每份二仙。該報為小型報，每期出版一小張，共四版。督印為林回春。出版數期，便告中斷。[18]香港大學孔安道紀念圖書館現存該報第一至二期。創刊號有編者的〈寫在前頭的話〉，這算是發刊詞，該報「既然是小報，因此甚麼都要小的，……裏面『大題』也要當『小題』做；小說原來是小了，還要『小小說』；『蜜蜂』的刺是夠小沒有了，而還要『小蜜蜂』」，以上所舉是專欄的名稱。該報沒有明言辦報的方向，只是說讓讀者看該報以後的表現。

如普通小報的編排，該報首兩期第一版有明星的照片，如李海和榮梨的。該報的專欄有：「大題小做」諷刺吳稺暉為官和為人之道，亦諷刺蔡元培之有感於國無良材，只得竹頭木屑之說；「小鹽倉」所登載的是略帶黃色而乏味的笑話；「博士小試」是有獎問答；「小小說」刊載高爾基著，斯蒙譯的連載〈她的愛人〉（兩期完）；「小蜜蜂」的短文有挖苦鄉下人遊省城，牧師之進餐祈禱及以新聞時事諷刺當時政治、社會的實況；「小書攤」短文有影評、笑談、中西名言和民間情歌。該報是小報，又是三日刊，因此，篇幅顯得很寶貴，只能登載約五百字的短文。該報曾收到過字數太多的長篇創作小說及譯作多件，有意將這些文稿讓予其他報館或雜誌社。[19]除了香港的來稿，亦有從北平、上海和廣州寄來的。

《也是報》只是在香港出版了數期便停刊，對當時香港的大眾讀者，影響極其有限，不過亦是托派早期在香港活動的一個標記罷。

注釋：

① 蔡榮芳，《香港人之香港史 一八四一至一九四五》，香港：牛津，二〇〇一，頁一六〇。

② 葉文益，《廣東革命報刊史 一九一九至一九四九》，二〇〇一，頁一五八至一五九。

③ 同①，頁一六二至一六三。

④《聶榮臻回憶錄》，北京：解放軍出版社，一九八三至一九八四，頁九三。

⑤ 同②，頁一六一。

⑥ 陳澤泓，《廣州覓勝》，廣州：廣州出版社，二〇〇七，頁三四八。

⑦ 同②，頁一六〇。

⑧廖蓋隆主編，《中國共產黨歷史大辭典總論．人物》增訂本，北京：中共中央黨校出版社，二〇〇一，頁三二九。

⑨司徒彤，〈畫家陳樹人與革命烈士陳復〉，載《廣州史志》第二期，一九八七年四月，頁二一。

⑩同⑥，頁三五一至三五二。

⑪麥思源，〈六十年來之香港〉，載《循環日報六十週年紀念特刊》，香港，一九三二，頁六九。

⑫同⑪，頁六九。

⑬李家園，《香港報業雜談》，香港：三聯，一九八九，頁一三〇。

⑭剪報，出處不詳，吳灞陵舊藏。

⑮麥思源在〈六十年來之香港〉一文（載《循環日報六十週年紀念特刊》，香港，一九三二，頁六九）說《香港小日報》「銷路甚廣」，而在其後〈七十年來之香港報業〉一文（載《華字日報七十一週年紀念刊》，香港，一九三四，頁五）糾正其前說為該報「行銷不廣」。

⑯同②，頁一六一。

⑰〈附錄：陳獨秀等危害民國案起訴書〉，載陳東曉編，《民國叢書／第一編 八七 歷史／地理類／陳獨秀評論》，一九八九，頁二四二至二四三、二四七至二四八。

⑱據筆者所知，有關《也是報》的記述，從來都是只有麥思源一人在〈六十年來之香港〉一文提過，該文載《循環日報六十週年紀念特刊》，香港，一九三二，頁六九。

⑲〈編後的話〉，載《也是報》第一期，一九二九年二月十九日，頁四。

chapter

⑬／毛澤東訂閱的香港報紙《超然報》

所獲得的有關《超然報》開辦情況的資料，都很零碎，未能展示出一個清晰而具體的輪廓。所知僅是從一九二六至一九二九年由任李濟深侍從秘書、兼廣州政治分會文書課主任秘書長的廖百芳，於一九二九年間來港發動友人組織出版《超然報》。① 於胡漢民的往來函電中，在提及他所主辦的《中興報》時，他將此報與《超然報》相提並論：「……本來省港閱報人其程度遠在滬寧之下，然當《超然報》與《中興報》最發展時，亦未嘗乞靈於副刊……」② 據此，可想胡氏與《超然報》是有些關係，但沒有其他佐證，他們的關係到底如何就不得而知。而當時一般人的印象，胡漢民是主辦《超然報》的。③

《超然報》（*The Impartial Journal*，後期又名 *Chiu Yin Po*）於一九三〇年一月十五日創刊，社址在威靈頓街二十一號。一九三一年六月，因業主加租，遷往威靈頓街五十二號二樓；一九三六年，又搬往威靈頓街十八號，最後一九三七年的社址在利源東街二十號。創刊時督印人是林澤溥。每日出紙三大張。一九三六年已改出二大張，當年七月資本是二萬元，發行四千份，社長一職由《華字日報》社長兼任。④一九三七年革新後，改回出紙三大張，由中國報業印刷有限公司成員之一的梁子實擔任督印人。

該報的記者工作有熱誠，處處不為人後，「一·二八」淞滬抗戰後，蔡廷鍇於一九三二年五月返港，舟次鯉魚門，未抵碼頭，《超然報》記者鍾翰華就最先登輪訪候，以後十九路軍移駐福建，鍾氏隨蔡廷鍇入閩為隨軍記者。⑤王統照於一九三四年三月訪港時，與友人董渭川在渡輪遇上《超然報》記者陳壽蓀，記者以半國語半英語向其友採訪新聞資料，王統照等因在港地生疏，見記者誠樸可靠，請其作港導遊。⑥《超然報》記者身份亦可資利用，而胡春浦藉該報記者身份，被國民黨要員黃季陸於一九三六年十二月派往四川資中負責張少泉部的政治工作。⑦

該報宣稱天天出版，星期日及例假均不停刊，但筆者發覺一九三二年一月一日有報，而元旦日停工一天，二日停派報，三日才照常見報，所以該報並不是天天出版的。該報零沽每份四仙，每月報費一元一毫，全年十二元；中國內地及英屬各地一元七毫，全年十九元；其餘各國各埠每月報費二元，全年二十三元，郵費在內。除本港外，廣州、澳門、汕頭、潮安、西貢、新

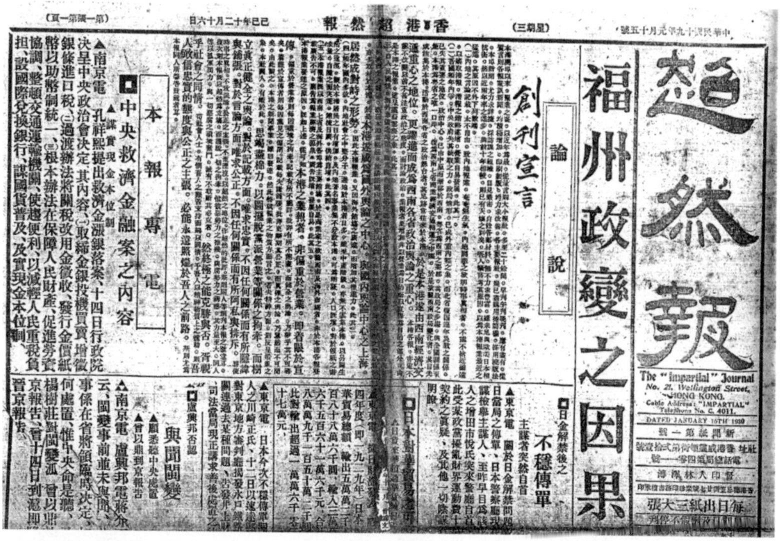
中華民國十九年元月十五號 星期三 香港超然報 己巳年十二月十六日 第一張第一頁

超然報

The "Impartial" Journal
No. 21, Wellington Street, HONG KONG.
DATED JANUARY 15TH 1930

每日出紙三大張

福州政變之因果

論說

創刊宣言

本報專電

中央救濟金融案之內容

▲南京電 孔祥熙提出救濟金融銀落案，十四日行政院決呈中央政治會決定，其內容（一）取締金銀投機買賣，增徵銀條進口稅，（二）過渡辦法將關稅改用金徵收，發行金償紙幣，以助幣制統一，（三）根本辦法在保障人民財產，促進勞資協調，整頓交通運輸機關，使趨便利，以減輕人民負擔，設國際兌換銀行，謀國貨普及，及實現金本位制

與聞閩變

日本對華貿易

中華民國廿六年四月廿八日 星期四 超然報 丁丑年三月十七日 第一張第一頁

超然報

THE IMPARTIAL JOURNAL

許大使謁王請示

中日外交將有開展

我決力爭華北主權

川越昨日謁王 俄大使已抵京

劉文輝抵成都 未與劉湘晤面

財部撥百萬債票賑川災

川豫甘賑款 財部繼續撥款

陳誠由贛飛抵京

日內赴浙謁蔣報告

吳忠信歡宴安欽

安欽藏方對班禪已諒解

兩項發明品 實部准專利

陳繼承

居正抵青

中政例會

本報重要啟事

本報敬

天文

△《超然報》創刊號（上）、終刊號（下）

加坡、鳥約、小呂宋等各埠都有代理處。後來零沽價每年都有調整：一九三二年每份五仙、一九三四年每份四仙、一九三六年每份二仙（時出紙兩大張）、一九三七年每份四仙（時出紙三大張）。月費、年費和外地的訂報費每年亦相應都有調整，此處不贅。

◉《超然報》創刊的主旨

《超然報》在創刊前的廣告口號是「以超然的立場批評時事，以忠實的態度報告新聞」，在創刊號的〈創刊宣言〉中，該報以「翹華」的筆名更進一步剖析當時香港報業的情況：香港報業的進步、進步的原因和報業的弱點，因而帶出其辦報的目的。筆者見過很多報紙的創刊詞，大多只說及他們當時辦報的政治或社會環境和辦報的目的，很少會論及香港報業通盤的情況。坊間有關香港報業史的書籍較少提及這段三十年代早期的歷史，因此本文將較多引述此篇〈創刊宣言〉的內容。首先介紹就是香港當時報業的情況：

> 本港開埠以來。報業之盛。以近年為最。從量言則大小報社。多至二十餘間。早刊午刊晚刊。應有盡有。從質言則各報電訊新聞。均積極增加。印刷製版。均力求改善。各主要

報社。幾已盡購用捲筒機。採用澆版法。本埠新聞。尤力求詳捷。採訪課之組織。日見嚴密。自餘各部材料。無不力求豐富。雖未足與歐美日本相抗衡。然以近兩年來之進步。與前十年相較。則已有天壤之別矣。吾人竊嘗考其原因。以為本港報業最近之猛進。其原因不外下列數端。

（一）內地之言論記載。太不自由。致內地報業。奄奄無生氣。內地同胞之欲明時事真相者。不能不捨近圖遠。以購取港報。港報之銷路遽增。營業自易發展。此其一。

（二）吾國頻年內爭。中央政府失其統馭之力。政局情形。已成外重內輕之象。而北省復因連年災歉之關係。已失其重要之地位。政治中心。已由中原而漸移於西南。粵省為西南之要都。其政局之步趨。與全國關係至鉅。本港為粵省之唯一口岸。復為西南七省商業經濟交通轉運之中樞。於是欲觀西南政局變化者。其目光咸注集於本港。活動於西南各省之政治舞台者。其足跡亦常往來於本港。於是本港遂由西南經濟交通重心之地位。更躍進而成為西南各省政治與論之重心。本港各報。亦遂不能不改變以前不甚注重政治之態度。而討論政治。業報者更增加非以營業為目的而以宣傳為目的之部分。由是本港之報業。遂呈霞蔚雲蒸之象。此其二。

（三）自入民國後。海外華僑之地位。漸為國內政治家所認識……因經濟商業之關係。概以本港為樞紐。故購閱國內報紙者。亦以定購本港報紙為多。如海外各報之電訊新聞。亦多取材於本港。於是本港遂成為國外輿論之中心。與國內輿論中心之上海。居然成對峙之形勢。因此本港報業。又因海外銷場之廣遠。而增加其推進力。此其三。

（四）頻年國內多故。內地社會之中堅分子。避地於本港者日多。雖至中產階級。亦無不雲集本港。以另闢生活之途徑。觀於本港居民日有增加。及內地著名事業無不分設本港。可為明證。人口既增。對於報紙之需求量。自隨之而突進。銷流日廣。供給自增。此其四。

（五）本港報業既以西南七省及海外各埠為主要銷場。於是商業家之欲闢西南及海外市場者。非於本港各報登載廣告不可。廣告為報業經濟之源泉。廣告既增。發展自易。此其五。

本港報業發達之原因。既如上述。從可知本港之業報者。非偏重於營業。即着眼於宣傳。偏重於營業者則每因環境之拘牽。記載有所不能詳。批評有所不能盡。而健全之輿論。乃渺乎其不可尋矣。着眼於宣傳者則每因黨見之偏閉。記載每失諸鋪張。批評更難期其公正。而真確之輿論。乃嚣然而不可聞矣。由此觀之。本港之新聞事業。雖曰發達。然此特就報業之物質方面而言之。若夫精神方面。則反呈淆亂之象。

在〈創刊宣言〉介紹當時的香港報業情況後，就因應這些弊病，該報說出他們辦報的目的：

本社同人……思竭盡棉〔綿〕力。以圖擺脫黨派營業等關係之拘牽。而樹立真正健全之輿論。對於記載方面。唯求忠實。不因任何關係而有所隱諱與鋪張。對於言論方面。唯求公正。不因任何關係而有所阿私與排斥。務使時事之真相。不致混淆。公正之主張。不至湮沒。以超然之地位。作超然的批評。斯則同人等創刊本報之微意耳。……

◉ 一九三三年《超然報》遭省府查禁

在廣東軍閥割據時代，對言論界強施其壓迫摧殘手段，大不乏人，有龍濟光、莫榮新、陳炯明等人，至陳濟棠時代，對粵港新聞事業之壓迫，亦為所欲為：拘捕與槍斃廣州新聞記者、封閉廣州報館、禁止香港報紙入口銷售。一九三三年三月，《超然報》和其他在香港印行之《大光》、《工商》、《時報》等四家報紙，被廣州當局指造謠煽亂，通令查禁入口。後《大光》、《工商》兩報督印人陳鳴山等，以該兩報改變其論調，符合省政府之尺度，特於同年四月准予銷禁。《超然報》總編輯梁自珍亦因該報禁止運省行銷，以至營業大受損失，因此在一九三四年年尾，呈請當局准該報重新予以入口運省，謂前因主持失當，言論紀載，多有謬誤，並保證以後貫徹擁護當局政策。以下就是該報所列的四項補救辦法：

（一）敝報恢復入口後，當以公正審慎態度發表，言論紀載，凡意含損害政府詆毀當局，或有挑撥作用之文字，概不發表；

（二）敝報以後言論方針，服從西南政府指導，盡力為黨國宣傳，凡政府一切政策及設施，尤願以誠懇態度向國民披露；

（三）如政府當局認為必要，可派遣一負責人員駐館指導，所有軍政新聞重要稿件及社論須徵得指導員之同意，然後發表，一俟經過相當或數月時間，敝報之言論及紀載，確能表示誠懇擁護政府之態度時，得由敝報請求撤回指導人員，以後之言論及紀載，仍秉承政府方針以為黨國效力；

（四）關於指導員駐港之公費，敝報可酌量負擔，但以每月不過港幣一百元為限。

結果當局於一九三四年十二月，重新准予該報入口運省，至於派員到該報館指導一事，當局審核後，並無需要。[8]這一事件有不解處，其他如《大光報》及《工商日報》在禁運入省後一月，即能解決問題重新入口，而《超然報》差不多隔了兩年才提出要求解禁，所列出的條件對報館來說亦十分卑下，使外來勢力對本港新聞自主造成極大傷害。從此事件可見香港報紙遠銷國內，尤以廣東省更為倚重。而外銷的收入更是十分重要，否則不致於因求解禁而要仰人鼻息。

◉ 一九三六年《超然報》進行改革

該報開辦七年之後，於一九三六年十二月一日起，歸中國報業印刷有限公司負責辦理，該公司成員包括黃遠仁、梁子實、李子誦、蔡公亮、吳應彰、傅鏡冰、謝汝誠、葉雲笙、郝耀明、李少穆和郭劍英等，以傅鏡冰為總編輯。他們的理念以為文化事業是社會事業的基礎，而印刷事業，又為文化事業的基礎，所以報紙與印刷是互有關聯不能分離的一環。公司以經營新聞為

超然報
中華民國廿六年元旦特刊
新粵桂專號
社址：香港利源東街二十號　電話：二四〇一一　三四〇一一
上海永安紡織公司

△《超然報：新粵桂專號》

主，印刷事業為輔，由此更進而致力於文化事業。最後希望以文化事業來作推動社會進化及作為中華民族復興運動的動力，以擁護民族利益及協助進行政府自力更生的國策。

該公司接辦此報後，由一九三七年一月一日起，革新內容：在言論方面，以擁護民族利益，促進民族復興為目標，公正不偏。執筆者均為名人專家，對時局作有系統的敘述，及透徹的分析。新聞方面，編排新穎，版版有特寫，採取「綜合編輯」，無論內容為電訊、通訊、粵聞、港聞，只視事件性質，如與社會有密切之關係，普遍之需要，均加以系統之紀述，透徹之分析，以表露事實之全貌。⑨通訊網滿佈華南及京滬汕桂各地，均有特派員。華北方面，則以綏遠戰事爆發，為使華南人士明悉最前線的實況，特約著名作家皮凡赴綏，擔任戰地通訊。至於國際方面，特約我國留學生，於外地擔任長期通訊。

關於副刊的革新，該報聘請了上海作家毛一波為主編，但一月一日革新號出版時，毛氏仍滯留在上海。他在上海曾為該報拉稿，但遭遇很多困難：文壇上派別很多，拉得東來拉不到西；文壇上紛爭也很多，他們不願意將「打倒別人」的文章遠寄到華南發表；該報出不起豐厚的稿費；他們不願意將文章寄到地方性的報紙發表，因為沒有名，亦沒有利；他們有些忙不過來，只得有時一稿兩投，巴金的〈略談《日出》〉一文就在《超然報》和上海《大公報》同時發表。⑩

雖然約稿困難重重，但總算找到了一些特約名家，計有：巴金、魯彥、靳以、麗尼、蘆荻、黃源、許欽文、金滿城、張天翼、沈啟予等為副刊撰稿，為南中國文壇開一新局面。因而該報頓生光彩，銷路劇增。但毛氏亦認為在香港的報紙上，有社會性的、現實性的雜文，應該遠比「創作」更為需要。而這一點，卻非遠在上海的文人所能勝任愉快，毛氏就看重香港作家的重要性，[11]可惜他在該報逗留僅半年，便離港往成都。[12]該報不久便停刊，令毛氏遺憾的是巴金介紹了幾位上海作家為該報寫稿，該報不久便停刊，所欠稿費，無法清付，巴金得理不饒人，大大地不以為然，毛氏則代人受過、受愧，久久不能釋懷。[13]

除了該報要加強副刊陣容及恢復出紙三大張外，每日增闢〈讀者論壇〉，以為讀者發表言論之園地。又增加分類週刊，每週分日刊出，取材豐富、趣味濃郁，計有〈青年生活〉、〈職業指導〉、〈電影〉、〈戲劇〉、〈婦女〉、〈星期日〉等不同內容的副刊。該報改革時，特別在一九三七年元旦日出版《新粵桂專號》一巨冊。

◉《超然報：新粵桂專號》

《超然報：新粵桂專號》是該報民國二十六年（一九三七年）的元旦特刊，「為紀念該報革新和喚起全國同胞對於在民族復興上負有重要使命之兩廣有新認識，促醒兩廣民眾明悉本身所負責任之重大而共同努力，並資全國之借鏡。爰於廿六年元旦日增刊新粵桂專號一巨冊，由內容專述兩廣黨政軍各項建設之新猷，與夫社會日新之跡象，據實敷陳，期成時信讞……敦請兩廣黨政軍各主管長官分任撰述」，並廣徵專家賜文。⑭該專號每冊定價一元，預約減收五毫，凡在二月內訂閱該報一月，或介紹十個訂戶，均贈送一冊。全書十餘萬字，無總頁數，主要部分：〈論述〉佔二十二頁、〈新廣東〉佔二十頁、〈新廣西〉佔六十二頁，圖片或題字等其他部分無頁碼。

《新粵桂專號》的圖片部分包括國民政府和新粵桂主要官員、民國二十五年（一九三六年）廣東省大事記和廣西風光。在大事記有兩幅港督郝德傑訪問廣州的照片，一幅是檢閱儀仗隊，另一在黃花崗獻花。這一次港督的訪問，引起了廣東省主席黃慕松和市長曾養甫在同年年底來港報聘，黃、曾兩氏此行可見於《香港酬酢集》一書，而筆者的《香港身世：文字本拼圖》對於這本書有詳細的介紹。圖片部分另有多位名人賀詞。

〈發刊詞〉主要談論當時的政治局勢，因而有出版這冊專號的需要：

……我們試一放眼觀察，黃河以北，因與敵人〔日人〕壁壘相接，長江及沿海各省，處於國防的前衛，亦隨時有受威脅之虞，能最後支撐對外的持久抗戰的，只有珠江流域。所以本報特於今日增刊新粵桂專號，搜羅兩廣當局各項建設的新猷，檢討兩省的人力，物力，財力，作成翔實的徵信錄，使珠江流域的真實全貌，赤裸地呈露於國人之前，或於復興民族運動的繁重的工作，不無小助。……

這個專號主要分為〈論述〉、〈新廣東〉和〈新廣西〉三個主要部分，基本上該專號的編輯已經將後兩個部分細分了章節，那些收集到的演講詞、論文、或統計資料，可用的就併入這兩個部分，其他論文不能併入的就放在〈論述〉的那一部分。這個專號沒有目錄，所以下面順序將這三個主要部分的內容列出，讀者一來可以知道這個專號的內容，二來根據現下所列，可以按圖索驥。所列止於「篇」、「章」，不再錄下細「節」了。

〈論述〉的部分包括李宗仁的〈廣西建設的總目標〉、黃慕松的〈國民經濟建設運動實施之要義〉、白崇禧的〈三自與三寓政策〉、梁寒操的〈如何復興廣東經濟〉、劉紀文的〈二十六年新希望〉、李子誦的〈廣東的新聞事業〉、馬寅初的〈國際經濟大勢與中國之危機〉、擎霄的〈廣東民族之研究〉、郝重光的〈預算編製的問題〉、李磊夫的〈以汗謀生存〉、林逸民的〈工務建設與市民〉、陳君樸的〈外國經濟侵略下發展省營產物之重要性〉和易劍泉的〈民眾教育之方針與對象〉等。

〈新廣東〉的部分包括：

第一篇　行政設施概況：〈小言〉（岑學呂著）；第一章，教育（許崇清在省府紀念週報告）；第二章，〈近年來廣東建設〉（劉維熾著）；第三章，〈廣東全省土地整理計劃〉（省政府第十四次會議通過）

第二篇　軍政（余漢謀在中山紀念堂紀念週報告）

第三篇　廣州市政：第一章，〈市政府二十五年度施政綱要〉；第二章，〈廣州市政之財整理〉（麥健曾著）、李祿超的〈廣九鐵路最近之措施及概況〉、謝作民的〈廣東僑務現況與今後應予實施之事項〉、鄒魯的〈國立中山大學校史〉、周文深的〈瓊崖〉

第四篇　廣東統計數字提要

〈新廣西〉的部分包括：

第一篇　概述：第一章，〈地理及沿革〉，第二章，〈過去與現在廣西之設施〉

第二篇　黨務

第三篇　行政設施概況：第一章，〈省府組織〉；第二章，〈省治遷桂概況〉；第三章，〈本年之新計劃〉；第四章，〈人事行政〉；第五章，〈民政〉；第六章，〈財政〉；第七章，〈教育〉；第八章，〈建設〉；第九章，〈司法〉

第四篇　軍制：第一章，〈桂省駐軍〉；第二章，〈邊防〉

第五篇　民團：第一章，〈總述〉；第二章，〈行政組織〉；第三章，〈團隊之編組及訓練〉；第四章，〈幹部人才之養成〉；第五章，〈經費武器之籌措〉；第六章，〈成績〉

第六篇　經濟：第一章，〈商業〉；第二章，〈工業〉；第三章，〈農林〉；第四章，〈礦產〉；第五章，〈金融〉

第七篇　交通：第一章，〈道路〉；第二章，〈航路〉；第三章，〈郵務〉；第四章，〈電政〉

第八篇　社會：第一章，〈特徵〉；第二章，〈現狀〉

第九篇　統計數字提要

第十篇　大事年表

在〈編後記〉中，編者感覺欣慰的，就是經過很多困難，這個專號最後可以依期出版，這冊專號內容翔實，可以放在案頭，隨時作為參考。可惜在徵稿期間，適值西安事變，省府要員忙於政事，又適逢個別要員政躬違和，不能執筆，故此〈新廣東〉的一部分內容比較貧乏，以致連行政設施項中最重要的民政、財政文章，竟付之闕如。

最後是郭劍英的〈發起中國報業印刷有限公司旨趣〉一文，說明該公司建立的目的和營業計劃。計劃包括資本總額、營業步驟、和資本分配等項。

◉ 停版結束業務

該報自從革新後，僅以出版百日，於一九三七年四月八日在頭版刊出〈本報重要啟事〉和〈本報敬向讀者道歉〉，說因印刷發生阻滯，暫用平版機印刷，以印機產量有限，只得出紙兩張，翌日可恢復出紙三張，怎知那天的竟是停刊號。停刊原因是經濟困難，無以為繼，很多同業對該報停刊都寄以同情。《珠江日報》因該報停刊而論及當時報業的困境⑮：

……然而〔香港報業〕出版數量之可憐，新聞「天窗」，尤其是論文之「天窗」的無理開闢，廣告萬應膏藥強佔地盤，郵寄費用的昂貴，佳作徵集的艱難，這一切又是本港報界之羞，同時亦為本港新聞事業不能衝出黃河長江而與全國同業競進的障礙。

◉《超然報》的評價和引用

對《超然報》的評價，方漢奇說得非常中肯：「論調穩健，注意調查紀事。」[16]儒將馮玉祥在一九三三年對廣東友人寄來的香港《超然報》，閱後有評語：「其中消息登載與社評之言論，果不愧為『超然』也。」[17]秋收起義後，毛澤東開始了倥偬的戎馬生涯，他請汀州福音醫院院長傅連暲以醫院的名義及以傅氏的假名「鄭愛群」，代他訂了幾份上海和廣東出版的報紙，通過郵局的地下黨員定期送往瑞金，而《超然報》就是其中一份。這些報紙都是為幫助他分析國內外形勢，決定紅軍的策略，[18]因此《超然報》在毛澤東眼中，亦是一份有分量的報章。而一般僑報的財力較為單薄，因此很多僑報的內容都取材自香港的報紙，越南西貢在三十年代有三種中文報紙，其中一份是由國家主義派主辦的《華僑日報》，日銷二千份，消息多據《超然報》而來。[19]

從以上例子，可以略知《超然報》的作用和個別人士對它的評價。審視一篇論文或專著的用處，現在通用的方法是查考這些著作被其他學者引用的頻率，被引用得越多，便顯得越重要。這個評價方法雖然不盡完善，但仍可量度著作的重要性。以下是《超然報》曾被引用的情況：

在經濟方面，一九三六年出版的《中國經濟年鑑》一書內介紹硫酸和燒鹹工業時，就大量引用《超然報》當年所刊載的資料。[20]周谷城的《中國近代經濟史論》引用《超然報》刊載的資料，提到一九三一年間，日本以經濟包圍方式侵略我國，設立銀行有百家以上，並詳列各個行名、所在地、實收資本金額。[21]勵予在一九三七年所寫的〈走私與國家主權〉一文，論及日本浪人武裝走私嚴重影響中國國民經濟，就引用《超然報》刊登在三月十八日倫敦《孟者士打衛報》評論兩韓人被擊斃案所刊登的文字。[22]〈蕭冠英先生復本會函〉透露廣州市政府將廣州電力公司收歸市營，該原公司董事局不服，在香港召開股東大會議決訴訟，並將《超然報》一九三二年八月二十日的一段新聞錄呈市政府。[23]

至於各地經濟，黃甘棠一九三三年所撰寫的〈世界經濟恐慌下南洋華僑的厄運〉一文，引用《超然報》一九三三年六月二十七日所刊載的資料[24]；而楊貽書的〈廣東潮梅與南洋之經濟關係及其危機〉一文，就引用《超然報》一九三三年二月八日的資料。[25]至於海南島的開發，自一九三六年間宋子文視察海南島後，集資開發，已為全國一致呼聲。一九三七年第三十六至三十八期的《瓊農》，從《超然報》（一九三七年二月十五至二十四日）轉載了原田三也的〈寶藏之海南島鳥瞰〉，該文譯自日文，原刊於一九三七年的〈世界知識〉。在這期亦有從《超然報》一九三七年三月一日轉載〈永安公司在瓊島購地二萬畝種棉〉一文，提及郭泉一行考察完畢返港，而交通建設亦為瓊島目前要務。㉖

教育方面：古楳編著的《現代中國及其教育》（下冊）一書，參考了《超然報》在一九三一年二月五日、十一日至十二日連載的〈潮梅稅捐名稱一覽表〉一文，著者深感：「『稅捐局所，多於各種學校；稅吏稽查，多於教職員。』」尤為確切。㉗

國外方面：毛以亨一九三二年的〈論美俄同盟及中國當前的外交路線〉一文，文末〈附白〉更引《超然報》一九三二年八月十日所載孫哲生之美俄同盟主張，而再簡評之。㉘方秋葦的〈從軍事上觀察香港〉一文，㉙主要參考資料之一是一九三七年二、三月份《超然報》。

勞工方面：張伯聰的〈援助郵務職工〉一文，㉚短短約五百字就三次引用《超然報》由上海、南京同日的通電。

個人傳記：在一九三七年由魯迅先生紀念委員會編輯的《魯迅先生紀念集（評論與記載）》，書內有關魯迅逝世前後的資料蒐集，亦採納了一九三六年十月二十二日《超然報》所刊載的資料；[31]段雲章的〈陳炯明「六．一六」兵變造因再探〉一文，引用一九三三年九月三十日《超然報》發表〈陳炯明之蓋棺定論〉一文，稱陳氏前力辯其兵變為部曲所動：「然吾人以為此事姑無論下手者為誰，陳氏究須負責。」[32]刊載在《超然報》的〈悼胡漢民先生〉一文，編在一九三九年出版《胡先生紀念專刊》書內頁二十七至二十八。[33]「因」的〈梅蘭芳博士畢竟不凡〉一文，引述《超然報》一九三二年六月三日北平創辦一個中華戲劇學校事。[34]韋燕徽寫的〈張炎創辦的世德學校〉一文中，引用一九三二年七月二十二日《超然報》所登載當時省內一些軍政要人捐贈給該校的圖書儀器設備。[35]

注釋：

① 廖氏亦在此期間，發動組織出版《香港時報》，載《容縣志》，頁一〇五六。

② 陳紅民輯注，《胡漢民未刊往來函電稿》（五），桂林：廣西師範大學出版社，二〇〇五，頁四二九。

③ 據雪娜，〈談談香港的新聞紙〉，載《禮拜六》（一九三三年第四九八期，頁九四五）所述：「《超然報》是胡漢民

的，《中興報》是陳濟棠的」。

④ 方漢奇主編，《中國新聞事業編年史》中冊，頁一三二八，編年之一九三六年七月。

⑤ 《蔡廷鍇自傳》上下冊，哈爾濱：黑龍江人民出版社，一九八二，頁三〇〇、四六九。

⑥ 王統照，〈歐游日記（一九三四年）〉，載《新文學史料》，一九九七年第一期，頁六。

⑦ 胡小偉，〈胡春浦年表〉，載陳先哮主筆，《中共灌縣地方史資料長編 一九二八至一九四九》，一九八四，頁一八三。

⑧ 〈訓令市轄各機關奉省府令知取銷查禁香港超然報前令仰飭屬知照由廣州市政府令訓，第三九三五號，二十三年十二月十三日〉，載《廣州市政府市政公報》，廣州：廣州市市政廳總務科，一九三四年第四八五期，頁八二至八三。

⑨ 《超然報》，〈廿六年元旦新貢獻：本報革新預告〉，一九三六年十二月二日。

⑩ 《超然報》一九三七年一月一日，第二張一頁。

⑪ 毛一波，〈致讀者〉，載《超然報》一九三七年一月一日，第二張一頁。

⑫ 蘇永篤，〈旅美華人毛一波先生〉，載《沿灘文史》第一輯，一九九五，頁五六。

⑬ 陳思和、周立民選編，《解讀巴金》，瀋陽：春風文藝出版社，二〇〇二，頁四七。

⑭ 〈本報廿六年元旦日增刊新粵桂專號徵文啟事〉，《超然報》一九三六年十二月二日。

⑮ 皓，〈超然報停刊感言（短評）〉，載《珠江日報》一九三七年四月十二日。

⑯ 方漢奇主編，《中國新聞事業編年史》中冊，頁一三二八。

⑰王煜按：「超然即中立」，事見王煜，《儒將馮玉祥日記選評》內之（一九三三年七月二十七日），香港：香港國際學術文化資訊出版公司，二〇〇七，頁二五三。

⑱馮彩章、李葆定，《紅醫將領》，北京：北京科學技術出版社，一九九一，頁七二。

⑲江文漢，〈法人治理下的西貢：歐遊紀程之二〉，載《華年》，一九三二年第十七期，頁三三四。

⑳《中國經濟年鑒》一九三六年提及硫酸工業時，全文五頁就引用《超然報》在一九三六年七月十八至二十三日的連載而編成；提及燒碱工業時，全文二頁就引用《超然報》在一九三五年八月二十三日和上海《中華日報》所記載合編而成。

㉑周谷城，《中國近代經濟史論》，上海：復旦大學出版社，一九八七，頁二四四至二四五，引用一九三一年一月九日的《超然報》所刊載：「觀其在設立銀行之多，投資之巨，可想見矣。其在我國北部者，以橫濱正金銀行為主；在我國南部者，以台灣銀行為主；其餘在我國內大小銀行，約有百家以上。而資本較大，勢力較厚的，則有四十四家。」

㉒勵予，〈走私與國家主權〉，載《民族戰線》，一九三七年第二期，頁二〇，引《超然報》在一九三七年三月十九日所刊登三月十八日倫敦《孟者士打衛報》的電訊。

㉓〈蕭冠英先生復本會函〉，載《電業季刊》，一九三二年第一期，頁一七。

㉔黃甘棠，〈世界經濟恐慌下南洋華僑的厄運〉，載《僑務月報》，一九三三年第一期，寫於九月二十七日南京。

㉕楊貽書，〈廣東潮梅與南洋之經濟關係及其危機〉，載《新亞細亞》，一九三四年第四期，頁七一。

㉖原田三也，〈寶藏之海南島鳥瞰〉，載《瓊農》，一九三七年第三十六至三十八期，頁三六至三八；〈永安公司在瓊

島購地二萬畝種棉〉，同前，頁六二。

㉗ 古楳編著，《現代中國及其教育》下冊，上海：中華書局，一九三四，頁四九一、五〇八。

㉘ 毛以亨，〈論美俄同盟及中國當前的外交路線〉，載《大陸雜誌》，一九三二年，第一卷第四期，頁一三至二〇。

㉙ 方秋葦，〈從軍事上觀察香港〉，載《東方雜誌》，一九三七年，第二十四卷第十三號，頁一六九至一七九。

㉚ 《青春旬刊》，一九三二年第三期，頁一四四。

㉛ 魯迅先生紀念委員會編，《魯迅先生紀念集（評論與記載）》，上海：上海書店，一九三七，頁一二。

㉜ 段雲章，〈陳炯明「六．一六」兵變造因再探〉，載中國社會科學研究院近代史研究所編，《中華民國史研究三十年 一九七二至二〇〇二》下卷，北京：社會科學文獻出版社，二〇〇八，頁一五五九。

㉝ 須立求，《近代史人物評傳 胡漢民評傳》，一九九〇，書內引《胡先生紀念專刊》頁三五四至三五五內《超然報》所刊載。

㉞ 因，〈梅蘭芳博士畢竟不凡〉，載《青春旬刊》，一九三二年第三期，頁一七三。

㉟ 韋燕徽，〈張炎創辦的世德學校〉，載《湛江文史資料》第五輯，一九八六，頁一二九。

chapter

⑭ 陳雁聲和《東方日報》

晚清以來，香港以其獨特的環境，成為出版政治性報紙的温床，從保皇派和革命派的報紙互相攻訐開始，中間從二三十年代至香港淪陷，甚至延伸至戰後，不同派系政治性報紙的出版此起彼落，百花齊放。本書介紹的政治性報紙《中興報》，就與政治立場迥異的《東方日報》在一九三二年年中展開激烈的筆戰，現在就介紹這份南京國民黨派的《東方日報》。

◉ 陳雁聲的生平

報館總編輯一職至為重要，主要總領報館的一切實務工作：執行報館所訂定的政策、維持該報的特有風格、管理好編輯採訪的事務、做好每日出版報紙的最後把關工作，這一職位無疑是一份報紙的靈魂。根據所搜集的資料，陳雁聲從一九三一年《東方日報》創刊到一九三八年結業為止，都在該報任總編輯，如此長時間擔任這個吃重的職位，對該報有必然的影響，因此，筆者試藉已有不完全的資料介紹其生平。有關雁聲身世和求學生活的資料甚為缺乏，眾多工具書如中國當代名人錄和近代人物傳記都沒有列出其生平，專屬報人傳記範圍的《中國新聞界人物》亦未為他立傳。因此，敘述其生平事蹟時，無系統性資料得以依據。

最基本的資料就算是雁聲的家世和求學的情況，亦不得而知。僅在他為黃冷觀所撰寫的輓聯中，可以帶出一些有關他童年生活的端倪：「憶童年彼此自負不凡到此日都成幻影，慨當世順逆何曾有定唯黠者允享盛名。」[①]這個上聯首先顯示出他和黃冷觀的總角之交的友情；其次雁聲和黃冷觀在童年就相識，他們的年齡應是不相上下，黃冷觀的生年是一八八七年，估計他們的年齡最多相差三年，雁聲的出生年大約是在一八八四至一八九〇年之間的一年；黃冷觀年幼時由在廣州廣雅書院任教習的父親教導，因此雁聲童年時就很有可能在廣州生活；黃冷觀的家庭生活環境不差，可想雁聲的生活環境亦不錯；最後，從上聯亦可知雁聲少有大志。

雁聲廁身報界前，是否在其他崗位工作過，沒有甚麼資料可尋。最早有關他在報界工作的資料，可見於袁振英的回憶：在民初時，袁氏曾在廣州《中原報》(刊行於一九一一年九月十九日至一九一三年九月）和《民仇報》（一九一八年六月十五日至六月二十二日）擔任過記者，這兩報的主辦人是國民黨人郭唯滅，其他同事有楊計白、（何）介克等，雁聲亦參與該報工作。[2]《中原報》是同盟會革命派的報紙，[3]擁護中山先生，反對袁世凱，自稱宣傳「尊攘主義」、「復仇主義」、「人道主義」。[4]該報於一九一三年九月，因「亂黨報紙」的罪名，連同其他六家報館，遭龍濟光封禁，是為「癸丑報災」。[5]該報亦沿用晚清革命報刊的宣傳方法，以編撰戲劇歌謠，作為激勵民眾的反帝思想。[6]後雁聲對戲劇的愛好和推動，相信該報對他不無影響。

民國三年（一九一四年），雁聲與同盟會會員陳少白、鄭校雲、黃世仲、黃漢生、謝盛雲、胡津霖、郭式雄和陸魂霆等，曾在澳門組織話劇團「民樂社」，後來遷回廣州長堤海軍俱樂部，該社的宗旨和設備，大致都和另一著名的「琳琅幻境」話劇社相若，以演戲諷世益時、宣傳革命思想，及為革命活動籌款。這兩個劇社在各方面的關係，也都有互相呼應和互相關聯，在演出時，兩社的演員還可以互相調配和互相穿插，實可稱為兄弟班。該社的社長為陸魂霆，所演劇目有：《自由女嫁官》、《俠女》、《宣統登位》、《外江壯士》、《暗室明燈》、《李覺》、《殺子報》和《妻黨》等。該社的一些劇目如《妻黨》，後來還為粵劇戲班改編為粵劇《乖孫》演出。當時廣東各地為桂系軍閥龍濟光所盤踞，該社在汕頭演出《外江壯士》一劇，藉以諷刺當時「濟軍」的暴行，為龍部禁演，並勒令出境，該社因而宣告解體。[7]

一九一八年後，黃冷觀在香港《大光報》任總編輯，雁聲亦在該報任職，他們對戲劇都很熱衷。在一九一九年間，他們認識了粵劇伶人薛覺先，對他很讚賞，並主動鼓勵他撰寫文章，宣揚愛國思想。在他們的支持和幫助下，薛覺先以「佛岸少年」等筆名在《大光報》、《香江晨報》、《香江晚報》等報刊上發表了不少激勵民族情思的文章。⑧

一九二〇年，雁聲主持《香江晨報》筆政，首先倡用白話文撰寫社論，而副刊小說，亦用白話文，同業戲之為「了的先生」。粵吏岑春煊及莫榮新對該報連番打壓，為廣東政學系數次控告該報於香港政府，以致雁聲兩次入獄，更於同年夏天被逐出境。⑨同年十月後不久，雁聲和陳秋霖兩人由區聲白引見給陳公博，當時陳公博在《廣東群報》任總編輯，譚平山編新聞，譚植棠編副刊。陳公博同時又在法政專門學校當教授，編輯工作一時忙不過來，而譚平山又是有着那樣名士風度，他高興起來，看看新聞，不高興起來，連報館也不去。譚植棠對編輯工作還沒有經驗，一切編輯事務都集中在陳公博一人身上。而雁聲和陳秋霖都表示對新文化很有興趣，絕不替陳炯明作個人宣傳。因此，陳公博同意秋霖和雁聲加入該報。⑩較詳細的敘述，可參考前文〈陳秋霖和《香港新聞報》的報變〉。此處補充的是陳公博述及該報的人事關係⑪：

《群報》陣營是相當複雜的，陳雁聲和陳秋霖始終沒有加入共產黨，雁聲是國民黨而不滿意陳炯明，秋霖是國民黨而同情陳炯明，平山植棠和我則始終超然物外，專心致志辦報和組織。我們常常在工會開會，在各地演講，我們也不告訴雁聲和秋霖，而雁聲秋霖也知而不問，恰像兩方都有君子協定的模樣。

雁聲在《廣東群報》工作期間，曾受墨西哥國民黨加蘭姐分部之聘，遠赴墨辦理日報，赴墨之護照等件早經辦妥，惟主其事的廣州特設辦事處幹事長張繼家有喪事，故雁聲墨西哥之行遲遲未能成事。一九二一年三月中，適逢該分部部長鄺文享等返粵，故居正特致函張繼，以鄺君等前來當面敦促，請就近介紹一晤雁聲，如雁聲需要川資，可商諸財政廳劉紀文。至於雁聲是否前往墨西哥履新，就無跡可尋。⑫

一九二四年六月二十三日，雁聲在廣州《民國日報》接任吳榮新主要編撰的職位。該報於一九二三年創刊，由國民黨員吳榮新等集股自辦。該報言論立場擁護中山先生的國民革命主張。一九二四年七月十五日，該報改由國民黨廣州市執行委員會主辦。十六日發表〈本報宣言〉，宣佈該報宗旨是：（一）闡發主義、（二）鼓勵同志、（三）喚醒民衆、（四）介紹思潮、（五）紀述實況、（六）評論是非。從八月一日起開始刷新，篇幅由日出對開二張擴為三張，使新聞編排更加醒目，特闢〈學匯〉專欄，刊登革命學說、旁及文藝、哲學、美術、科學等論題，並開展討論，以輔助正張之不足。曾發表惲代英、蕭楚女的文章。後〈學滙〉每星期又出專號，有〈電影號〉、〈教育號〉、〈家庭號〉等。十月二十七日，該報收歸國民黨中央宣傳部接辦，陳秋霖出任社長。⑬

一九二九年十一月一日，雁聲擔任中山縣自治籌備處主任一職，該職位隸屬縣政府，受縣長的指揮和監督。原來於一九二九年二月，中山縣被確立為「模範縣」後，就着手進行地方自治，實施鄉村自治建設，「以為其他各縣之範型」，採取鄉村建設舉措，以改善農民的生活，發展農村經濟，繁榮農村文化。中山縣訓政實施委員會為了促進地方自治之進行，於一九二九年十一月一日成立中山縣自治籌備處，雁聲開始着手對全縣的自治籌備進行規劃和設計，促使各區、鄉、鎮自治運動的進行，為有效地推進地方自治的「發動機」。雁聲又制定了〈中山縣各區及鄉鎮自治籌備進行程序〉，將中山縣籌備地方自治的程序和時間進行了系統的設計和規劃，把整個地方自治的籌備程序分為實行籌備自治、確定自治經費、辦理保衛、調查人口、肅清煙賭、訓練人民行使四權、促進自治事務、舉辦各種事項等八個方面，每個方面包括若干項工作，內容設計非常具體和詳細。其進行工作計劃，規定為六個時期。雁聲並於一九三〇年二月創辦了《自治月刊》雜誌，作為宣傳與研究自治的陣地。雁聲在《自治月刊》第一號發表〈模範縣的一件新建設——唐家灣開辟〔闢〕商港〉一文，主張在唐家灣開闢商港，認為：「建築一個商港，以與英帝國主義者所強奪的香港對抗，這是我們認為事實上的需要而且急切的事。」迄至一九三一年三月黃居素接任中山縣縣長之後，即行裁撤縣自治籌備處，所有自治工作劃歸縣政府第二科辦理，而雁聲主任一職自然也跟着撤去。⑭

一九三七年五月十日，據廣東省政府令（銓字第一七四一號），雁聲奉委為省政府參議。⑮抗戰軍興，國民政府西遷重慶，雁聲留港任中國航空建設協會總會專員，隨總幹事陳慶雲赴美國勸導華僑認債購機，以充實空軍作戰，旅美數月，所獲甚豐。返渝後仍努力於航空建設事業，朝夕從公，未嘗少懈。⑯

一九四四年十一月，雁聲在韶關病故，遺有寡妻及子女多人，身後蕭條，經國民黨委員陳立夫提請從優恩恤老黨員，經常委會通過，特給其遺屬一次過恤金五萬元。⑰

◉《東方日報》創辦的目的

一九三一年四月，國民黨粵系監委古應芬、林森、鄧澤如、蕭佛成四人，在廣州聯合通電彈劾蔣介石，要蔣在四十八小時內下野。五月二十七日，在廣州召開「國民黨中央執行委員會非常會議」，發表反蔣宣言，另組一個與南京「國民政府」相對立的廣州「國民政府」。《東方日報》同人以為上述變動由於資深的黨員，只是因着奪取政權和盲目於地方主義而做成南北的對立局面，統一之局，無法挽救，只得離穗來港，創辦該報，以標揭和平統一的主張。[18]以下就是該報表明在港辦報的目的：[19]

……本報出版之始，時正非常會議建制粵中，五嶺以南，風雨如晦，同人等深痛「粵省甫經安定之局，方建設伊始，又復破壞之」！……故於出版之日，即為之辭曰：「同人不敏，敢為粵人請命，更進而為全國人請命，願以全力維持廣東和平之局。更願以全力維持全國和平統一之局，一以民眾之利益為前提，以完成　總理所揭櫫之三民主義為依歸」。……

至於該報比較具體的辦報目標就有以下三點：[20]

其一於政治方面……以極誠摯的態度，對政府盡其輿論之蒭蕘，對國民盡其獻替之責任，對反側者之陰謀，盡情檢舉，并期以輿論之力量，促之覺悟，否則與國民相共棄。

其二於社會方面……從社會各方面一切矛盾之現象中（如教育之不能普及、民眾苦痛之不能解除、失業問題之嚴重、農村與都市之不安、災荒與盜賊之蠭起等〕，尋求上述諸問題癥結之所在，以拓闢正確解決之途徑。並對於目前社會風俗之澆薄，人心之惡化，思以輿論之力量隨時隨地竭力發揚吾國固有之道德，務使禮義廉恥，得納入一切國民衣食住行之日常生活中，一矯過去頹風末俗及萎靡不振之積習。

其三於文化方面……本港方面，文化之落後，固無論已，至其屬於畸形之發展，尤無可諱言。故同人今後，一方面決本　總理所昭示吾人者：「欲救中國，一方面須將中國固有之文化從根救起，一方面對西方之文明，迎頭趕上」之主張，以作文化建設之準備。至於本報副刊方面，無論其屬於學術，屬於教育，屬於文藝，屬於婦女，屬於電影，及其他各種性質者，均努力求其充實，并求切實於當地之環境，對文化上作一最低限度之貢獻。

要注意的是以上第三點有關文化方面，特別針對香港本地而發，這可以表明外來的報紙仍然要兼顧本地的環境。《東方日報》相信是南京國民政府轄下的一份黨報，財政來源亦可能是由南京國民政府而來的。事緣一九三四年九月初，南京國民政府以《東方日報》未加深查，而刊載閻錫山等促進統一的新聞，激怒蔣介石，特飭令中央宣傳委員會嚴懲該報總編輯陳雁聲，[21] 如果該報不是直轄於南京國民政府的話，南京政府怎可能命中央宣傳委員會在治外的香港嚴懲陳雁聲呢？

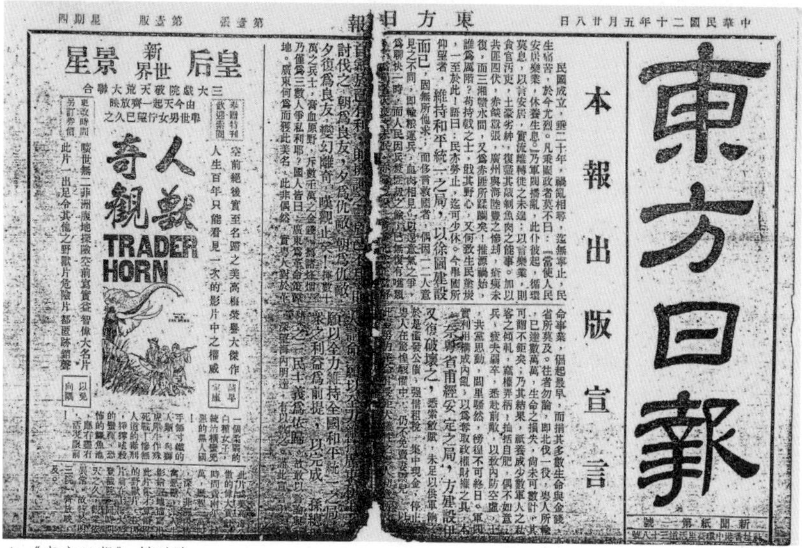

中華民國二十年五月廿八日　東方日報　第壹張　第壹版　星期四

東方日報

新聞紙第二號

社址香港中環荷里活道三十八號

本報出版宣言

民國成立，垂二十年，禍亂相尋，迄無寧止，民生痛苦，於今尤烈。凡秉國政者莫不曰：「當使人民安居樂業，休養生息。」乃軍閥播亂，此仆彼起，循環莫息，以言安居，實流離轉徙之未遑；以言樂業，則貪官污吏，土豪劣紳，復盡其殘剝魚肉之能事。加以共匪四伏，赤燄囂張，廣州與海陸豐之慘劫，猶痛未復，而三湘贛水間，又為赤匪所蹂躪矣！推源禍始，誰為厲階？苟持戟之士，戢其野心，又何致生民塗炭，一至於此！語曰：民亦勞止，迄可少休。今舉國所仰望者，維持和平統一之局，以徐圖建設而已，固無所他求；而侈言救國者，偶因一二人意見之不同，即輸糧運兵，血肉相見，以逞意氣之爭，[illegible]

[illegible]命事業，倡起最早，而捐其多數生命與金錢[illegible]省所莫及。往者勿論，即北伐一役，粵人所輸[illegible]，已達數萬萬，生命之損失，尚未可數計。其[illegible]可謂不鉅矣；乃其結果，祇養成少數軍人之私[illegible]客之傾軋，竊權弄柄，抽括自肥，偶不如意，[illegible]兵，疲夫弱卒，悉赴前敵，以致內防空虛，[illegible]，共黨思動，閭里騷然，徬徨不可終日。軍閥[illegible]實利用構成內亂，以為奪取政權財權之具，[illegible]一系粵省甫經安定之局，方建設伊[illegible]又復破壞之，悉索敝賦，未足以供軍餉[illegible]於是蠢發公債，強借租稅，集中現金，停止[illegible]

[illegible]討伐之，朝為良友，夕為仇敵，朝為仇敵[illegible]夕復為良友，變幻離奇，嘆觀止矣！[illegible]萬之兵士，膏血原野，斥數千萬之金錢[illegible]乃僅為三數人爭私利耶？[illegible]地。廣東何為而獲此美名，此非偶然[illegible]

△《東方日報》創刊號

◉《東方日報》的創刊

《東方日報》（*The Eastern Daily Press*）於一九三一年五月二十八日創刊，社址在荷里活道三十八號，督印人是周少穆。在一九三三至一九三八年間，督印人改為鍾憲文。總經理為曾任直屬香港支部的籌備委員許國荃擔任。主筆撰寫社論由特因擔任，其他主筆有李伯鳴，李伯鳴於一九三六年七月十八日陳濟棠下野後，國民黨中央宣傳部即電李氏離港到廣州接收《國民日報》，改名出版《中山日報》，由李氏任社長。[22]一九三六年，《東方日報》亦由曾任福建省黨務指導委員會書記長及前廈門民報社長賴文清擔任主筆。總編輯為陳雁聲，雁聲在《東方日報》任職時間最長，從一九三一年五月二十八日該報創刊直至一九三八年結業時仍為總編輯。其他重要編輯有麥思源、陳武陽和黃漢聲等。[23]

《東方日報》報費零沽每份五仙；每月一元，全年十二元。中國內地及英屬每月二元二毫，全年二十六元，郵費在內；英、德、法、日等國全年四十元。報費在一九三八年七月十三日停刊號所見，零沽已減為每份二仙。除了香港，國內的廣州、佛山、汕頭、廈門、澳門、雲南等地都有代理處，國外的代理處分佈於南洋的西貢、堤岸、海防、新加坡及小呂宋等地。該報由一九三一年五月創刊至一九三八年七月十三日，共出紙二千四百四十二號。在這七年時間，並不是天天見報，星期日不出紙，改以《東方星期報》替代。另外，該報於刊行期間，有兩次共數十日未發刊，詳見下節〈《東方日報》承受的壓力〉。最後該報於一九三八年七月十四日停刊。

據一九三五年於上海出版的 *Newspaper Directory of China*（*including Hongkong*）所載，《東方日報》當年的銷量是一千五百份。筆者在書中所提及的《超然報》和《中興報》同年的銷量，分別是三千五百和一千五百份；同年最高的銷量是《南中報》，有六萬五千份。[24]據其後於一九三六年許晚成所編的《全國報館刊社調查錄》，《東方日報》的銷量是九千份，[25]兩本書出版相隔僅一年時間，所刊載的銷量相差七千五百份，是不可思議的。這些銷量的數字大多是由個別報館供給，數字可能誇大，但真確的程度就很難稽考了。《東方日報》除了本身的報務外，還總代理一些書刊，如何恭第的遺著《苗宮夜合花續集》。[26]

在該報創刊四個月後，從一九三一年九月二十九日開始實施擴充計劃，包括：增加篇幅至四大張，內容及編排，致力精益求精；言論部分加聘專家撰述多人，而新聞部分除重新確定最便利的組織系統外，特加設調查和圖片兩系；增聘國內外特約通訊員，以期年內組織好一個完善的通訊網；購備全部新式印務器材，採用上等紙張油墨，印刷力求精良美觀；改善運作而要略為增加報費；特設廣告專員代為客户繪製廣告，以增強廣告效果，不另收費。除了以上力求物質方面之完備設置外，並注重辦報精神之整飭與發揮等。

該報平日出紙三至四大張，從該報創刊號篇幅的分配，可以大約知道該報的內容比重：〈社論〉及〈特約電訊〉共佔二頁；〈國際消息〉、〈國內要聞〉/〈各屬通訊〉、〈社會現象〉（廣州）/〈體育消息〉、〈交通消息〉各佔一頁；〈粵省要聞〉、〈本港新聞〉各佔二頁。報社中人來自廣州，又着重香港的環境，因此對於粵省各屬新聞及港聞的報道頗為詳盡。副刊專欄有三種，各佔一頁，其中半頁全屬廣告：〈逼射〉以尖鋭的筆鋒，對時事作簡短的批評，又介紹種種有趣味的小品，以供茶餘酒後之談資，文稿包括本地風光述評、政治軼聞、社會趣事與趣評、聞人軼事、社會雜評、娛樂述評、諷刺畫等；〈朝暉〉刊登連載小説，不論白話或文言都兼收並蓄，作者有

△ 東方日報社之外貌（上）、正門（下左）、編輯部（下右）

小鳴、西岳、半僧、曼秋、太虛、黃言情、小玉、髯僧、大廬等；〈光芒〉所收載的散文以「理智的探求、情意的寄託」為主，著者有素道、梁渙流、山川忘之、葉常青等。後期的副刊專欄有〈戰時戲劇〉，專載劇本和劇評，著者有鹿米夕牛和陳景倫等；〈曉色〉包括有關時事的散文，著者有少瓊、汪敏、韓松濤等。

◉《東方日報》承受的壓力

《東方日報》與廣州西南當局的政治立場大相逕庭，早在該報創刊時，粵政府怕該報所刊載的言論對他們不利，即令憲兵司令林時清調派多名憲兵，分向輪船火車搜檢，結果在廣九火車上檢去該報兩大紮，並拘押一名帶報人。㉗

西南當局對港報素有顧忌，東方、南華、午報三家，早已禁運不能入口，一九三五年七月尾，西南執行部下令再增禁香港其他五報，即工商、循環、華僑、大光、朝報等共八報禁止入口。㉘不過上述三家初之被禁，未嘗見於總部明令，今始與新禁五家同列。此次之明令，係先由西南執行部函請第一集團軍，總司令部即轉令省會公安局遵辦，公安局奉令後，即轉飭各分局執行。該明令表明該八家港報「言論荒謬，妨礙西南」。有謂因港報所刊載之新聞，與當時最近西南執行部出版編審會重行修正取締大小報標準之十項要點規定有所牴觸，因而招來禁報。[29]

站在蔣介石南京國民政府一邊的《東方日報》和站在西南政務委員會另一邊的《中興報》政治立場迥異，在一九三二年五月十日起，就因蔣介石和汪精衛二人以國民政府的名義在上海簽訂中日停戰協定，而展開二十多天激烈的筆戰。[30]

一九三四年九月初，南京國民政府以為《東方日報》未加深查，而刊載閻錫山等促進統一的新聞，激怒蔣介石，特飭令中央宣傳委員會嚴懲陳雁聲，並另派適當人選代替主持該報編輯事務，又向新亞社查詢消息來源。[31]以後未知《東方日報》有何措施處分雁聲，但雁聲仍擔當總編輯一職，直到該報停刊為止。

一九三二年一月二十八日，《東方日報》因揭載一篇〈韓國獨立黨為狙擊日皇宣言〉，為日本領事知悉，即提出與港府交涉，港府不願此事而多生事端，即令港督執行，命令該報停版四星期，由一月二十九日起停版。三月一日復版，報頭紅色，改出三張，少一張。

△《東方日報國慶耑號》

《東方日報》一九三三年七月十八日於〈粵聞欄〉，刊載官太殺妾案一則，內容涉及「勳望素著」之楊鼎中其人，不惜媒介清白之高材女生，作人姬妾，亦厚誣其人有如夫人九人。此則新聞既影響楊某聲名，亦甚離間其夫婦感情。該報自知疏忽，因此登報道歉。㉜

第二次暫行停版是從一九三二年八月一日，而在同年九月十日復版，為期四十日，該報在復版號解釋停版原因「謹為整理內部」，至於真正原因，根據吳灞陵所記：純為人事及財務問題，因「任大任反對陸慧生接辦，故停，但陸已於事先出資千元維持，尚欠二千未出耳」。㉝

◉《東方日報：國慶耑號》

《東方日報：國慶耑號》在民國二十年（一九三一年）十月

出版，全書三十八頁，正文三十頁，其他頁為廣告。這本特刊的廣告特多，共六十二個客戶，〈廣告索引〉列出商店名稱、商品類別，及在特刊的頁碼。從廣告眾多，可以想像該報銷量不錯。該報有廣告專員為客户繪製廣告，因此，這個〈耑號〉的廣告設計亦甚有特色。特刊先從〈編者道〉道出出版原因及介紹內容，隨後〈本報大擴充宣言〉的詳細計劃將在一九三一年九月二十九日開始實施，前文已述，不贅。

《東方日報》收到有二三十篇關於雙十國慶的文章，但有感於那一年因天災、人禍、內戰和外侮的紛擾，造成「國將不國，慶無可慶」，所以在這耑號不登載這些慶祝國慶的文章，而決定將該報第一次徵文，以消滅內亂為主題的文章，選出七篇，作為這個特刊的主體。以〈如何消滅內亂〉為題的著者包括有拜言、楊遜、李琹、陳太龍、朱子健、醒亞、玄道等。插圖有中山先生及總理就職、史堅如、陳英士及遺墨、宋漁父、徐錫麟、蔡鍔、黃克強、秋瑾、唐繼堯、「六·二三」慘案烈士墓、鄧仲元墓、黃花崗烈士墓等，人物大多是半身照片，小部分是手繪的。政治諷刺漫畫插圖的畫家包括何法、冷、招郎、馬元風、均興等。刊內包括十則黨國政要的題詞。最後部分刊載了魯衡的白話短篇小說〈犧牲〉。

◉《東方日報三週紀念特刊》

《東方日報三週紀念特刊》於民國二十三年（一九三四年）出版，全書四十八頁，另十四頁屬文藝和文學批評，照像及題詞沒有列明頁碼。這本特刊沒有列明價格，可能隨報附贈。《特刊》首刊總理遺像及遺囑，其次是中央要人照像，包括林森、蔣中正、汪精衛、戴季陶、于右任、吳稚暉、宋子文、孫科、羅家倫、葉楚傖、陳公博、邵元冲、孔祥熙和陳立夫等。其他圖片有關該報社、國內政府建築、香港風光、珠海風光、革命紀念建築、香港平民生活和廣東各地名勝風景等。各中央要人亦有題詞慶賀。

有關該報的文章有〈發刊詞〉，頗為感慨以為不幸的，就是該報在這三年來，「區區的『擁護中央完成統一』主張未蒙擇納之故，成為黨內黨外夾攻中的一個碩果僅存的民眾代言者了」。其他的文章有以「本報同人」署名的〈本報成立三週紀念獻辭〉和以「記者」署名的〈本報發刊經過概略〉，其中以〈獻辭〉一文對該報辦報的方針有較為具體的詳述。論文部分包括李潔澄的〈中國民族復興之前路〉、梁魯蓀的〈最近日本外交之探討〉、許五琴的〈民族復興與合作運動〉、鄭劍光的〈中國教育今後應有動向的我見〉、陳錯節的〈如何促進新聞事業的發展〉、麥良牧的〈一黨執政國家之新聞統制政策〉和韓文幹的〈三年來的香港概況〉等。

陳錯節的論文提及了各地的報業情況，有關香港的論述如下：㉞

……在十年內，香港報業不能說沒有進步，然而同時却不能說有怎樣多大的進步。內容方面，比從前改革許多，如消息言論之注重，作風的改變，編排的改革，新思想的貫注，電報與新聞欄的擴展等，都是香港報業進步的表徵。不過人材方面，還不能與器械方面，作平衡的發展。言論的警闢，軍事政治國際消息的清晰，衹是屬於三數家有政治色彩的報紙，其餘商辦的報紙，仍一樣的帶着濃厚的商品化，老不肯改革。……

韓文幹的論文長達十一頁，討論香港的概況分為商業、工業、教育、體育、文藝各類，資料翔實。其中教育類除了介紹香港教育概況外，並詳列中、小學各科每年的範圍與教科書和教育則例。體育類介紹包括足球、游泳、田徑、籃球、排球、壘球、網球、乒乓、國術等項。文藝類介紹各種文藝期刊出版情況，其中包括《激流》、《人間漫刊》、《十字街頭》、《人造一月》、《字紙簏》、《動力》、《咖啡屋》、《小齒輪》及《新亞細亞》等，以上多種文藝期刊的介紹，可參考筆者的《香港身世：文字本拼圖》一書。韓文幹對一九三四年文藝期刊出版情況的介紹：㉟

入春以來，本港文藝界既見活躍，青年作家又開始抬頭，從事於定期刊物之出版，並成立

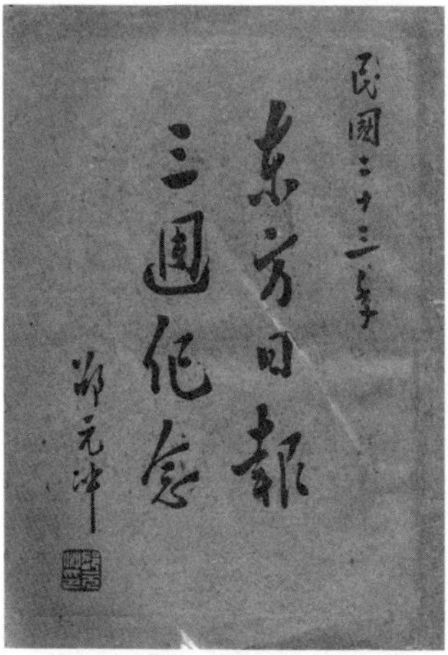

△《東方日報三週紀念特刊》(邵元冲題)

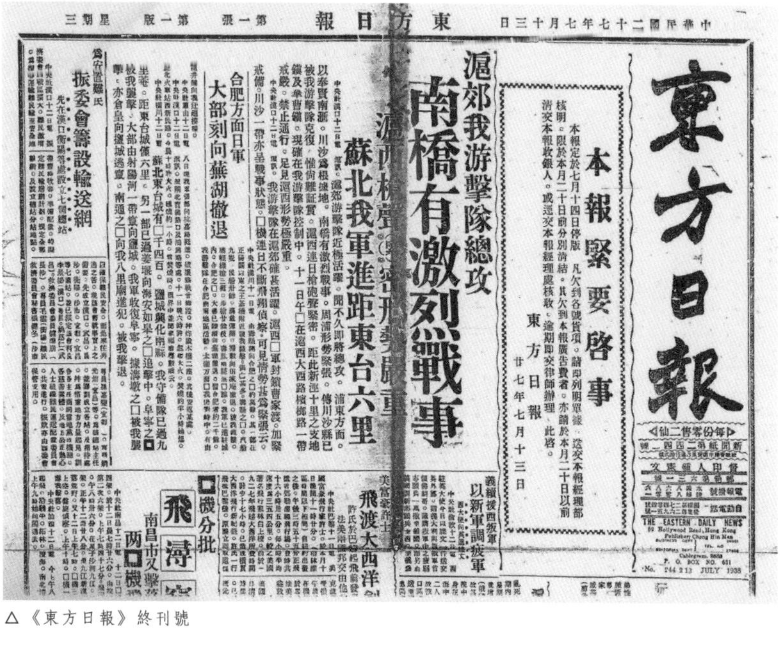

中華民國二十七年七月十三日　東方日報　第一張　第一版　星期三

東方日報

◁每份零售二仙▷

THE EASTERN DAILY NEWS

本報緊要啓事

本報定於七月十四日停版　凡欠到各號貨項。請即列明單據，送交本報經理部核明。限於本月二十日前分別清結。其欠到本報廣告費者。亦請於本月二十日以前清交本報收銀人。或逕交本報經理處核收。逾期即交律師辦理。此啓。

東方日報
廿七年七月十三日

滬郊我游擊隊總攻
南橋有激烈戰事

中央社漢口十二日電　密訊。滬郊游擊隊近極活躍。聞不久即將總攻。浦東方面。以奉賢南匯。川沙爲根據地。南橋有激烈戰事。周浦形勢緊張。傳川沙縣已被我游擊隊克復，惟尚難証實。滬西連日槍砲聲緊密。距此新涇十里之支地鎭及華曹鎭。現確在我游擊隊控制中。十一日午□在滬西大西路檳榔路一帶戒嚴。禁止通行。足見滬西形勢極嚴重。

中央社漢口十二日電　密訊。我游擊隊在滬郊確甚活躍。滬西□軍封鎖曹家渡。加緊戒備。川沙一帶亦呈戰事狀態。□機連日不斷飛翔偵察。可見情勢甚爲緊張云。

蘇北我軍進距東台六里

中央社揚川十二日電　蘇北東台城有□千四百。鹽城與化兩縣。我守備隊已過九里菴。距東台城僅六里。另一部已過姜堰向海安如臯之□追擊中。臯寧之□被我襲擊，大部由射陽河一帶竄向鹽城。我軍收復臯寧。據溝墩之□被我襲擊，亦倉皇向鹽城逃竄。南通之□向我八里廟進犯。被我擊退。

合肥方面日軍
大部刻向蕪湖撤退

爲安置難民
振委會籌設輸送網
先在漢口衡陽等處設立七個總站

美富豪許士　飛渡大西洋

□機分批

南昌市又擊

△《東方日報》終刊號

文社如火山文藝社，及籌備文化促進會等，二者均為本港文藝界最努力之表現也，最近出版之刊物有南國社之《紅豆》，銅社之《詩頁》，X社籌備中之《詩刊》等。《紅豆》為近年來碩果僅存之定期文藝刊物。執筆人亦頗充實。《詩刊》則在本港為僅見。即國內除上海、北平、漢口、廣州、廈門以外，亦不多見。《詩頁》之出版，並為本港文藝界生色不少，且引起文藝界中不少好評……繼《詩頁》而出版者，有《現代詩歌》，為侶倫與易椿年所主編，質量均較《詩頁》多而且精。

文末還提及魯蓀及浪子經常在該報討論當時文壇的弊端。

《雜俎》部分包括梁魯蓀的白話短篇小說〈無眠之夜〉、李青青的白話詩〈廢鐵詩抄〉十則和陳北堂的文學評論〈錢謙益詩文在清初之厄運〉一文。

◉《東方日報四週年紀念特刊》

這個特刊不是另冊出版，而是如該報的版面一樣大小，出紙一大張，共有四版，可能是隨當日該報附送，但缺該日報紙證明。這特刊還登載有總理遺像、國民政府主席林森及政府各院院長等照片。另有林森、汪兆銘和蔣介石等人的題詞。文章有潤的〈紀念本報四週年〉、廋魂的〈本報今後的工作和責任〉、文幹的〈過去一年間的華僑工業〉（按：此篇文章全是論及香港的工業）、碧雲的〈廣東過去政治檢討〉和錯節的〈四年來剿匪進展的意義〉。

◉《東方星期報》

《東方星期報》第一期於一九三二年四月十日出版，每份二仙，全年一元。但在香港定閱《東方日報》的，就贈送《東方星期報》。顧名思義，《東方星期報》只是在星期日出版，與《東方日報》配合，以應讀者全年天天都有該報社出版的報紙看。現存該報第十八期是在一九三三年四月九日出版，這期的出版相距第一期約有一年時間，這期應約是第五十二期，除去該報在一九三二年八月停版四十日，停止出版共約六期，理應一九三三年四月九日出版的約是第四十六期，而不是第十八期，因此《東方星期報》的刊期是極不穩定的。該報每期約有十二頁，新聞以報道國內的為主，粵聞較多，香港新聞亦佔有兩頁。另有〈社論〉及談論國內、外的〈一週述評〉。這份以小報形式出版，亦不乏政海花邊新聞，以嬉笑怒罵的筆鋒、諷刺社會的時弊。隨報另有共四頁的《東方畫刊》，期望以無所不包的藝術產生出一個能組織的新藝術同盟來，內容包括照片、散文、新詩等。

東方星期報　1

中華民國廿一年四月十日

東方星期報

藏戡題

第一期

社址：香港中環荷李活道38號
電話：（編輯部）27404、25787（營業部）26951
郵箱：681
督印：周少稷
印刷：東方印務公司
售價：每份二仙；全年一元

此報閱後如何？請批評！有甚麼要改善？有甚麼要增進？請盡指導！

跑狗　澳門會　逢星期六晚八時　星期日下午二時開跑　△狗場在蓮峰廟前▷

△閱者諸君注意▽　是欲新眼廉和欲得幸運兒一到

我反對停戰會折衷辦法

日拒縮短撤兵期間勢又成僵局

雙方現修改聲明之文字明日續會

小組會雙方爭駁劇烈

討論南市浦東駐軍問題　暫駐地保履勘後再行詳定　調停後定明日續會

△《東方星期報》

注釋：

①《黃冷觀先生紀念冊》，（香港，一九三八），頁　二。

②郭彬、李繼鋒，〈袁振英生平大事年表〉，載《上海革命史資料與研究》第八輯，二〇〇八，頁六七六。此處的報人姓名有異。

③倪延年，《中國報刊法制發展史》現代卷，二〇〇六，頁六三。

④張憲文等主編，《中華民國史大辭典》，南京：江蘇古籍出版社，二〇〇一，頁四三三。

⑤林鈴、梁松生，〈解放前廣東報業發展概況〉，載《廣東文史資料》第七十三輯，一九九三，頁六一。

⑥趙春晨等主編，〈中西文化交流與嶺南社會變遷〉，北京：中國社會科學出版社，二〇〇四，頁二七一。

⑦黃德深，〈廣東話劇從辛亥革命至解放前的發展歷程〉，載《廣東文史資料》第三十四輯，一九八二，頁一九五至一九六；賴伯疆，〈澳門話劇百年演進的軌跡〉，載《廣東社會科學》，一九九九年第五期，頁一三五至一三六。

⑧賴伯疆，《薛覺先藝苑春秋》，上海：上海文藝出版社，一九九三，頁七。

⑨參閱本書〈革命暴徒報人夏重民和《香江晨報》〉一章。

⑩陳公博，〈我與共產黨〉，載中國人民解放軍政治學院黨史教研室編，《中共黨史參考資料》第二冊，北京：中國人民解放軍政治學院黨史教研室，一九七九，頁二二八。

⑪同⑩，頁二二九。

⑫居正，〈致廣州特設辦事處幹事長張繼函（一九二一年三月十六日）〉，載羅福惠、蕭怡編，《居正文集》，武昌：

華中師範大學出版社，一九八九，頁四〇二。

⑬ 方漢奇主編，《中國新聞事業編年史》上冊，頁九七六。

⑭ 陳志國、倪根金，〈略論民國廣東「中山模範縣」時期的鄉村建設〉，載江惠生、黃日東主編，《廣東農村土地制度創新研究》，二〇〇八，頁四二二至四二四。

⑮ 〈令派陳雁聲為本府參議〉，載《廣東省政府公報》，一九三七年第三六六期，頁一七。

⑯ 〈報界名宿又弱一個；陳雁聲氏病逝韶關〉（剪報，出處不詳）一九四六年三月二日，吳灞陵舊藏。

⑰ 〈特卹陳雁聲同志〉，載《中央黨務公報》一九四四年第一五期，頁三七四至四二六。

⑱ 記者，〈本報發刊經過概略〉，見《東方日報三週紀念特刊》，一九三四，頁七至八。

⑲ 本報同人，〈本報成立三週紀念獻辭〉，見《東方日報三週紀念特刊》，一九三四，頁三。

⑳ 同⑲，頁四至五。

㉑ 〈一般資料——呈表彙集（十四）一九三四年九月八日〉（台灣國史館檔案資料），典藏號：002080200441053，網址：catalog.digitalarchives.tw/item/00/1a/17/9c.html。

㉒ 林鈴、梁松生，〈解放前廣東報業發展概況〉，載《廣東文史資料》第七十三輯，一九九三，頁七一。

㉓ 據吳灞陵筆記〈〔歷年〕香港日報調查表〉。

㉔ *Newspaper Directory of China*（*including Hongkong*）, 3rd issue, Shanghai : Carl Crow, 1935, p.50-51.

㉕ 許晚成編，《全國報館刊社調查錄》，頁一二一。

㉖ 《東方日報》一九三二年一月一日。

㉗〈本報出世之厄運〉，載《東方日報》一九三一年五月二十九日。

㉘一九三五年七月二十八日剪報，出處不詳，吳灞陵舊藏。

㉙一九三五年七月三十日剪報，出處不詳，吳灞陵舊藏。

㉚據吳灞陵〈一九三二香港中文報刊實況〉檔案內的筆記，又後一章〈革命元老胡漢民和《中興報》〉。

㉛同㉑。

㉜《東方日報》，〈敝報向楊鼎中先生敬致歉忱〉，一九三三年七月二十九日剪報，吳灞陵舊藏。

㉝據吳灞陵〈一九三二香港中文報刊實況〉檔案內的筆記。

㉞陳錯節，〈如何促進新聞事業的發展〉，載《東方日報三週紀念特刊》，香港，一九三四，頁二六。

㉟韓文幹，〈三年來的香港概況〉，載《東方日報三週紀念特刊》，香港，一九三四，頁四七。

chapter

⑮／革命元老胡漢民和《中興報》

由於香港具備較為寬鬆的言論及出版自由等有利環境，亦因本港是消息傳遞的樞紐，從清末以來，宣傳革命的報紙，及民國以來國內不同派系的政治性報紙，紛紛在港開辦以擴大自己的影響，各自為其代表的勢力宣傳自己的政見，傳播打擊對立派系的消息與言論。本篇將要介紹政界重量級人物，曾擔任廣東省省長、國民政府主席及立法院院長的胡漢民和他主持的政治性報紙《中興報》。

◉ 胡漢民所創辦的《中興報》

有謂《中興報》是由陳濟棠所設立的，曾在《中興報》任職見習校對約半年的劉逸生在他的自

傳《學海苦航》就有這個說法，並且提及陳濟棠設立《中興報》的目的：①

> 《中興報》是陳濟棠設在香港的宣傳機關，創辦於一九三二年。那時，陳濟棠既是國民黨第一集團軍的總司令，又兼廣州綏靖主任，同時又是國民黨中央執委員會西南執行部和國民黨西南政務委員會的常務委員。他佔據廣東全省，集軍政大權於一身，又有一批國民黨元老支持，聲勢煊赫，隱然同南京的蔣介石抗衡。這個政治集團在香港辦一份報紙，宣傳陳家「德政」，自然很有必要。

劉逸生這個說法是有問題的，他所憶述的，都沒有其他有力的資料證實該報就是陳濟棠所設立。亦有一說《中興報》是由胡漢民（以下簡稱「展堂」）出資創辦，②這個說法亦不能確切說出該報真實的財政情況，下文「《中興報》的財源」一節中會有說明。從《中興報》和該報所出版的《廣東建設號：香港中興報周年紀念刊》（以下簡稱《廣東建設號》）所得有關該報的人事資料，只知道督印人是馮康侯，其他資料付之闕如。眾多報業史專書談論該報往往只有寥寥一兩句，資料相當貧乏。可幸《中興報》在港刊行期間，有展堂當年的往來函電稿可資參考，足以肯定《中興報》是由他所主辦，從這些資料，亦可以得知該報內部運作的較詳細情況。

原來上世紀六十年代，展堂的女兒胡木蘭將她父親晚年往來函電的抄本，捐獻給哈佛大學燕京圖書館，後經得展堂後人的授權，由廣西師範大學在二〇〇五年出版，陳紅民輯注，書題《胡漢民未刊往來函電稿》（以下簡稱《函電稿》），全書共十五冊，[③]收錄時間局限在展堂的晚年（一九三二至一九三六），這批函電稿包括他發出的、作過批注的、收到而發件者集中的、收到而發件者較為分散的幾種類型。據統計，編入的函電稿共二千七百二十九件。這批資料是研究展堂的第一手材料，同時也是研究廣東歷史、中國現代史、民國史與國民黨史以及現代人物的重要資料。[④]恰好這套《函電稿》所收列的時限，差不多就是《中興報》刊行的期間，時間相若，故對了解該報運作，甚有幫助。《函電稿》所收列有關《中興報》的書信共有三十多件，這些書信都能有力顯示該報是由展堂所主辦。其中展堂和陳融往來的書信共有二十多件。陳融當時在廣州任西南政務委員會秘書長，是他幫助該報籌集經費，他亦在報務上給在港的展堂出謀獻策，有時甚至在報務上代展堂做出決定。他們在這時期討論到《中興報》事務的函件都包括在內，這些有關該報的第一手資料極為珍貴，函件長短不一，短的只有十來個字，長的近千字。可惜很多函件的書寫都沒有標明年份和日期，或者語焉不詳，有些事件便難以知其來龍去脈了。

在未開始介紹《中興報》時，有必要了解該報主持人展堂的生平。胡漢民（一八七九至一九三六）名衍鴻，字展堂，別號不匱室主，廣東番禺縣人。才氣縱橫，辭鋒銳利。年二十，

△ 胡漢民

為《嶺海日報》編輯。年二十三，鄉試中舉。展堂飽讀書報譯本，以提倡新學為己任，某歲元旦嘗書一聯於門外：「文明新世界，獨立大精神」，人以為怪。[5]一九〇二年赴日本留學，後因駐日清公使不允送中國學生就讀日本學校，展堂與其他數十留日學生憤而歸國。一九〇四年，適粵督岑春煊派學生至日本法政大學留學，展堂得以再次東渡，同行者有汪兆銘、陳融（漢民妻兄）等人。一九〇五年，展堂為同盟會籌建人之一，編輯《民報》，與梁啟超保皇派之《新民叢報》展開劇烈筆戰。一九〇七年隨中山先生至新加坡、河內，設立革命機關，參與黃崗、鎮南關諸役，失敗後往新加坡主持《中興日報》。一九〇九年任同盟會香港南方總支部長，雲南河口起義、廣州新軍起義、黃花崗諸役均親與其事。辛亥革命時，被任命為廣東都督，一九一三年被袁世凱免職。一九一四年隨中山先生在日本組織中華革命黨。一九一七年在廣州任護法軍政府交通部長。一九一八年隨中山先生抵滬，次年參加辦理《建設》雜誌。一九二四年中國國民黨改組，成為右派首領。一九二七年和蔣介石合作，反共清黨，後歷任國民黨中央政治會議主席、國民政府主席、立法院院長等職。一九三一年二月，因反對獨裁，被蔣介石軟禁於湯山。同年「九．一八」事變後，被釋放回廣州，赴香港休憩，居港四年，創《中興報》及《三民主義月刊》等報刊，發表演講稿及政論，領導以兩廣等省地方當局為代表的西南派，與蔣介石南京政府對立，出現寧、粵分裂的局面。一九三五年六月以病赴歐療養，一九三六年一月歸國，同年五月因腦溢血，於廣州逝世。

◉ 一九三二年《中興報》創辦時的政局

《中興報》是政治性報紙，有了對當時政局的認識，可以幫助了解該報的政治取向。一九三一年二月，展堂因反對蔣介石獨裁，堅持反對召開國民會議及制定「訓政」時期之約法，被蔣介石軟禁在南京湯山，國內外輿論為之嘩然。國民黨粵系中央委員及西南實力派皆強力回應。親展堂的國民黨中央監委、國民政府文官長古應芬秘密從南京逃到香港，即策動陳濟棠反蔣。原來在一九二九年初，蔣介石以擔任廣東省主席的李濟深聯盟粵桂，扣押李氏於湯山，改任陳氏掌握廣東的軍權，但蔣氏要求他裁減軍隊，削減軍費，引起了陳氏不滿，所以他為了壯大反蔣的力量，迅速和當時對壘的桂系實力派達成協議，把粵軍撤回廣東，組成粵桂聯合反蔣陣線，並以巨款資助古氏聯絡各方策劃反蔣活動，希望除了軍權外，也控制廣東的政權，將軍政兩權集於一身，以使雄據廣東，南面稱王。一九三一年四月，國民黨粵系四監委鄧澤如、林森、蕭佛成、古應芬聯名通電彈劾蔣介石，要蔣在四十八小時內下野。國民黨內失意和反蔣黨員如汪精衛、孫科、古應芬等和粵桂實力派雲集廣州，召開「國民黨中央執行委員會非常會議」，發表反蔣宣言，另組一個與南京「國民政府」相對立的廣州「國民政府」。

一九三一年，「九．一八」事變發生後，在全國要求抗日救亡、反對分裂的情況下，寧粵雙方舉行談判，達成了釋放展堂、蔣介石下野、廣州結束非常會議的協議。⑥一九三二年初，國民黨四屆一中全會確定在廣州成立西南執行部與西南政務委員會，代表國民黨中央與國民政府行使職權。展堂等人遂利用這兩個機關對抗南京政府，形成了寧粵雙方的對立。展堂等人以主張分享權力到要求推翻南京政府，走向全面對抗：在組織上，成立「新國民黨」，其黨務擴展到華北及長江中下游地區；在宣傳上，主辦報刊宣導其政治主張；在軍事上，展堂及兩廣實力派積極爭取各方支持，其目標是要策動一場全國性的反蔣運動。展堂為西南制定了「對中央行為均表反對」的基本策略。⑦

展堂領導的國民黨元老派，雖然和陳濟棠的實力派有共同反對蔣介石的目標，但陳濟棠希望可以倚仗元老派的聲望以抗拒蔣介石，而以廣東的軍事、經濟實力為後盾，自處廣東獨霸一方。陳濟棠可以讓他們在西南政務委員會、西南執行部、省市黨部等上層機關負上一些虛銜，但絕不允許他們分享實際的權力和地盤。對於西南最高政治領袖展堂，陳濟棠要依靠其作為孫中山的主要繼承人所享有的政治權威和正統象徵，使蔣介石對廣東不致過份逼迫甚至於動武。為避免被展堂侵奪或削弱自己的權力。陳濟棠亦小心翼翼加以提防，並不歡迎這面政治擋箭牌親自坐鎮廣東，為了削弱展堂在廣東的影響，陳濟棠還嚴密收緊控制輿論，壓制展堂省內對外發表其政治主張的所謂「談話稿」。⑧因此，展堂在港主辦《中興報》，為使能有一管道發表政見。

國民黨這時除了黨內有派系的鬥爭，黨外方面又要忙於對付共產黨，蔣介石於一九三〇年十二月至一九三一年七月期間，就全力發起三次剿共。日本長久以來都有侵華的野心，乘着蔣介石當時分身不暇的時機，遂利用關東軍於一九三一年九月十八日，藉口「中村事件」突襲瀋陽，進攻北大營，侵略中國東北三省，佔領東北幾千里的疆土，迫使幾千萬中國人陷於水深火熱之中，這是日本侵華著名的「九・一八」事變。又在一九三二年一月二十八日深夜，爆發「一・二八事件」，上海日軍突然襲擊並強佔上海閘北，十九路軍經月餘之苦戰，最後以增援不繼而撤退，蔣介石對於日本的侵略，採取消極不抵抗政策，只能積極開會談判謀求妥協，與日簽訂喪權辱國的淞滬停戰協定，規定中國駐兵地點，為長江岸之福興、梅里、太倉、安亭和與白鶴口相聯之陣線，將長江門戶儘量開放，予日本控制淞滬、控制長江各省之機會。此時失地既不可復得，主權更不堪提問，蔣介石仍是執着要全力剿共，甚且倡言，非統一不能對外，一城一鎮之得失，無關於國家之存亡。而一般中國老百姓，對於日本侵華，極表憤慨，全國各地掀起抗日浪潮，香港華人對此亦群情洶湧，紛紛進行一系列的杯葛與暴動，又發起了捐款救濟國內難民和傷兵的運動，《中興報》亦因在此內憂外患的政治環境下而在香港創刊。

◉《中興報》的財源

常言道：「三軍未動，糧草先行。」因此在開始談論《中興報》辦報之前，有必要先介紹該報的財源。通常報紙的出版，需要有很鉅大的財源來經營，就以《中興報》來看，從該報出版的《廣東建設號》內所刊載的同人合照，共有二十二人，單以支付他們的薪津來計算，就是一項不菲的支出。展堂向來操守謹嚴，自奉亦儉，[9]只是專注政事，不事家人產業，相信以個人力量無從負擔該報的經費。[10]其實，該報的出版經費和西南政務委員會秘書長陳融甚有關係，他是展堂志同道合的近親，陳融對於報業是外行，但當時他覺得除了在西南政務委員會可獲撥一筆款外，他與廣東省政要如林雲陔、劉紀文等都很有交情，估計從省府和市府都可以找到一些另外的資源，因此陳融便包攬籌募辦報經費的責任。[11]根據國民政府在一九三一年訂下的《預算章程》支出分類規定，下設「特別補助費」一項，每年撥款給予非政府行政部門補助，年均支出約二十四萬元，補助的主要單位有《廣州日報》、十九路軍等，《中興報》亦是受補助的單位，[12]相信該項補助是經陳融運動省府而獲得的。當時陳濟棠主粵，他亦樂得廣東省政府撥款給展堂在港辦報，以免展堂在粵對他的政權礙手礙腳。該報的《廣東建設號》亦是得由廣州市政府轉呈《中興報》的申請函，而獲廣東省政府批准捐助印刷費一千元，該刊方得以順利出版。[13]

陳融從各方籌得的經費有若干，因缺乏資料，未能確定。但從《中興報》的設備和員工人數就可以略悉該報的規模。在一九三〇年初，香港各主要報社的印刷機已盡購用較先進的捲筒機，採用澆版法。[14]而該報在一九三二年創刊時，仍然要採用效能較低的平板機，至一九三三年一週年時，該報已深知不能不購置新機，但苦於財絀，仍未能撥出數萬元購置，以致出報緩慢。[15]在員工編制方面，該報一九三三年時有二十二人，相對來看，筆者在本書介紹《香港新聞報》時，該報單是印刷員工便有二十多人。這可想像《中興報》雖由廣東省政府撥款資助，但經費並不是很充裕。

◉《中興報》的管理層

《中興報》的管理層共有五人：展堂、展堂的私人秘書王養冲、西南政務委員會秘書長陳融、督印人馮康侯和總編輯何家為。前三人都不在報館辦理報務，多集中注意該報的政策、重組報務以改進運作，及該報對外界的聯繫；馮康侯可算是負責報館日常運作的主理人，而何家為是編輯部的主管。下文就這五人的簡單生平及在《中興報》的工作情況做出勾劃：

展堂一生在政界服務，對革命有着一番理想和熱誠，從湯山被蔣介石釋放返回廣東時，軍政權都落在陳濟棠手裏，所以他便在香港辦理《中興報》。其實，他長久以來有強烈的發表慾來表達政見，他曾言：「僕之文字，蓋為天下之公是公，非與古人閉户著書，藏之名山者意義懸殊，其一身進退，則專以主義為繩，亦與絕人逃世者異。」⑯而促成展堂在港辦報的近因，可能是在主辦《中興報》兩個多月前，於一九三二年二月十一日，他與某校長晤談，香港各報所發刊之談話紀要有違其本意，因而他寫成〈致香港各報社對黨治意見書〉一文交《遠東日報》發表。⑰未知此事是否導致他希望運用自辦的宣傳機制，更準確地傳達其訊息。展堂在港辦報，希望不囿於廣東一地，而能站在更高位置，聯絡國內及海外黨員，抗衡蔣介石在黨內的獨裁政策及對日本奉行不抵抗主義，希望對時局有所影響。

展堂在《中興報》內沒有正式的職銜，在報館內亦沒有辦事處，與馮康侯和何家為議論報務時都是在他寓所內進行。他在港主要是辦理黨務，處理《中興報》的事務不過是他一部分兼理的工作。他甚少在報館露面，對報館內的日常運作甚少過問，所關心的亦只是報社策略性的事務，範圍廣闊，即如該報政治的立論、新聞的報道、副刊的安排、人事的調解、人才的培養、報紙的銷量、財政的控制等，都是他注意的事項。有關《中興報》報務的討論，並不單單牽涉展堂、督印人馮康侯、總編輯何家為三人，還牽涉到陳融和展堂私人秘書王養冲。陳融常駐省城，因此展堂多以書信與他商議報務，遇到該報比較重要的改革事務需要處理，陳融都會乘便來港一行，共商籌策。[18]通常有關報務處理，展堂首先要馮康侯和何家為分述陳條，由王養冲提出折衷辦法，致函陳融審裁，再交由展堂作最後決定。[19]

陳融（一八七六至一九五五），字協之，號顒園（庵），廣東番禺人。邑學生員，遊學東瀛，法政畢業。任廣東高等法院院長、廣東公立法政學校校長、國民政府秘書長等職。西南政務委員會成立後，陳濟棠要他做秘書長，展堂與陳都能接受他，相信他，可以說是兩者聯繫的中間人。陳融亦是展堂之近親，胡夫人陳淑子是陳融的妹妹。[20]陳融為《中興報》最主要在廣東省內籌集開辦費，以後每年在省內極力爭取該報的經費。他不只在省內為該報爭取資源，無論該報對外、對內的事務，他都有兼顧。

陳融在省府辦公，較易得知各政要對該報的批評，進而傳達訊息到該報，從而加以改善。如在一九三四年年頭，張學良已下定決心與西南當局籌備軍事合作，然而西南方面對聯張的意見並不一致。反映兩廣立場的《中興報》在有關報道中，用「張學狼」代指張學良，引起蕭佛成的震怒，要報社方面「將主稿人撤去」，而陳融即函何家為速辦。[21]又如《中興報》載有香翰屏行動及蔣介石幾路對付粵省等事，陳融備受省內同僚責備，故致函展堂、何家為及馮康侯以後勿登載此類新聞。[22]對於異己敵對，陳融曾致函展堂，稱蕭佛成等同僚打算在報章對其敵對一方施以刻毒之謾罵，轉囑王養冲作大段新聞交《中興報》刊載。[23]當政府和報社有利益衝突，陳融都能給予中肯衡量，如《中興報》欲得津滬電台呼號波長等一事，以便該報可獨得更快及更多資訊，而陳融以為國民黨津滬兩電台係屬秘密機關，若一旦為對方偵知，則危險立見。報社普通訪員流動性大，不能以電台及交通處所在地及電台呼號波長等告知，次則來往送電亦有不便，似不如照舊由津滬交通處之特約通訊，逐日將新聞拍來廣州轉供該報為上。[24]

到了《中興報》的後期，陳融對馮康侯和何家為的相處不和及工作表現，感到有些灰心，陳融以為該報經過改組後，支出可以減省，以有餘補他日不足，但唇焦舌敝後，仍然只能有加無減，雖有憤激，但若全盤交予陌生可疑補替，更是左忌右怕，而陳融自嘆能力有限，只得做到一日和尚撞一日鐘。[25]

王養冲（一九〇七至二〇〇八），江蘇省南匯縣人，在報刊上用過君默、昭明等多種筆名。由於文筆出眾，經人推薦，在二十一歲（一九二八年）起，便在南京擔任時任國民政府立法院長展堂先生的私人秘書，直至一九三六年展堂在廣州病逝才離職。[26]一九三一年「九・一八」事變後，王養冲隨展堂移居香港，兼受聘為《中興報》總編顧問及社論特約撰述。[27]當時正值國難當頭，十九路軍「一・二八」淞滬抗日之役，王養冲奮筆疾書，幾乎每天工作至凌晨三四時，撰寫上萬言的時事評論，批駁蔣介石「攘外必先安內」的主張，聲援抗日和民主運動，與南京政府國民黨在香港所辦的《東方日報》展開筆戰歷月餘，此後論列時政，以政論蜚聲南國。[28]港外地區需要贈閱《中興報》，王養冲都代為轉達讓該報加以執行。他不只是展堂和馮康侯、何家為之間訊息的傳遞者，還參與討論、建議該報的事務。當馮康侯和何家為雙方對報務的意見不合時，他常做他們的折衝。因他常在《中興報》撰寫政論，而何家為主力亦是編輯新聞和負責社論，有着共同的話題，因而比較談得來。而康侯可能有「名士派」作風，對人態度比較冷淡，所以王養冲和馮康侯話不投機，招來王養冲的不滿。

馮康侯（一九〇一至一九八三），廣東番禺人。本名彊，別署阿彊、老馮、老康、康翁，後以字行。精於篆刻、書畫。七歲時已從祖母舅温幼菊習書，温幼菊以花卉名世，馮康侯作博古花卉，實得温氏嫡傳。[29]年十六，從劉慶崧習六書及金石之字，亦受益於黃士陵之印稿。年十八，往日本入東京美術專科學校修讀實用美術，課餘潛心篆刻。一九一六年返廣州，正式跟隨劉慶崧習篆刻。年二十五，在北京受國務院印鑄局禮聘為技師，國璽「榮典之璽」出其手筆。是時，馮康侯已以篆刻、書畫馳譽京華。一九二六年，返廣州，轉任黃埔軍校校長辦公室秘書。[30]一九二八年，再受聘於印鑄局在南京為技師。一九三〇年移居香港。康侯見知於展堂、陳融二老，某歲陳融生辰，馮康侯於三日之間為其刻印百顆。[31]一九三三至一九三五年任《中興報》社長，仍悉心於金石書畫之中。[32]

《中興報》從一九三三年五月一日創刊號到一九三六年七月二十一日停刊號，在報頭顯示，馮康侯一直都是該報的督印人，相當於社長。他沒有具體的工作，可能只是處理副刊的事務，偶然去編輯部，也只巡視一回便走。[33]他此時已享有藝術界的盛譽，可能由於名士派的作風，亦可能因悉心於金石書畫，而疏於報務。馮康侯往訪展堂寓所，有時展堂不在，可能他不擅言辭，故與秘書王養冲話不投機。就算展堂有機會和他與何家為在寓中討論報務，展堂多是說些政見，而康侯不管正張（新聞版），不能發生興趣，遂有向隅之感，難以為情。[34]馮康侯和何家為兩人相處不和，終至勢成水火，何家為更表示非去馮康侯不可，展堂亦覺得馮康侯在《中興報》，用非其長，思調以他事，另覓合適人選替代，力從節省費用、整理事務着手，做到經費不須全賴津貼，到財絀時，亦可維持。[35]但因當時該報有官司纏身，而指名控告馮康侯，倘有傳訊等事，均須馮康侯應付，因此該報督印人的名義變為名存而實亡。[36]到一九三六年七月該報臨近結業時，展堂之女胡木蘭擔任社長。[37]

何家為是該報的總編輯，曾在外國留學，在報界資歷甚深，歷任庇能《檳城新報》總編輯、庇能《光華日報》及吉隆坡《中華商報》編輯，又為新加坡《新國民報》社論撰述。[38]劉逸生說他「少年得志、盛氣淩人」。能寫時事政論，《中興報》之社論，不少出自他的手筆。[39]該報開辦初時，展堂因蕭佛成曾言何家為赴滬，恰是某派開會日期，而何家為對展堂等亦常持極冷淡態度，故疑其為某派之稍要者，曾囑馮康侯如其請辭，則不必延留。[40]在一九三四年春節後，編輯部內部產生了「難以調和的矛盾鬥爭」，不知是政治見解不同還是個人之間的恩怨，何家為同日發出四封公函，解僱編輯黃小植和何古愚、校對劉四達和見習校對劉逸生。[41]陳融認為他在報社是唯一能文，餘皆未甚能稱職。[42]亦因該報善於為文者甚少，何家為疲於奔命，一度陷於神經衰弱，故該報每星期要買外稿兩三篇，以應付所需。[43]展堂亦認為他是難得的人才，[44]故此後得以常為展堂出謀獻策以改善報務，而展堂認為他論列大抵平允。何家為後期對馮康侯大感不滿，馮康侯因病不能到館，何家為力責其不是，又以為陳融偏幫馮康侯，在其致另一編輯陳肇琪函內，對陳融肆口漫罵。[45]

△《中興報》同仁合照（筆者臆度，前排右一至右四：陳融、王養冲、胡漢民、馮康侯）

◉ 管理層之困境

《中興報》內部人事複雜，總體辦事能力又不強，編輯部內健筆者甚少，行政部分則過於鬆懈，[46]實因該報缺乏一位有魄力、有能力之內行人，可以掌管和帶領一班幹才執行全盤事務。報社從創辦時就未能揀選適當的人選擔任主持人。馮康侯不是報界內行人，他能擔任此職位，很大原因是他在藝術上享有盛名，而展堂和陳融兩人都是愛才，但他對報務全無經驗，既不是有魄力和有駕馭下屬能力的人，又不肯用心和花時間去全盤掌握和處理《中興報》的報務，他與同仁的人際關係不能和衷共濟，在館內與第二把手何家為並無默契，與秘書王養冲又話不投機，馮康侯在館內是最高的行政人員，既欠魄力能力，又欠人和，所以《中興報》

不能辦得理想。就算展堂、陳融竭盡其力，結果亦屬徒然。

◉《中興報》的基層人員

一九三四年前，據資料所得，僅知該報在編輯部有姓名可稽考的有：編副刊的李卓立、電訊版的黃小植、社會新聞版的何古愚、香港新聞版的何隱之、校對劉四達和見習校對劉逸生。劉逸生在一九三三年冬任職，對其中的兩位編輯有以下的描述：

> 編副刊的李卓立老先生，信宜人，字平宇，精通金石學，是馮康侯的老友。他鼻樑上架着老花眼鏡，嘴上留着兩撇花白鬍子，一副老學究的模樣。[47]到了《中興報》的後期，在選擇以後繼承馮康侯職位的人選時，王養冲以平宇老成篤實，和得諸人，將來以李繼馮，人無間言，極力為之推薦。[48]其後亦令李卓立不時留意馮康侯所處理的事務，以備將來替代；陳融以為李卓立不是很精明，但理財尚可靠，而馮康侯之濫支，亦可以裁減。[49]
>
> 編香港新聞的何隱之，是個矮矮的大胖子，卻是開口「皇家」，閉口「皇家」。為了向同事宣揚「皇家」，特意舉出一篇慶祝女皇誕辰的文章，不停地讚好，還特別讚賞文章末尾逢承

女皇的兩句：「自以葵非蜀產，向日仍傾；只緣柳在隋堤，因風亦舞。」[50]

據一九三六年許晚成的調查，當時在《中興報》的重要編輯有陳濟遠、王之五、梅振達、何隱之等四人。[51]另有陳肇琪，他在海外辦報頗久，在《中興報》工作賣力，陳融對其頗為器重。[52]其他編輯有姓名可考者尚有黃華宗。有關戰前報館內各個職位的情況，很少有比較詳細的介紹，就此轉介劉逸生憶述其一九三三年做校對電訊的工作，可多增一些了解：

> 那時候，報紙上國際國內消息來源，從英文翻譯過來的主要是英國的路透社，美國的美聯社，國內的主要是國民黨的中央社；此外還有所謂專電，是報社通過私人關係取得的。中與報社當時還沒有專收這些電訊的設備，只向一家專門收譯電訊的私人機構購買，每月付出一定費用。這些稿子由該機構用複寫複印若干份，每天晚上分幾次送到報社去。
>
> 這些稿子通常每一則多的有幾十字，少的只得十來個字，用的全是文言文，而且沒有標點。因為是通過無線電收錄和翻譯的，錯字、漏字常常難免。編輯先生的責任是把這些稿子改正錯字，用頓號和句號斷句（不是新式標點），再安個題目，發到排字房，經過排字、校對，然後把這些零散的新聞片段拼成一個版頁，再送到機器房，裝到平版印刷機上，編校過程就算完成了。[53]

中華民國二十一年五月一號　香港中興報　星期日　第一張第一頁

中興報

政委會令空軍政隸

滬停戰協定將簽字

有定今日簽字說

義勇軍大活躍

阻斷一面坡　再攻敦化城

國聯代表大會通過特委會議決

顏惠慶有沈痛演說

△《中興報》創刊號

報館內設有隨軍記者職位，以替報館跟隨軍隊開往前線，能第一時間快速採訪戰時實況，《中興報》亦設有此職位，但此職位亦可能是作為應酬之用。事緣於一九三三年五月，英屬庇能華僑青年李報之回國，願為抗日效命。此時十九路軍正號稱北上抗日，展堂便將他推薦給蔡廷鍇，惟聞北上軍隊遺額無多，並表示「倘蔡同志處未能延納，或可再由《中興報》推為從軍記者亦一辦法。」[54]

◉《中興報》的創刊

《中興報》（*The Renaissance Daily News*，後期亦有音譯稱作 *Chung Hing Po*）在民國二十一年（一九三二年）五月一日創刊，社址在結志街六至八號。每日出紙兩大張，張數雖少，主要是減少長期廣告之篇幅，但各類新聞登載，與其他日報無異。該報星期例假概不停刊。零沽每份三仙，本港訂閱每月八毫，廣州市區每月省銀一元、內地每月港銀一元八毫、半年十元、全年二十元，郵費在內；歐美南洋英屬每月二元二毫、每年二十六元；非英屬每月二元八毫、每年三十三元，均以港銀計。一九三二年年尾每日出紙改為兩張半，而每份減為二仙。一九三二年一週年時，本港、國內、國外每月報費為港銀八毫，廣州每月省銀一元，以上半年訂閱有八折，全年有七折。國內郵費每月一元二毫、國外則每月二元四毫、本港及廣州皆是派送，不另收費。該報在一週年期間印發訂閱券，憑券照價再復九折。一九三四年六月三日後，每日改出紙為三張。一九三五年七月間，又改出紙為四張。

有關該報的銷量，據許晚成在一九三六年調查所得，銷數約二萬二千份，[55]這個調查所得的數字未免過高。由主辦人展堂致友人函中透露，該報平時銷紙六七千份，低潮時降至二千六七百份，[56]展堂所透露的銷量，可信性較高。該報除了在香港銷售外，國內亦有對該報寄贈的要求，北平政整委會調查處希望《中興報》能逐日或每三日郵寄。[57]上海是一九三〇年代中國媒體最為發達的地區，內外矚目的焦點。展堂等重視上海的原因之一，就是要利用上海作為自己的陣地，形成宣傳上的南北呼應之勢。在上海辦報因要顧忌環境，不能肆意對南京政策攻擊批駁，故展堂乾脆將他主辦的《中興報》及《三民主義月刊》運至上海，作為各級「新國民黨」組織及黨員的學習材料，同時伺機在社會上散佈。該報在福建亦有銷售困難，在一九三四年，漳州就曾有第四縱隊指揮部，訓令漳碼公安局，查禁該報。[58]

為了聯絡海外黨內人士及責難南京當局的內外政策，在「一·二八」淞滬抗戰結束、察哈爾民眾抗日同盟軍遭壓制、福建事變被鎮壓、南京方面宣佈將召開「五全大會」等事件前後，胡漢民利用各種渠道將《中興報》、《三民主義月刊》報刊送往海外，不斷發表自己的立場，將兩廣對南京不妥協的態度傳達出去。[59]對於報刊的傳播，一部分是海外的訂閱，黨員途經外地時，即在該地推銷招納訂閱。[60]一部分郵遞寄贈國外，如美洲黨支部伍智梅致胡漢民函，言及美洲黨務情形，提出寄贈《中興報》而得展堂應允。[61]該報在海外能暢銷固佳，但每月都要負擔一筆鉅大的郵費，郵費貴於報紙，報紙銷得愈多吃虧愈多。[62]

◉《中興報》的內容

在這個因日本侵華而激起群情洶湧的香港環境下，該報把抗日的目標放在第一位，而把反對獨裁放在第二位。所以該報在創刊號，由以筆名「家偉」所撰寫的社論〈本報創刊之使命〉，說出辦報的使命就是要「致力於國家民族之復興」，而提綱挈領是「（一）主張切實抗日，反對屈辱妥協；（二）主張促進民治，反對專制獨裁」。其實二者都是反對蔣介石：主張抗日就是反對他對日軍的不抵抗態度；反對獨裁就是西南元老一路以來的反蔣。展堂曾道出他對國內政治的方向：「自東北事變以還，余於國內政治，堅持三義：曰抗日，曰剿共，曰反對軍權統治。不抗日，國家無以求生，不剿共，民族無以圖存，不推翻軍權統治，則抗日剿共主張，必無由貫徹。」[63]他認為最重要的步驟還是以反蔣、推翻軍權統治為最根本，這亦與《中興報》的宗旨互相配合。

《中興報》的新聞篇幅內容大約專電及〈社論〉佔一頁半，〈軍政要聞〉佔一頁半，〈本埠（港聞）之部〉佔一頁，〈兩粵之部〉及〈中外要聞〉各佔一頁。該報每日雖相較其他日報出報四張為少，但因該報在國內京滬平津，均特聘專員，負責拍發電報及通訊，其他各報所共有的各類訊息，該報均全載無缺，而外聞則每日均有特殊記載，使讀者得明時局之真相。[64]

在《中興報》有以「家偉」、「老康」、「澄宇」、「青思」、「嚶鳴」、「清寰」、「護黨」等筆名撰寫〈社論〉。該報極為重視〈社論〉的作用，不單只是發表對時局的看法，亦積極推動作為傳媒的影響力，如在一九三三年八月十日，西南元老接到中央黨部十一月定期召開第五次全國代表大會的正式通告後，開始為在粵召開五全大會造勢。一面利用《中興報》一九三三年八月二十六日的〈社論〉、〈寧府將向五全大會提議容納藍衣社活動〉大造「在蔣氏勢力範圍以外之地域開會」的輿論；一面在《中興報》一九三三年八月二十七日的〈社論〉為文〈護黨同志會電請西南執行部在粵開五全大會〉授意「護黨同志會」「全國民眾救國團體聯合會」等團體，電請西南執行部在粵開五全大會。在籌開五全大會之議初起，陳濟棠便表露出消極之意，元老派為了不重蹈軍事倒蔣計劃為陳所阻之覆轍，於八月下旬，集體離粵赴港，冀以退為進，要挾實力派以速表明態度。眾元老一面在港與展堂商討應付時局辦法，一面利用《中興報》的傳媒影響向實力派施壓。在八月三十、三十一日《中興報》發表的社論，對兩年來的西南局勢表示不滿：「兩年來西南當局所發出反對寧方禍國誤黨之文電亦多矣，何曾見得某事某電得收些微效果。蔣汪等之不知有西南中委，已不自今日始。」社論呼籲西南中委為護黨救國計、為貫徹主張計，「只有積極地進行其所謂進一步的辦法之所為，萬不能再存投鼠忌器之心而有所讓步」。最後雙方達成折中辦法。[65]

《中興報》亦力挺其廣東境內所關切的人物，一九三二年夏，陳濟棠強制收編孫科派陳策、張惠長分別統領的廣東海軍和空軍，陳部梁公福團進駐中山後，外界就盛傳中山縣縣長唐紹儀以辭職表示抗議，唐紹儀是與中山先生共事多年的國民黨元老，西南派其他元老都以唐辭職為憂，力闢唐所謂辭職之謠言，展堂在一九三二年六月二十二日的《中興報》中聲明：唐紹儀「整理縣務，有口皆碑」，辭職之說，屬無稽之詞。其後於一九三四年十月，陳濟棠策劃，縣兵總隊長林軍以索餉為名，發動「倒唐」事件。唐紹儀被迫辭職，展堂於一九三四年十月十日的《中興報》電省請保護唐老少平安，後來唐紹儀乘戰艦經廣州轉抵香港。[66]

該報副刊〈人生〉包括科學常識、社會寫真，及其他一切有關日常生活之紀載或批評，有譯作，有創作，多為散文，以白話文書寫。〈藝術〉副刊包括詩詞書畫、金石考古、小說雜記、戲劇曲藝，和其他文藝作品或批評。這一副刊盡力介紹和發表現代的藝術，第一步注重從本國的藝術做起，同時也力向西洋藝術做去。從一九三二年五月十五日開始，該報將這兩個副刊合刊成為〈藝術與人生〉，而另闢〈說部〉副刊，把連載小說都放在這裏，小說以文言撰寫為主。同年下半年後，先後推出〈電影與體育〉、〈樂園〉和〈放言〉等副刊。一九三四年五月，讀者投函訴說副刊為小眾而太側重美術文章，而忽略大衆的趣味，該報遂特闢〈中庸〉副刊，從工商報系延聘豹翁（蘇守潔）為主力，內刊其兩個連載：〈思師樓隨筆〉和〈十五年人類社會聞見記〉。豹翁又請得好友齋公（朱愚齋）加盟，撰寫技擊武俠小說。大約從一九三五年二三月間，該報副刊改為多樣化，每週每天都輪番刊載不同丰題的副刊，從星期一起陸續刊出的有：〈經濟週刊〉、〈國際週刊〉、〈婦女週刊〉、〈文藝週刊〉、〈教育〉、〈社會週刊〉和梅振達編的〈電影週刊〉。綜合性副刊〈新亭〉每天都有刊載，這個副刊亦包括以文言文和白話撰寫的連載小說。

◉蔣介石派對《中興報》之反響

正是由於西南政務委員會和蔣介石的南京國民政府對立，站在西南政務委員會一方的《中興報》，在創刊不久的一九三三年五月十日起，就因蔣介石和汪精衛二人以國民政府的名義在上海簽訂中日停戰協定，而用了「野馬」和「殲壬」等筆名，在〈社論〉和〈小評〉的位置，與政治立場迥異而偏於蔣介石南京國民政府的《東方日報》展開連日激烈的筆戰。五月二十一日，該報以〈十日來筆戰之結算〉一文刊出，以為這場筆戰就此完結，怎知該報在〈小評〉連續在二十六至三十一日，再以〈不避臭穢：檢討《東方日報》的辱罵〉來作最後一擊。

《中興報》不只在報上與《東方日報》展開筆戰，一九三四年中，展堂以美洲《少年中國報》刊載香港電訊多有不妥之處，甚至在不知不覺中有反宣傳的作用。經調查所得，該報香港訪員原來工作於南京政府所辦之《東方日報》，不知因何得為該報所用，因此展堂函告《少年中國報》，為統一宣傳起見，提議該報可託《中興報》代理在港採訪事宜。[67]南京國民政府甚為注意《中興報》刊載有關攻擊該政府的新聞，在一九三五年十二月二十五日，外交部請戴傳賢去電《中興報》，質問登載攻擊中央政府事。因為《中興報》在香港開辦，南京政府不能直接對其採取行動，因此外交部李司長與英國駐京總領事交涉，希望因《中興報》及《大眾日報》兩報詆毀南

△《廣東建設號》

京政府軍政領袖事，而能賴外交途徑在港查封該兩報，但因政局轉變，此事後乃擱置。68

◉《廣東建設號：香港中興報周年紀念刊》

《中興報》創刊一週年，原本提議出版紀念冊，但紀念冊恐怕都是美文滿紙，所以改為每週年時，除撮錄過去一年間政治、社會現實情況外，亦極注重政府及民間的建設事業，記述某省特別詳細的，就以該省之名為其專號。這一年是第一期，因為該報出版地近廣東，因此這期便名之為《廣東建設號》，以後則有其他西南各省專號，最後專號的出版將遍及全國各省。雖然最初有此構想，但該報只是出版廣東一省的專號後，其他各省的就沒有續刊了。

《廣東建設號》全書一巨冊，共二百頁。一九三三年五月由廣州印務公司印刷，在香港和廣州都有發行處，定價大洋一元。《廣東建設號》有胡漢民、林雲陔、余漢謀和劉蘆隱的題字。圖片有作為封面的海珠橋全景、總理遺像及遺囑，其他圖片都是廣州景點、各政府部門、工廠及有關文化、康樂和福利等設施共一百四十餘幀，共二十七頁，最後是該報同人合照。《廣東建設號》的開頭部分還包括〈胡展堂先生敘〉、〈陳協之先生跋〉、〈卷首語〉和〈一週年來之本報〉。

〈胡展堂先生敘〉附有胡氏的半身照，內容首先論述當時中國受到獨裁的極度破壞，而廣東以前能投入革命，主要有賴華僑的資助和工業的聯繫，但現時已沒有這兩個有利條件。這個專號已詳列未來改進的建設計劃，但實行之前，必須先打破苟且的心理，和改造不良的政治。建設廣東，非僅為廣東自保，而實為整個中國革命復興計。〈陳協之（陳融）先生跋〉附原手稿製版，敘述以前不重視農村，而廣東三年施政計劃的精神所在，即為都市與農村，得以均衡的發展。〈卷首語〉說明這個專號的出版，在於使讀者對廣東省今後建設有深刻的認識。又因編輯與出版的便利，有些來稿要割愛或刪節，校訂倉卒，因而深感歉仄。〈一週年來之本報〉一文敘述創刊以來，該報鑒於局勢之危急，力倡抗日與剿共當雙管齊下，而南京之所以應付，仍是一切徒託空言，落於日既不抗，共亦不剿的局面，只是希望新的一年，國家折入復興的新機運。該報創刊之初，因缺乏資源和時間的緣故，因陋就簡，僅就最低限度的需要而開業。在一週年時，覺得需要擴大設備和人手，以適應肩負重大的宣傳工作：（一）購備捲筒新機、及增購鑄版鑄字、攝影鋅版、阿羅版等式印機，以增加出版的效率；（二）另建新屋宇，以容納新機及其他擴充設備，又可以免納現時的租金；（三）新機開動後，報紙增出張數，並按時發行各項藝術圖書增刊，概不增報費；（四）訓練通訊人才，以備派往國內外採訪新聞；（五）增聘編輯，文稿加以剪裁，務使報上記載，無一閒文，無一剩義。

這年出版的《廣東建設號》，主要內容是將以往數年來廣東省的新建設事業，和將來的建設計劃，呈現於讀者。陳濟棠倡議的廣東省三年施政計劃，剛於這一年開始實施，因此關於省市府方面各篇文章，無論是計劃或事實，均不離三年施政計劃的本旨。有些文章附有圖片和表格以資說明，各篇文章的著者和題目轉錄如下：

最先刊載的是廣東省主席林雲陔的〈廣東三年施政計劃建設事項述要〉一篇長文，共九十五頁，差不多佔全書一半的篇幅。其他各篇論述廣東建設的作者，大都是各政府有關部門的有司者，就其部門所管理的專門事務而撰文，計有：區芳浦的〈廣東財政整理之經過及今後之設施〉、謝瀛洲的〈一年來廣東之設施及計劃〉、梁冰禪的〈廣東的高等教育〉、鄧澤如、林雲陔、林直勉的〈黃埔港市計劃大綱〉、廣東治河委員會的〈廣東治河概觀〉、馮銳的〈廣東省造林計劃〉、香翰屏的〈廣東農村計劃興革芻議〉、馮銳的〈廣東糧食產消狀況及其救濟辦法〉、劉鞠可的〈西村士敏土廠述略〉、凌鴻勛的〈粵漢路株韶段工程進展概要〉、胡棟朝的〈興築欽渝鐵路之計劃〉、陳堯典的〈工業試驗所之過去與將來〉、廖崇真的〈蠶絲改良之回顧與展望〉、昭明的〈廣東建設〉、楊熙績的〈審計與建設〉、香翰屏的〈國防總動員之研究〉、何家為的〈復興南洋海軍計劃〉、劉紀文的〈廣州市政之總檢討〉、陸幼剛的〈廣州市教育概觀〉、詹菊似的〈廣州市社會事業概觀〉、袁夢鴻的〈廣州市馬路現在與將來〉、何熾昌的〈廣州市之公共衞生建設問題〉、電力管理委員會的〈廣州電力之過去及將來〉、李仲振的〈廣州市自來水整理計劃〉及〈增〔涉〕新水廠述略〉、沈懺生的〈機械化與理化化之陸軍〉、鄧爾雅的〈嶺南近代印人徵略〉和姚粟若的〈嶺南近代畫人徵略〉等。另有兩篇介紹廣州工廠：〈中華氣水廠訪問記〉和〈馮強膠廠發達紀〉，兩者都附有圖片。

這一冊《廣東建設號》和前文所提及的《超然報：新粵桂專號》，都是研究廣東省三十年代不可或缺的文獻，兩者資料可互補。《中興報》在民國二十五年（一九三六年）五月一日為紀念該報的四週年，特別刊發出紙一張共四頁的增刊，隨報派送。其中有一篇由子玉著的〈國民黨的香港宣傳機關〉，內文為有關《中國日報》和《香江晨報》的敘述，可作為研究香港報業史的一個參考。

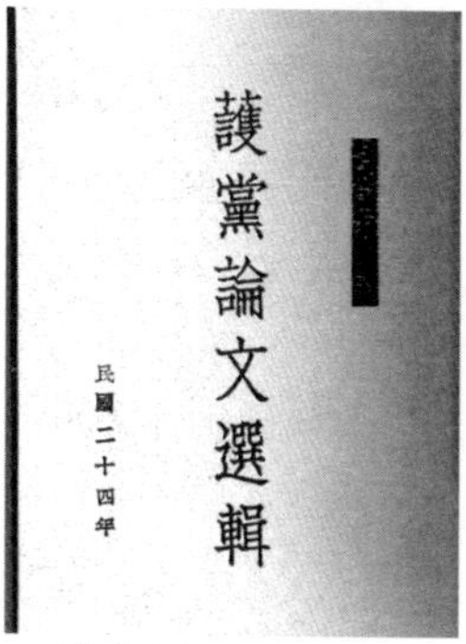

護黨論文選輯

民國二十四年

△《護黨論文選輯》

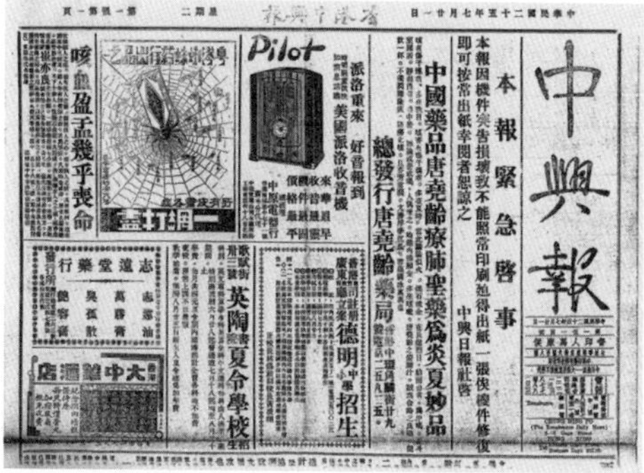

中華民國二十五年七月廿一日　香港中興報　星期二　第一張第一頁

中興報

本報緊急啓事

本報因機件突告損壞致不能照常印刷祗得出紙一張俟機件修復即可按常出紙幸閱者恕諒之

中興日報社啓

中國藥品唐堯齡療肺聖藥爲炎夏妙品

總發行唐堯齡藥局

Pilot

派洛重來　好音報到

美國派洛收音機

中原電器行

咳血盈盂幾乎喪命

德明中學小學招生

英陶書院夏令學校招生

志遠堂藥行

大中華酒店

△《中興報》終刊號

◉《護黨論文選輯》

《護黨論文選輯》是《中興報》在一九三五年出版的《中興報叢書》之一。此書就是以著者「護黨」的筆名在《中興報》寫的社論選輯而成，著者可能是何家為，但不能肯定。這本書在七十年代曾在香港影印翻版，只翻印凡例、目錄和各篇論文的二個部分，精裝的封面標上「護黨論文選輯，民國二十四年」，其他出版事項則付之闕如，國外中文圖書館所藏有的多是影印翻版本。此書以維護正義，使社會人士對軍權統治與三民主義之治有真正的辨認為主。全編文字依性質分為四輯：一、黨務，共選十七篇；二、政治，共選三篇；三、軍事，共選八篇；四、和平合作問題，共選八篇。全書之後附錄〈汪精衛毀滅了自己還要誣衊了總理嗎？〉長文一篇，每輯文字就發表時期之先後依次排列，每篇末尾附以發表日期，以便檢查。本編選輯社論之年限，係自一九三四年九月二十日起至一九三五年一月三十一日止。附錄之長文大約在一九三五年十二月下旬發表，是在上述社論所載年限之後，故附錄於後。

一九三五年，王養冲主編、胡漢民著之《三民主義與中國革命》在廣州中興學會出版，此書是該學會《黃皮叢書》的第一種，全書一百三十頁。不知中興學會同《中興報》有無關係，待查核。

◉《中興報》結業停刊

該報於民國二十五年（一九三六年）七月二十一日在報頭旁登出〈本報緊急啟事〉：「本報因機件突告損壞，致不能照常印刷，迫得出紙一張，俟機件修復，即可按常出紙……。」全份報紙未有跡象顯示這一天出版的是停刊號，可幸吳灞陵在該日報紙記下：「因陳濟棠下野，今日起停刊。」該報從創刊至停刊共出版了一千五百一十四號。香港大學孔安道紀念圖書館和中央圖書館都藏有該報從一九三二年五月一日創刊號至一九三六年七月二十一日停刊號的縮微膠捲。

◉《中興報》的作者群

《中興報》副刊撰述連載的作者甚多，如冼㲄廉、沈㦮生、馮浩然、王香琴、黃冷觀等，現選介以下幾位作者：

俞印民（一八九五至一九四九），山東泗水人，工詩文，善書法。早年就讀於紹興府中學堂，輾轉從事教育及報紙編務，曾赴滬投章太炎門下。以後往返北京、漢口、上海各地，以賣文為生。[69]一九三二年秋，因政治犯禁，被捕下獄，坐牢四個月，由友人力保得釋，釋後遊華南。在華南時，曾在《中興報》逐日刊載小說《同舟》，敘述其二十年來所經歷之農村、學校、革命、軍隊、著作、政治、牢獄各種生活體驗，隨筆追記，率成秩二十餘萬言。一九三四年來港，欲將該書版權售予港書局，以維持一家十口生計，惟書賈側視，竟無人敢買。翌年有人願在港發行，公諸同好。俞印民於是修函給前在山會初級師範學堂任教時的老師魯迅，請求代為寫序，以光篇幅，[70]惟以後未見有該書出版。後俞印民又在一九三四年七月於《中興報》續寫連載〈哲學、人學〉，談論有關人類的各種議題。

陳融（一八七六至一九五五），善詩工書，兼精篆刻。長於文學，專搜羅清人集部，所蓄在二千餘種以上，第欲仿陳石遺《元詩紀事》、陳田《明詩紀事》、勒成《清詩紀事》。其屬草時，先為詩話，病自來總集操選政者，未見其人專集，輒從他處傳鈔，則其人本末不得藉詩以傳，致使讀其詩者，不得尚論其為人，陳融思欲成一家言，積卷盈尺。如皋冒廣生勸其刊行，曾將《顒園詩話》自一九三二至一九三四年間，取名《秋夢廬詩話》在香港《中興報》分日發表。其原稿體例，於姓氏爵里後，先列各家評語、詩話筆記，次列自作詩話，更列所選諸詩。其登於報章，則僅為自作詩話。所選諸詩，仍存其目於詩話後，蓋即《清詩紀事》之長篇也。[71]《秋夢廬詩話》在一九三四年五月四日於《中興報》停載，後於上海《青鶴》雜誌上續刊。[72]乃自廣州失陷，顒園藏書盡為毀失，而《清詩紀事》遂汗青無日。

蘇守潔（一八九四至一九三五），諱偉明，字守潔，號豹翁，廣東南海人。豹翁得入報界，胥賴其從舅報界前輩羅嘯璈之引薦。在穗歷任《中華新報》、《七十二行商報》、《新民國報》編輯、撰述等職。後至港歷充《時報》、《大同報》、《工商日報》、《工商晚報》、《中興報》記者及撰述。《中興報》為迎合大眾口味，於一九三四年五月八日起，特闢〈中庸〉副刊，以豹翁（蘇守潔）為主力，內刊其隨筆和聞見記兩個連載。豹翁在《中興報》開始寫稿廿年前，在穗撰寫劄記時，閉門深居，塞絕耳目，文字偏重研討學術。以後國變日亟，人事加紛，不可思議之事，常臨眉睫，因有所感，劄記亦漸兼論世事。歲在辛亥，謁其師楊守敬於滬上，楊師許以性剛是為好男兒，寧失於剛愎自用，毋陷於傾斜鄉愿者流。豹翁以其言有可思，遺訓在膺，不敢違牿，行其心之所安，夙以不欺自矢，因以在《中興報》劄記之撰寫題〈思師樓隨筆〉，[73]內容廣泛，談文說藝，亦有時評，摭拾近代人物事蹟頗多，黃俊東曾藏有康記李老闆所贈剪貼本。[74]李健兒（黑翁）以豹翁文章雄奇廉悍，將行篋所存之劄記遺篇，分為〈述學〉、〈文存〉兩目，特交香港新新書局於一九三九年付刊，題《豹翁名著：文豹一覷》。

豹翁之撰述小說〈十五年人類社會聞見記〉不在《中興報》始，而始於一九二〇年春，以詳紀廣州地方鄉里故事，於傳信闕疑之間，萬分矜慎，不敢飾，不敢諱，文成付刊，大受歡迎。來港後在《工商晚報》撰述，亦以此題名篇，今刊於〈中庸〉副刊者亦然，首篇題〈廣州甲寅乙卯之醜見象〉，所述於一九一五至一九一六年間所發生之事故，所記不只一人一事，極繁雜綜錯，其中較為顯著而涉及地方政治及風化者，有以下七事：袁世凱為帝制設立集思廣益社內幕、乙卯水災中不法軍人乘災為惡及大紳家人之利災為姦、公式大弛鴉片煙禁後之種種怪現象、濟軍諸將領之淫貪濫殺諸實蹟、海軍總長劉冠雄遊廣州時之種種怪事、龍濟光遣使謀殺唐繼堯之內情、某富紳與其子之為淫亂之實蹟。其後〈醜見象〉完篇後，續為〈孤女復仇記〉。豹翁在《中興報》之撰述，在一九三四年八月下旬多次脫稿，到九月十二日宣告暫停，有謂因對該報不滿而擱筆。[75]一九三五年九月在廣州失蹤，一說廣州公安局長何犖誘豹翁上省，逮而殺於獄中，且匿其屍。[76]

朱愚齋，別號齋公，廣東省南海縣人，世居廣州，三歲喪父，賴母撫養成人。武昌起義後，齋公往香港謀生，黃飛鴻高徒林世榮離穗赴港，在弓弦巷設館授徒，齋公拜林世榮為師，得其悉心教授各種國術絕技，師祖黃飛鴻過港，亦多次親自提點齋公武術，齋公武技大進，並無授徒，惟寄威靈頓街安和堂藥局行醫三十多年。[77]齋公在戰前亦曾在內地遷至香港的廣東中醫藥專科學校擔任講師。[78]

黃飛鴻去世八年後，他的再傳弟子齋公於一九三三年在港以《國術稗史》系列在《工商晚報早刊》寫出了第一部黃飛鴻紀實小說連載〈黃飛鴻別傳〉，[79]其後於一九三四年五月八日，朱愚齋仍以《國術稗史》系列為《中興報》撰寫國術小說連載〈洪劉蔡李莫五家首領列傳〉，此五首領為洪熙官、劉三眼、蔡伯達、李虎及莫清嬌等人。他在〈自序〉言及：「乃今之人，多疲萎不振，目視如婦人，先民勇武之風，蕩掃無復存在，入目痛心，此余所以朝夕提倡武術也。我國武術宗派繁雜，殫述綦難，而拳師多所獷悍，士子避不與交，即有可傳之事，亦不樂為之記，故此中巨子，湮沒無聞於後世。其得自廣東故老口述，事蹟是否真確，稽憑殊難。然自審棲身於拳棒中垂十餘年，平居樂與前輩搜索流派軼事，粵中武術，純以洪劉蔡李莫五大派為主，故今以此五大派之首領為題而撰是篇。」後又續寫連載小說〈廣東拳師黃澄可軼事〉，及於一九三五年二月間發表〈鐵線拳法源流〉。齋公更和他的師兄弟協助師傅林世榮打破門派的界限，著書立說，將黃飛鴻傳授給他武技公開印成拳譜，開了廣東近代武術套路寫作的先河。[80]

◉ 引用《中興報》及《廣東建設號》資料的書刊

胡漢民所主辦的《中興報》和《三民主義月刊》，都各有獨特作用，《中興報》注重及時的新聞訊息，而《三民主義月刊》內容多屬政論文章，但《中興報》的社論亦多是論政的文章，《三民主義月刊》曾轉載該報的社論，尤以一九三四年為最多，如〈準備世界大戰須從推倒降日統治做起〉、〈籌安會之前〉、〈從總理致力革命過程討論五全大會之召集問題〉、〈西南與南京之合作問題〉和〈五全會延期索隱〉等。[81]《三民主義月刊》內的文章，亦曾引用《中興報》的資料或電訊，如〈塘沽協定與棉麥借款〉、鄒魯的〈由方振武抗日失敗的經過來證明賣國政府的降日〉和冲（王養冲）的〈黃埔十年〉等文章。[82]周天度編撰的《中華民國史》第三編第二卷（一九三二至一九三七），書內多引用自香港複印一九三五年《中興報》而來的資料。[83]

有關汪精衛及蔣介石對日本的態度，王葆真於一九三五年三月間在香港所作的〈敬告國人奮起救亡書〉一文揭露日本侵略者，抨擊汪、日「一唱一和」，譴責蔣介石「先安內，後攘外」政策，引《中興報》痛斥日外相與汪精衛之言及「中日提攜」。⑭《中興報》一九三五年八月四日所刊〈處於內外夾擊中的汪精衛之兩重病因〉一文，以表汪氏當時親日的心態，曾被以下多次引用：邱錢牧的《中國政黨史（一八九四至一九四九）》（一九九一）、蔡德金的《汪偽二號人物陳公博》（一九九三）、李延輝的《蔣介石的縱橫生涯》（一九九五）、楊天石的《海外訪史錄》（一九九八）、謝曉鵬的《理論、權力與政策：汪精衛的政治思想研究（一九二五至一九三八）》（二〇〇四）、張殿興的〈蔣汪二度合作述論〉（《歷史教學》二〇〇四年五期）及周進的〈華北事變與中國政局〉（載《二〇〇七遼東抗戰研究》，傅波主編，二〇〇八）。

有關《中興報》刊載廣東的經濟資料，在一九三三年十二月十八日所刊載中區綏靖香翰屏呈第一集團軍總司令部有關廣東承包捐稅商人：「稽查品流複雜，良莠不齊，動輒狐假虎威，橫行鄉曲，凌爍敲詐，疊見疊出。」為陳翰笙當調查團主席在一九三四年所發出的〈廣東農村生產關係與生產力〉一文所引用。⑮《惠州志》（二〇〇七）亦採用《中興報》所刊一九三五年東江水漲為患的資料。

《中興報》記者昭明在一九三三年七月四日發表的〈科學研究者之態度〉一文，引起朱洗教授在一九三三年七月二十日《國立中山大學日報》內，刊載〈致《中興報》記者之公開函〉，批評昭明一文立論之不正確，此事被黃義祥的《中山大學史稿一九二四至一九四九》（一九九九，頁二百一十四）一書所引用。

有關香港教育史資料的選輯，方駿在他編的《香港早期中文報紙教育資料選粹》（二〇〇六）一書中，就抽取了一九三二至一九三六年間《中興報》所刊載的資料，內容涉及多方面，有關政策行政、法規統計、慈幼教育、學前教育、中學教育、高等教育、職業教育、成人教育、社會教育、家庭教育、特殊教育、兒童教育、教育社團、教育交流、教育人物、教育問題與論爭等資料都納入該書的不同章節內。

展堂逝世後，於一九三九年出版的《胡先生紀念專刊》，其中《中外言論選錄》部分則錄自《中興報》以下文章：清寰的〈後死者應要繼承胡先生的遺志〉、護黨的〈我們應該永保胡先生不死的精神〉和〈敬悼胡先生為人格的表示〉、〈我們應敬謹接受胡先生遺囑〉及嚶鳴的〈胡展堂先生逝世與中國前途〉。

該報出版的《廣東建設號》的資料對研究當時廣東的情況甚有幫助，尤以區芳浦一文《廣東財政整理之經過及今後之設施》屢被引用，如曾仲謀的《廣東經濟發展史》（一九四七）、方志欽的《簡明廣東史》（一九八七）、沙東迅的《粵海近代史譚》（一九八九）、余炎光和陳福霖主編的《南粵割據：從龍濟光到陳濟棠》（一九八九）及謝本書和牛鴻賓合著的《蔣介石和西南地方實力派》（一九九〇）。該報《廣東建設號》內林雲陔的〈廣東三年施政計劃建設事項述要〉一文更是陳啟著、陳坤中〈林雲陔在三十年代前期廣東實業建設中的建樹〉一文[86]的主要參考資料。

該報的《廣東建設號》內所載何家為的〈復興南洋海軍計劃〉亦是為數較少的研究西沙群島著述中的一篇重要文獻，以下工具書都列入了這篇文章：許崇灝、鄭資約、杜定友、丘岳宋等編《續編瓊崖志略、南海諸島地理志略、東西南沙群島資料目錄、海南文獻目錄、中國南海諸群島文獻資料展覽目錄》（一九八一）；韓振華的《我國南海諸島史料彙編》（一九八八）；中國邊疆史地研究中心編的《海南及南海諸島史地論著資料索引》（一九九四）和吳士存、沈固潮等編的《南洋資料索引》（一九九八）。

注釋：

① 劉逸生，《學海苦航》，廣州：花城出版社，一九八五，頁七〇。

② 方積根、王光明，《港澳新聞事業概覽》，北京：新華出版社，一九九二，頁三一；廣州市地方志編纂委員會編，《廣州府志》卷一八，一九九六，頁三三五；李谷城，《香港中文報業發展史》，上海：上海古籍出版社，二〇〇五，頁二五六。

③ 陳紅民，〈秘書眼中的胡漢民：王養冲教授訪談錄〉，載《檔案與史志》，一九九九年第三期，頁四七。

④ 《珍稀文獻書目》，頁二一。

⑤ 姚漁湘，〈胡漢民先生傳〉，載存萃學社編集，《胡漢民事蹟資料彙輯》第一冊，香港：大東圖書公司，一九八〇，頁九。

⑥ 蔣祖緣、方志欽主編，《簡明廣東史》，廣州：廣東人民出版社，一九九三，頁七九四至七九五。

⑦ 陳紅民、張玲、郭昌文，〈衝突與折衷國民黨五全大會延期召開原因探討〉，載《民國檔案》，二〇〇九年第一期，頁九五。

⑧ 蕭自力，《陳濟棠》，廣州：廣東人民出版社，二〇〇二，頁二〇七至二〇九。

⑨ 〈胡漢民〉原刊《現代中國名人外史》，載車吉心主編，《民國軼事》第五卷，二〇〇四，頁二〇八三。

⑩ 「〔展堂〕在港初時居住的是租的，後來干德道的房子據說是美洲華僑覺得胡一生為國，竟然居無定所，於心不忍，出錢幫胡家蓋的。」事見 注③，頁五〇。

⑪〈三一陳融致胡漢民函〉，載陳紅民輯注，《胡漢民未刊往來函電稿（以下簡稱《函電稿》）》（九），二〇〇五，卷二七至二九，頁五三一至五三二。

⑫廣州市地方志編纂委員會編，《廣州府志》卷九／下冊，一九九九，頁五八至五九。

⑬廣東省檔案館，《民國時期廣東省政府檔案史料選編／三／第六屆省政府會議錄》，廣州：廣東省檔案館，一九八七，頁三六八至三六九。

⑭翹華，〈創刊宣言〉，載《超然報》一九三〇年一月十五日。

⑮〈四四陳融致胡漢民函〉，載《函電稿》（九），卷二七至二九，頁五四一。

⑯〈二四胡漢民覆馮重遴函稿（廿三、六、十七）〉，載《函電稿》（四），卷六至九。

⑰陳紅民，〈胡漢民年表（一九三一年九月至一九三六年五月）〉，載《民國檔案》，一九八六年第一期，頁一二四。

⑱〈一胡漢民致陳融函〉，載《函電稿》（五），卷一一，頁四二九。

⑲〈二胡漢民致陳融函〉，載《函電稿》（六），卷一六至二〇，頁三六八；又〈一胡漢民致陳融函〉，載《函電稿》（五），卷一一，頁四二九。

⑳同③，頁五一。

㉑陳紅民，《函電裏的人際關係與政治：讀哈佛燕京圖書館藏〈胡漢民往來函電稿〉》，二〇〇三，頁一三六；〈一六陳融致胡漢民函〉，載《函電稿》（十），卷二〇至二五，頁四五一。

㉒〈三二陳融致胡漢民函〉，載《函電稿》（十），卷二〇至二五，頁四六五。

㉓〈三五陳融致胡漢民函〉，載《函電稿》（十），卷二〇至二五，頁四二九。

㉔〈四四陳融致胡漢民函〉，載《函電稿》（九），卷二七至二九，頁五一一。

㉕〈四四陳融致胡漢民函〉，載《函電稿》（九），卷二七至二九，頁五四二。

㉖周敏凱，〈百年人生映照：一代知識分子的夢想與追求：導師王養沖先生百歲華誕賀文〉，載華東師範大學歷史系編著，《下筆須論二百年：王養沖先生百歲華誕獻壽文粹》，二〇〇六，頁二〇。

㉗許平、李宏圖，〈高山仰止——寫在王養沖先生百歲誕辰〉，載《下筆須論二百年：王養沖先生百歲華誕獻壽文粹》，頁二七。

㉘〈王養沖先生著譯概況〉，載《下筆須論二百年：王養沖先生百歲華誕獻壽文粹》，頁四一二。

㉙常宗豪，〈康侯先生百齡冥壽書畫篆刻展覽序〉，載《馮康侯書畫篆刻集》，澳門：文化局，二〇〇〇，頁八。

㉚陳予歡，《黃埔軍校將帥錄》，廣州：廣州出版社，一九九八，頁二二七。

㉛豹翁，《豹翁名著：文豹一覥》，香港：新新書局，一九三九，頁四七。

㉜廣東省政協文化和文史資料委員會編，《香海傳薪錄：香港學海書樓紀實》，北京：中國文史出版社，二〇〇八，頁一八八。

㉝同①，頁七〇。

㉞〈二胡漢民致陳融函〉，載《函電稿》（五），卷一一，頁四三〇。

㉟〈一六胡漢民致陳融函〉，載《函電稿》（五），卷一〇至一五，頁五〇六。

㊱〈二八陳融致胡漢民函〉，載《函電稿》（十），卷二〇至三二，頁五〇六。

㊲宋素紅，《女性媒介：歷史與傳統》，北京：中國傳媒大學出版社，二〇〇六，頁三一三。

㊳許晚成，《全國報館刊社調查錄》，上海：龍文書店，一九三六，頁一二一。

㊴同①，頁七〇。

㊵〈三一陳融致胡漢民函〉，載《函電稿》（九），卷二七至二九，頁五三一。

㊶同①，頁八一、八四。

㊷〈三一陳融致胡漢民函〉，載《函電稿》（九），卷二七至二九，頁五三一。

㊸〈二胡漢民致陳融函〉，載《函電稿》（五），卷一一，頁四三〇。

㊹〈一九胡漢民致陳融函〉，載《函電稿》（六），卷一六至二〇，頁四〇〇。

㊺〈二八陳融致胡漢民函〉，載《函電稿》（十），卷三〇至三二，頁五〇六。

㊻同㊸。

㊼同①，頁七九。

㊽〈三二胡漢民致陳融函〉，載《函電稿》（六），卷一六至二〇，頁四七六。

㊾〈四四陳融致胡漢民函〉，載《函電稿》（九），卷二七至二九，頁五四一至五四二。

㊿同①，頁八〇。

51同㊳，頁一二一。

52同㊺。

53同①，頁七一至七二。

54陳紅民，《函電裏的人際關係與政治：讀哈佛燕京圖書館藏〈胡漢民往來函電稿〉》，北京：三聯書店，二〇〇三，頁二三三，引〈二八胡漢民致李報之函稿〉，載《函電稿》（三），頁五五八。

(55) 同㊳；亦據蔡銘澤，《中國國民黨黨報歷史研究 一九二七至一九四九》，北京：團結出版社，一九九八，頁八三，可能是書之數字從許氏而來。

(56)〈二胡漢民致陳融函〉，載《函電稿》（五），卷一一，頁四三〇。

(57)〈三五周雍能致胡漢民函〉，載《函電稿》（十三），卷三九至四一，頁四六〇。

(58)〈香港中興報禁止入口〉，一九三四年三月二十八日（剪報，出處不詳），吳灞陵舊藏。

(59) 同(54)，頁一八二至一八三、二二六。

(60)〈（一九三四年九至十一月間）胡漢民秘書致呂渭生函稿〉，載《函電稿》（五），卷一〇至一五，頁三八四。

(61)〈二八伍智梅致胡漢民函〉，載《函電稿》（九），卷二七至二九，頁四二六。

(62)〈四四陳融致胡漢民函〉，載《函電稿》（九），卷二七至二九，頁五四一。

(63) 駱贊全，〈中興報四週年的感想〉，載《香港中興報四週年紀念特刊》，一九三六年五月一日，第四張第一頁。

(64)《中興報》，一九三二年五月四日。

(65) 羅敏，〈從對立走向交涉：福建事變前後的西南與中央〉，載《中國社會科學院近代史研究所青年學術論壇 二〇〇五年卷》，頁四〇六至四〇七。

(66) 黃珍德，《官辦自治：一九二九至一九三四年中山模範縣的訓政》，北京：文物出版社，二〇〇九，頁一七三至一七四；王遠明、王傑，《春秋嶺海：近代廣東先驅紀事》，二〇〇八，頁六七。

(67)〈一二胡漢民致《少年中國報》函稿〉，載《函電稿》（四），卷三九至四一，頁四六三。

⑱〈香中興報及大眾報不實報導取締〉，卷宗藏國史館新店辦公室，據網頁：http://catalog.digitalarchives.tw./item/00/48/84/07 html

⑲《上虞縣志》，一九九〇，頁八〇九。

⑳周海嬰編，《魯迅、許廣平所藏書信選》，長沙：湖南文藝出版社，一九八七，頁一七三至一七四。

㉑吳道熔，《澹盦文存　廣東藏書紀事詩》（近代中國史料叢刊續輯　一九九至二〇〇），台北：文海出版社，一九七五，頁二四一至二四二。

㉒程中山，〈清詩紀事成猶未，誰識兵塵在眼前——陳融《清詩紀事》初探〉，載《漢學研究》，二〇〇八，二十六卷第三期，頁二六六至二六七。

㉓豹翁，〈思師樓隨筆序〉，載《中興報》一九三四年五月八日。

㉔黃俊東，《獵書小記》，香港：明窗出版社，一九七九，頁三一七至三一八。

㉕柏老，〈豹翁生死之傳疑〉，一九三五年十二月二十日（剪報，出處不詳），吳灞陵舊藏。

㉖韓鋒，〈陳濟棠治粵時的廣州謀殺案〉，載《廣州文史資料存稿選編／第九輯／社會類》，二〇〇八，頁二五九。

㉗黎秀煊，〈朱愚齋筆下的黃飛鴻〉，載《南海文史資料》，第三十一輯，一九九八，頁二八至三一。

㉘宋恩榮、余子俠主編，《日本侵華教育全史／第三卷／華東華中華南卷》，北京：人民教育出版社，二〇〇五，頁四六九。

㉙姚朝文，《文學研究泛文化現象批判》，上海：上海三聯書店，二〇〇八，頁一四一。

㉚王春華，〈還原一個真實的黃飛鴻〉，載《少林與太極》，二〇〇九年第九期，頁五六。

⑧① 各社論依次序載於《中興報》八月八至十日、八月二十七日、九月二十一日、十月二十日和十一月三日而轉刊於《三民主義月刊》一九三四年第三至五期。

⑧② 三文分別刊於《三民主義月刊》一九三三年第一期、第五期及一九三四年第一期。

⑧③ 周天度，《序言》，載《近代史研究》，二〇〇二年第二期，頁二五八。

⑧④ 民革中央宣傳部編，《王葆真文集》，北京：團結出版社，一九八九，頁一三一。

⑧⑤ 汪熙、楊小佛主編，《陳翰笙文集》，上海：復旦大學出版社，一九八五，頁八四至八五；徐正學，《農村問題：中國農村崩潰原因的研究》上冊，一九三四，頁一一四至一一五。

⑧⑥ 《信宜文史》第七輯。

圖片出處

頁〇〇三　姚漢樑，〈吳灞陵敬業樂業〉插圖，《大成》第三十二期

頁〇三〇、〇三三右下、〇七二　《黃世仲與辛亥革命國際學術研討會論文集》（二〇〇二），紀念黃世仲基金會

頁〇三三上、左下　《洪秀全演義》（二〇一二）插圖，紀念黃世仲基金會

頁〇五五　〈魯金專欄〉插圖，《明報》一九九（？）

頁〇六八　馮自由編《革命逸史》第一集插圖，楊國雄藏

頁〇七八　《早期中文報紙創刊號》（二〇〇三）

頁〇九七　程中山教授借予影印

頁一一三　《香港華人名人史略》插圖，香港大學孔安道圖書館藏

頁一一六左、二一三　楊國雄藏

頁一二六　戰前剪報，出處不詳，香港大學孔安道圖書館藏

頁一五七、一六四　林雲陔，〈夏重民傳〉插圖，載《廣東文獻》第二卷第一期，一九七二年六月

頁一六三　《多倫多文藝季》第三十九期，二〇〇七年七月，吳懷德舊藏

頁一八二、一八五　《國民新聞廖陳兩公殉國週年紀念特刊》插圖，香港大學孔安道圖書館藏

頁一九三　《請看香港中國新聞報》插圖，香港大學孔安道圖書館藏

頁二二四　《聶榮臻回憶錄》插圖

頁二六六　《東方日報三週紀念特刊》插圖，香港大學孔安道圖書館藏

頁二八三　《胡漢民事蹟資料彙編》（一九八〇）插圖

頁二九五　《廣東建設號》插圖，香港大學孔安道圖書館藏

頁三〇九右　多倫多大學圖書館藏

頁〇三九、一一六右、一二五左右、一三二、一三八、一七三、一九五、一九七、二〇九、二一一、二二七、二三三上下、二三九、二六三、二六九、二七三上下、二七六、二九八、三〇五、三〇九左　香港大學孔安道圖書館藏

責任編輯　鄭海檳
美術設計　陳嬋君

書　　名　香港戰前報業
著　　者　楊國雄
出　　版　三聯書店（香港）有限公司
　　　　　香港北角英皇道四九九號北角工業大廈二十樓
　　　　　Joint Publishing (H.K.) Co., Ltd.
　　　　　20/F., North Point Industrial Building,
　　　　　499 King's Road, North Point, Hong Kong
香港發行　香港聯合書刊物流有限公司
　　　　　香港新界大埔汀麗路三十六號三字樓
印　　刷　陽光印刷製本廠
　　　　　香港柴灣安業街三號六字樓
版　　次　二〇一三年十月香港第一版第一次印刷
規　　格　大三十二開（140 × 210mm）三五二面
國際書號　ISBN 978-962-04-3449-5